Dear New York
I´ll Never Get Over You

Kapitel -1-

Jane

»Ich halte das für keine gute Idee, Jane«, teilte meine Mutter mir zum dritten Mal schnippisch mit. »Du machst einen Fehler.« In den letzten Tagen hatte sie kaum ein Wort mit mir geredet, es sei denn, es ging darum, mich von meinem Umzug abzubringen. Die Arme vor der Brust verschränkt und die Lippen zu einer schmalen Linie zusammengepresst, stand sie in meiner Zimmertür und beobachtete, wie ich die letzten Kleidungsstücke aus meinem Kleiderschrank nahm und sie in einem der vielen Umzugskartons verstaute. Ihr braunes Haar hatte sie zu einem strengen Dutt im Nacken zusammengebunden. Gepaart mit der rosa Strickjacke und dem unleidlichen Gesichtsausdruck wirkte sie zehn Jahre älter, als sie war.

»Das haben wir doch geklärt«, antwortete ich seufzend und richtete mich auf, um mir den schmerzenden Rücken zu reiben. Wie viel Krempel man besaß, wurde einem erst bei einem Umzug klar. »Charly ist gleich mit dem Transporter hier und dann fahren wir nach New York. Die Sache ist gegessen, Mum. Du solltest dich damit abfinden.«

Während ich das sagte, drehte ich ihr den Rücken zu und ließ meinen Blick über das Zimmer gleiten, das vierundzwanzig Jahre lang mein Rückzugsort gewesen war. Mein Bett war frisch bezogen und erweckte den Eindruck, dass ich mich heute Abend hineinlegen würde. Auch die meisten Bücher standen auf ihrem Platz in den Regalen an der Wand. Lediglich die dutzend Kartons, die überall verteilt waren, deuteten auf Veränderung hin. Nur was ich unbedingt brauchte, nahm ich mit. Alles andere würde ich zurücklassen.

Ich erinnerte mich noch an die rosa Tapete, die ich als kleines Mädchen gehabt hatte, oder an die blaue Wandfarbe, während meiner schlimmsten Teenie-Phase. In den vergangenen zwei Jahrzehnten hatte dieser Raum häufig sein Gesicht gewechselt und ich hatte mich mit ihm verändert, es jedoch nie geschafft, mich von diesem Zimmer oder meinem Elternhaus zu lösen. Bis jetzt.

Hinter mir seufzte meine Mutter hörbar. »Ich verstehe nicht, warum sie dich bei der Bank nicht genommen haben. Dein Abschluss ist hervorragend und dein Vater kennt Mr. Lennox aus seiner eigenen Studienzeit. Die Stelle hätte dir sicher sein sollen.« Bei den letzten Worten nahm ihre Stimme einen jammernden Tonfall an und ich schloss genervt die Augen. Als ich sie wieder öffnete, fiel mir die Vorstellung leicht, dass dieses Zimmer ab heute nicht mehr mein Zuhause sein würde.

Ich drehte mich zu meiner Mutter um und machte ein gespielt bedauerndes Gesicht. In den letzten Wochen hatte ich diesen Ausdruck perfektioniert. »Ich weiß,

Mum. Die Stelle wäre perfekt gewesen und ich hätte hier in Chicago bleiben können. Aber es sollte nicht sein.«

Eine Lüge. Eine dicke, fette Lüge. Meine Eltern wussten nicht, dass Mr. Lennox mir den Job als Geschäftskundenberaterin mit Begeisterung angeboten hatte. Mein erster Arbeitstag wäre vor einem Monat gewesen, aber allein die Vorstellung erdrückte mich. Ich hatte nicht Wirtschaft mit dem Schwerpunkt Interkulturelles Management studiert, damit ich hinter einem Schreibtisch bei der Bank versauerte.

Ich wollte raus aus Chicago, etwas von der Welt sehen. Weg von all den schlechten Erinnerungen und außer Reichweite meiner Mutter, die immer zu wissen glaubte, was das Beste für mich wäre. Ich war vierundzwanzig Jahre alt und hatte kaum eine Entscheidung in meinem Leben selbst getroffen. Und so würde es die nächsten vierundzwanzig Jahre weitergehen, wenn ich nicht fortging. Leider konnte ich das nicht aussprechen. Die Folgen wären katastrophal, denn meine Mutter war kein Mensch, den man kritisierte. Es sei denn, man wollte, dass die Hölle losbricht. Ich hatte ihr weisgemacht, mein Umzug sei nötig und sie sprach trotzdem kaum mit mir. Wie würde sie sich verhalten, wenn sie die Wahrheit wüsste?

»Dass du dich gleich in New York bewerben musstest …«, begann meine Mum und ließ den Satz unvollendet. Auch dieses Thema schnitt sie nicht zum ersten Mal an.

»Mum«, sagte ich genervt und strich mir über die schweißnasse Stirn. »Du weißt doch, wie der Arbeitsmarkt ist. Ich kann froh sein, dass ich überhaupt eine Stelle gefunden habe. Eine große Lücke im Lebenslauf kann ich mir nicht leisten. Deswegen sollten wir froh sein, dass ich das Angebot von *Denton* bekommen habe. Und so schlimm wird es nicht werden. Charlotte und Cosima kommen mit mir, ich bin also nicht allein.«

Eine Weile lieferten wir uns ein Blickduell, bevor meine Mutter kapitulierend nickte und das Zimmer mit dem leidenden Blick eines geprügelten Hundes verließ. Ich seufzte und erinnerte mich daran, dass die Stelle die ganze Aufregung wert war.

Denton war ein Großkonzern mit Zweigstellen überall auf der Welt. Das Unternehmen war in verschiedenen Branchen tätig. Von Lebensmitteln über Handys oder Computern und Schiffen war alles dabei. *Denton* hatte seine Finger überall mit drin und die Inhaber zählten zu den reichsten Menschen des Landes.

Um die Stelle dort zu bekommen, hatte ich vier Stufen eines monatelangen Bewerbungsverfahrens durchlaufen müssen. Einen Online-Intelligenztest, ein Telefoninterview mit einer Mitarbeiterin der Personalabteilung, die eine Vorauswahl getroffen hatte, danach war ein Skype-Gespräch gefolgt und all das nur, damit ich am Ende an einem zweitägigen Assessment-

Center vor Ort teilnehmen durfte, bei dem ich auf Herz und Nieren geprüft worden war.

Meine Eltern glaubten, ich wäre zu einer Hochzeit nach Seattle gereist. In Wirklichkeit hatte ich mir die Seele aus dem Leib geschwitzt und bei den verschiedenen Tests mein Bestes gegeben. Gruppendiskussionen und inszenierte Krisengespräche waren nicht unbedingt meine Stärke. Umso unglaublicher war es, dass ich die Stelle bekommen hatte. Unter hunderten, ach was, tausenden Bewerbern hatten sie mich gewählt. Der ganze Stress der letzten Jahre, das nächtelange Lernen, die zusätzlichen Aufsätze, die vielen Tränen hatten sich gelohnt. Ich bekam meinen Traumjob. Einen, mit dem mir die ganze Welt offenstand. Ich würde mit meinen zwei besten Freundinnen nach New York ziehen, in die Stadt der Träume, und zum ersten Mal das tun, was ich wollte. Ich konnte mir nichts Großartigeres vorstellen. Auch wenn das bedeutete, dass meine Mutter enttäuscht war und ich meinen Neuanfang mit einer Lüge begann.

»Das war's«, schnaufte Charly, nachdem wir gemeinsam den letzten Karton in den klapprigen Transporter gehievt hatten. »Unglaublich, wie viel in so einen Wagen reinpasst.«

Ich lachte und wischte mir mit dem Handrücken Schweißperlen von der Stirn. Mittlerweile stand die

Sonne hoch am Himmel und nach unserem Zeitplan hätten wir längst unterwegs sein müssen. Vor uns lag eine Strecke von fast achthundert Meilen durch insgesamt vier Staaten.

»Cosima hat es gut«, sagte ich kurzatmig und hielt mir die rechte Seite, wo sich ein schmerzhaftes Stechen ausbreitete. »Sie fliegt von Sydney direkt nach New York.«

Unsere Freundin, und die dritte im WG-Bund, war eine Weltenbummlerin und seit Jahren auf Reisen. Während Charlotte und ich uns durch unsere Vorlesungen gequält hatten, hatte Cos die entlegensten Orte besucht und in den Tag hinein gelebt. Ich hatte fast nicht mehr daran geglaubt, dass sie zurückkommen würde. Aber die Aussicht, mit uns in New York zu leben, hatte sie überzeugt.

Cosima reiste mit leichtem Gepäck, während Charly und ich einen kompletten Hausstand durchs Land fuhren. Neben unserer Kleidung hatten wir alle möglichen Küchenutensilien eingepackt, die wir brauchen würden und die unsere Familien hatten entbehren können. Mit dem Flugzeug ließ sich das alles nicht transportieren, deswegen hatten wir uns entschieden, zu fahren. Unter normalen Umständen hätte man die Strecke in zwölf bis dreizehn Stunden zurücklegen können. Aber mit einem alten, vollgepackten Umzugswagen, der nicht mehr als achtzig

Meilen pro Stunde fuhr, würden Charly und ich eineinhalb Tage unterwegs sein. Die heutige Nacht wollten wir in einem Motel verbringen und New York am Sonntagmittag erreichen. Mir blieben also nicht einmal vierundzwanzig Stunden zum Ankommen und Auspacken, bevor mein erster Arbeitstag auf mich wartete.

»Bist du aufgeregt?«, fragte Charly, sammelte ihr langes blondes Haar zu einem Dutt und ließ ihn unter ihrer schwarzen Nike-Cap verschwinden. Kaum hatte sie das getan, lösten sich die ersten Strähnen bereits wieder und hingen ihr ins Gesicht.

»Ich bin kurz davor, mich vor Aufregung einzupinkeln«, gestand ich meiner Freundin. »Du nicht?«

Wie immer wirkte Charlotte gelassen und ihr Outfit unterstrich diesen Eindruck. Ihre gebräunten langen Beine steckten in schlabbrigen Basketballshorts, darüber hatte sie ein schwarzes Shirt gezogen, das ihre schmale Taille vollständig unter sich begrub. »Wird schon schiefgehen«, antwortete sie schulterzuckend.

Ich musste schmunzeln. Typisch Charly. Sie war sehr pragmatisch veranlagt und hielt nichts davon, sich unnötig verrückt zu machen. Sie nahm die Dinge, wie sie kamen, und fand Lösungen für Probleme, wenn sie eintrafen. Anders als ich, malte sie sich nicht hundert Katastrophenszenarien aus. Mit niemandem wäre ich lieber in einem alten, klapprigen Umzugswagen durch Amerika gefahren.

»Zeit, sich zu verabschieden«, sagte sie und riss mich aus meinen Gedanken. Ich sah sie verwirrt an, als sie in Richtung unseres Hauses nickte. Meine Eltern standen in der Tür und beobachteten uns. Dad hatte einen Arm um Mums Schulter gelegt und sie zu sich gezogen. Seine grauen Locken standen ihm wirr vom Kopf ab – die Haare hatte ich definitiv von ihm geerbt - und er trug seinen dunkelroten Sportanzug, den er an freien Tagen gerne anhatte. Dad wirkte gefasst, während Mum ein leidendes Gesicht machte. Dabei musste mein Fortgehen für meinen Vater viel schlimmer sein. Er verlor seine einzige Verbündete im Kampf gegen meine Mutter. Hoffentlich würde er ohne mich gut klarkommen.

Traurig lächelnd ging ich auf die beiden zu. Mit einem wütenden Schnauben riss meine Mutter sich aus der Umarmung meines Vaters und verschwand im Haus, ohne mich noch einmal anzusehen. Mein Vater warf mir einen bedauernden Blick zu und ich zwang mich, mir nicht anmerken zu lassen, wie hart mich das Verhalten meiner Mutter traf. Sicher hatten wir nicht das beste Verhältnis zueinander, aber dass sie mich nicht einmal verabschieden wollte …

Mein Dad überbrückte die letzte Distanz zwischen uns und zog mich in seine Arme. Er drückte mich einen Moment an sich, wobei mir der Duft seines sportlichen

Aftershaves in die Nase stieg. Dann schob er mich von sich und tätschelte mir unbeholfen die Schulter. Mein Vater war kein Mann großer Gefühlsausbrüche, aber wir verstanden einander auch so.

»Vergiss nicht, dir am Sonntag das Spiel anzuschauen«, sagte er mit kratziger Stimme und deutete auf mein weißes Shirt der Chicago Bears, das ich unter meiner kurzen Jeanslatzhose trug. Dad war ein großer Footballfan und war an den Wochenenden mit mir zu den Spielen gefahren. Es war unser Ding gewesen. Unsere Mum-freie-Zone. Ein paar Stunden ohne Nörgeln und Herumkommandieren. Jetzt musste er diese Tradition ohne mich fortführen.

»Fahrt vorsichtig«, ermahnte er mich streng. »Und denk daran, uns anzurufen, sobald ihr in New York angekommen seid.«

»Versprochen, Dad«, versicherte ich ihm und drückte seine Hand.

Dann ging ich zum Wagen. Charlotte saß bereits hinter dem Steuer. Ich stieg die kleine Stufe hinauf, in der Beifahrertür drehte ich mich ein letztes Mal zu meinem Vater um und winkte ihm zum Abschied, bevor ich mich in den hohen Sitz fallen ließ und die schwere Tür zuzog.

Ich hatte erwartet, dass mein Herz sich schmerzhaft zusammenziehen würde, wenn ich Chicago verließ. In Filmen sah man immer, wie die Leute sich umdrehten und ihrem Zuhause aus tränenverschleierten Augen einen letzten Blick zuwarfen. Aber ich spürte nichts als Erleichterung. Erleichterung und Freiheit.

Ich öffnete das Fenster, ließ mich tief in den Sitz sinken und genoss den kühlen Fahrtwind, der durch meine blonden Locken und über mein Gesicht strich, während Charly den riesigen Umzugswagen gekonnt aus unserem Viertel raus und durch die Stadt manövrierte.

»Fritten und Milchshake an der nächsten Raststätte?«, fragte Charly und setzte den Blinker, um auf den Highway aufzufahren.

Hinter uns hupte jemand und im nächsten Moment wurden wir von einem Porsche mit röhrendem Motor überholt. Wie zu erwarten gewesen war, kam unser kleiner Bus nur langsam vom Fleck. Aber die Autovermietung hatte nichts anderes im Angebot gehabt, was man in New York wieder abgeben konnte.

»Darauf kannst du dich verlassen«, antwortete ich grinsend. Shakes und Fritten waren unsere Tradition bei gemeinsamen Ausflügen, die wir seit zehn Jahren nicht gebrochen hatten.

Während Charly fuhr, spielte ich so lange an den Knöpfen des Radios, bis ich einen passenden Sender gefunden hatte.

»Ich liebe diesen Song«, rief ich begeistert und drehte die Lautstärke auf.

»Sweet Home Alabama? Dein Musikgeschmack ist grauenhaft, Jane«, schimpfte Charly, aber ich ließ mich nicht beirren und sang leise den Refrain mit, bis auch sie einstieg und mitsummte.

Bäume und die Skyline von Chicago zogen an uns vorbei. Der Himmel war wolkenlos und die Sonne strahlte. Ich ließ den Blick zu meiner besten Freundin gleiten und versuchte, diesen Augenblick in einer Momentaufnahme in meinen Gedanken festzuhalten. Charlotte mit ihrer schwarzen Kappe, wie sie hinter dem riesigen Lenkrad des Umzugswagens saß und ihn steuerte, als wäre es ein Kinderspiel. Die vielen Umzugskartons, die man durch die kleine Plexiglasscheibe im Laderaum sehen konnte. Sweet Home Alabama und das Geräusch der Reifen, die beständig über die Straße rollten und uns nach New York trugen. Ich atmete tief ein, eine Mischung aus Abgasen, Sommerhitze und dem Vanille Lufterfrischer, der am Rückspiegel baumelte. So roch Freiheit.

Das hier war er … der Anfang eines neuen Lebens.

Kapitel -2-

Hunter

»Ich will die Unterlagen für die Expansion bis morgen Nachmittag auf meinem Schreibtisch haben«, forderte ich Mr. Evans auf und registrierte sein eifriges Nicken voller Genugtuung. Seine buschigen Augenbrauen bildeten fast eine Linie, als er mich ernst ansah. »Fehlerfrei, versteht sich. Wenn ich meinem Vater die Idee am Freitag präsentiere, darf nichts schiefgehen.«

Mit diesen Worten hielt ich ihm den Ordner entgegen, in dem ich auf den ersten Seiten bereits drei Grammatikfehler gefunden hatte.

»Selbstverständlich, Sir«, beteuerte Evans. »Es wird nicht nochmal vorkommen.« Er nahm die Unterlagen entgegen und verschränkte die Arme vor seinem wohlgenährten Bauch, der durch den maßgeschneiderten Anzug gut verborgen wurde.

Ich wusste, dass er selbst nicht für diesen Fehler verantwortlich war, sondern der Kollege, der Evans für diese Aufgabe zur Seite gestellt worden war. Dennoch hatte er sich fünfzehn Minuten meine Kritik an den Präsentationsunterlagen angehört und diese kommentarlos hingenommen. Keine Ausflüchte, keine lahmen Entschuldigungen, keine Versuche, die Schuld auf einen anderen zu schieben, um den eigenen Kopf zu retten. Das mochte ich an Evans.

Er arbeitete bereits seit über zwanzig Jahren für meinen Vater und seit einiger Zeit auch für mich. Manche der alteingesessenen Mitarbeiter hatten Probleme gehabt, Anweisungen von mir anzunehmen. Ich verstand sie. Immerhin hatten sie einige Jahre mehr auf dem Buckel als ich. Hielten sich für weise und erfahren. Dennoch war ihr Widerstand nach und nach in sich zusammengefallen. Einer nach dem anderen hatte sich der Wahrheit beugen müssen. *Denton* war mein Erbe. Es war meine Bestimmung, diesen Konzern zu leiten, seit ich das Licht der Welt erblickt hatte. Meine gesamte Erziehung war darauf ausgelegt worden und bald würde ich die offizielle Nachfolge meines Vaters antreten.

Die geplante Expansion von *Bare*, unserer Produktlinie für vegane und nachhaltige Biolebensmittel, war mein finaler Test. Wenn ich den bestand, würde mein Vater mich zum CEO von *Denton* machen und mit fast siebzig Jahren in den Ruhestand gehen. Deswegen durfte nichts schiefgehen.

»Prüfen Sie die Unterlagen gründlich, Evans«, wies ich den Mann an. »Lassen Sie sie, wenn nötig, von mehreren Leuten gegenlesen. Ich will bei der Präsentation weder einen Logik- noch einen Rechtschreibfehler sehen. Es gibt nur diese eine Chance, meinen Vater von der Expansion auf den europäischen Markt zu überzeugen.«

»Selbstverständlich, Sir«, antwortete Evans knapp.

»Sie können gehen«, entließ ich ihn aus dem Gespräch. Als er sich umdrehte, bot er mir einen freien Blick auf die kreisrunde kahle Stelle an seinem Hinterkopf.

Ich seufzte und ging zu meinem Schreibtisch, um mich in den breiten Lederdrehstuhl sinken zu lassen. *Bare* war mein Baby. Seit Wochen bereitete ich alles vor, um meinen Vater von meiner Idee zu überzeugen. Am europäischen Markt könnten wir unsere derzeitigen Umsätze verdreifachen. Mein Vater war bereit, mir zuzuhören, aber er war sehr kritisch und für einen Mann in seiner Position risikoscheu. Hatte er einmal ein Urteil gefällt, war er nicht mehr umzustimmen. Deswegen musste alles perfekt sein. Aber je näher der Termin nächste Woche Freitag rückte, desto angespannter wurde ich.

Ein Klopfen an meiner Bürotür forderte meine Aufmerksamkeit. »Herein«, rief ich und stellte erfreut fest, dass es Anna, meine Assistentin, war.

»Du kannst wohl Gedanken lesen«, sagte ich, als sie den Raum betrat und ein Tablett mit Kaffee, Milch und Zucker vor sich her balancierte. Am Rand lag ein einfacher Vollkornbagel mit Frischkäse, so, wie ich ihn am liebsten aß.

»Das kann ich«, antwortete sie neckisch und kam mit wiegenden Hüften auf mich zu. Das dunkelrote Businesskleid schmeichelte ihrer schlanken Figur und ihr langes blondes Haar fing das Licht der hereinscheinenden Sonne ein. Sie stellte das Tablett auf dem Regal hinter meinem Schreibtisch ab, ging zurück zur Tür und schloss diese ab, sodass uns keiner stören konnte.

Langsam drehte sie sich um, lehnte sich lasziv an das Holz und sah mich aus lustvoll gesenkten Lidern an. »Ich weiß genau, was mein Boss braucht«, raunte sie verheißungsvoll und ihre Worte schickten eine Ladung Blut von meinem Hirn eine Etage weiter runter.

»Dann schwing deinen hübschen Arsch hierher«, forderte ich und beobachtete, wie sich bei meinen Worten Röte auf ihre Wangen stahl. Sie stieß sich von der Tür ab und kam auf mich zu. Als sie meinen Schreibtisch umrundete, rollte ich mit dem Stuhl etwas zurück, um ihr Platz zu machen. Anna setzte sich direkt vor mich auf den Rand der Tischplatte, hielt die Beine aber so zusammen, dass ich nicht unter den Saum ihres Kleides schauen konnte.

»Wir sollten dich schleunigst ausziehen«, knurrte ich und wollte aufstehen, um meinen Worten Taten folgen zu lassen, aber Anna hielt mich mit ihrem Fuß zurück. Der Absatz ihrer schwarzen Pumps drückte gegen meine Bauchmuskeln, als sie mich mit einem Kopfschütteln zurück schob.

»Tz,tz,tz. Nicht so ungeduldig. Bis zu deinem nächsten Meeting haben wir eine ganze Stunde Zeit«, sagte sie tadelnd und anzüglich zugleich. Widerwillig ließ ich mich in meinen Stuhl sinken, die Arme an den Lehnen abgestützt, und beobachtete, wie Anna sich einen Pumps nach dem anderen abstreifte. Dann legte sie ihren zarten Fuß auf die Beule in meiner Hose und massierte sie durch den Stoff. Ich stöhnte leise.

»Zieh dein Kleid hoch«, befahl ich und zauberte ein Lächeln auf Annas Gesicht.

»Du erträgst es nicht, die Kontrolle abzugeben, oder?«, sagte sie, folgte meiner Aufforderung aber ohne zu zögern. Kurz stieg sie vom Tisch und zog den roten Stoff über ihre Schenkel, fast bis zu ihren Hüften. Als sie danach mit der Massage fortfuhr, hatte ich freien Blick zwischen ihre Beine und auf ihr fast durchsichtiges Höschen. Ihre Worte ließ ich unkommentiert. Anna hatte es faustdick hinter den Ohren. Wir wussten beide, dass sie es mochte, wenn ich die Kontrolle übernahm.

Einige Minuten ließ ich sie fortfahren und genoss, wie meine Erektion immer härter wurde. Aber meine Geduld war begrenzt. Ich musste dringend ein bisschen Dampf ablassen, um die Anspannung wegen der Präsentation loszuwerden. Anna wusste das, deswegen war sie hier.

Ich hielt ihren nackten Fuß fest und schob ihn von mir. »Steh auf und dreh dich um.«

»Zuerst will ich mit dir über etwas reden«, sagte sie, biss sich jedoch voller Vorfreude auf die Unterlippe.

Ich stand auf, sodass ich vor Anna aufragte. Die Hand in ihren Nacken gelegt, zwang ich sie, mich anzusehen. »Ich will nicht reden.«

»Küss mich«, flüsterte sie und ließ ihre Zungenspitze kurz über ihre Unterlippe schnellen. Einen Moment lang betrachtete ich ihre vollen Lippen, eine wahre Versuchung, aber ich widerstand. Ich küsste die Frauen, mit denen ich eine Affäre hatte, nicht. Niemals. Zu intim, denn ich war überzeugt, dass man ohne Verpflichtungen ficken konnte, aber beim Küssen entstanden zwangsläufig irgendwann Gefühle.

Ein verletzter Ausdruck huschte über Annas Gesicht, als ich nicht auf ihre Bitte reagierte. Aber er war schnell wieder verschwunden. Stattdessen ließ sie die Hand an meine Hose gleiten, öffnete den Reißverschluss und zog sie samt Boxershorts ein kleines Stück bis zu meinen Hüften runter. Sie umfasste meinen Schwanz mit einer Hand und ließ ihre Finger daran auf- und abgleiten.

Stöhnend lehnte ich meine Stirn an ihre und atmete ihren teuren Channel Duft ein. »Weiter so«, raunte ich atemlos und kam ihren Handbewegungen mit meinen Hüften entgegen.

»Es geht um das Wochenende. Um Samstag«, sagte Anna unvermittelt, während sie mich mit der Hand befriedigte.

»Hm?«, machte ich verwirrt, weil es mir schwerfiel, einen klaren Gedanken zu fassen. Stattdessen suchte ich nach dem Reißverschluss von Annas Kleid und zog ihn herunter, damit ich ihr den Stoff von den schmalen Schultern streifen konnte.

»Darüber wollte ich mit dir reden«, erklärte sie, während ich mit meinen Lippen über ihre helle Haut fuhr. Für meinen Geschmack redete sie heute zu viel, aber das würde ich gleich ändern. »Meine Schwester heiratet und ...«, sie stockte, weil ich aufgehört hatte, ihre Haut zu lecken, und sie mit zusammengezogenen Augenbrauen ansah.

»Sie ... sie heiratet«, stammelte Anna und versuchte, meinem ernsten Blick standzuhalten. »Und ich dachte, dass du ...«, sie schluckte und sammelte all ihren Mut. »Dass du mich dorthin begleiten könntest?«

Blitzschnell entfernte ich mich ein paar Zentimeter von ihr und zog meine Hose hoch.

»Ganz unverbindlich«, beeilte Anna sich zu sagen, wobei ihre Stimme eine Oktave höher geschossen war. »Wir gehen hin, bleiben ein paar Stunden und danach fahren wir zu mir.«

Ich knöpfte meine Hose zu, ohne sie anzusehen. »Was du da beschreibst, ist ein Date.«

»Nein«, sagte sie schnell. »Das ist es nicht. Es ist nur ... ich habe keine Begleitung und ich dachte, da wir ... naja. Da wir ...«

»Du dachtest, weil wir ficken, könnte ich deine Begleitung sein«, beendete ich den Satz für sie und sah sie endlich an. Ihre Wangen waren gerötet, dieses Mal vor Scham.

Ich schloss seufzend die Augen und massierte mir mit zwei Fingern die Nasenwurzel. »Du solltest gehen.«

»Was?«, keuchte sie und klang eine Spur verzweifelt. »Aber wir haben noch Zeit, wir können …«

»Anna«, unterbrach ich sie scharf. »Ich habe dir von Anfang an gesagt, was du von mir zu erwarten hast. Keine Dates, keine Gefühle, nur Sex.«

»Es ist kein Date«, rief sie und hielt mich am Arm fest, als ich mich umdrehen wollte. »Nicht, wenn wir daraus kein Date machen. Du musst mich nicht abholen, wir können uns dort treffen und ich stelle dich als einen Bekannten vor. Ich will nur nicht alleine dorthin gehen, das ist alles. Mehr hat es nicht zu bedeuten.«

Ich sah ihr tief in die Augen, denn Frauen konnten die Wahrheit in ihrem Blick nur schwer verbergen.

»Es bedeutet sehr wohl etwas«, stellte ich fest und Anna schüttelte hektisch den Kopf. Ich griff nach dem Stoff ihres Kleides und zog ihn ihr sanft zurück über die Schultern. Dann nahm ich sie am Arm, zog sie vom Tisch, drehte sie um und schloss den Reißverschluss an ihrem Rücken. Annas Körper zitterte, aber sie ließ es wie in Trance über sich ergehen, dass ich sie anzog. »Sieh mich an und sag mir, dass du keine Gefühle für mich hast«, forderte ich, die Hände an ihrer Taille.

Als sie sich umdrehte, war ihr Blick kalt. »Ich habe

keine Gefühle für dich. Es ist nur Sex«, sagte sie, doch bei den letzten Worten brach ihre Stimme und ihre Augen schwammen in Tränen und straften ihre Worte Lügen.

Anna hatte sich in mich verliebt. Ich hatte es befürchtet, denn meine Affäre mit ihr dauerte bereits viel zu lang. Vier Monate. Mehr, als mit jeder anderen vor ihr. Aber Anna war klug und witzig. Ich hatte die Zeit mit ihr genossen, aber ich hätte besser auf die Zeichen achten und die Sache früher beenden müssen.

Während ich mich bückte, zog ich ihr das Kleid zurück über die Oberschenkel. Die Situation hatte schon etwas Ironisches. Zum ersten Mal in meinem Leben zog ich eine Frau an. Voller Bedauern griff ich nach ihren Pumps und steckte ihr einen nach dem anderen an die Füße.

»Hunter«, flüsterte Anna, doch ich schüttelte bloß den Kopf. »Bitte, ignoriere einfach, was ich gesagt habe. Lass es uns vergessen und wir reden nie wieder darüber. Es wird nicht nochmal vorkommen.«

Sie log. Sie log, weil sie die Wahrheit nicht akzeptieren wollte. Ihr Herz war gebrochen und sie wollte mich unter allen Umständen bei sich behalten. Aber wenn ich das zuließ, würde ich ihr in ein paar Wochen eine noch viel größere Wunde zufügen. Denn Anna hatte begonnen, sich Hoffnungen zu machen, und die würden nicht einfach so verschwinden.

»Ich kann dir das, was du willst, nicht geben«, sagte ich, während ich mich aufrichtete und mild lächelte.

»Deswegen müssen wir die Sache beenden.«

Sie schüttelte den Kopf, aber ich hielt ihr Gesicht fest und strich mit dem Daumen eine Träne von ihrer Wange.

Anna war meine Assistentin, eine verdammt gute Assistentin, die ihren Job beherrschte. Ich wollte, dass wir uns im Guten trennten, damit es unsere Zusammenarbeit nicht beeinträchtigte und hoffte, dass sie meine Entscheidung verstehen und akzeptieren könnte, wenn sie erst einmal ihre Wunden geleckt hatte.

Bestimmt schob ich sie zur Tür und achtete nicht auf ihre Proteste. »Du schickst mich weg«, fragte sie ungläubig.

»Glaub mir, es ist besser so«, antwortete ich ohne zu zögern.

»Wie kann ein Mann nur so gefühllos sein. Vier Monate, Hunter. Vier Monate. Und du bringst es nicht über dich, mich zu einer Hochzeit zu begleiten?« Sie klang mehr traurig als wütend. Statt auf ihre Worte einzugehen, drückte ich die Klinke herunter und öffnete die Tür. Eine klare Aufforderung. Aber sie starrte mich bloß fassungslos an, den Mund leicht geöffnet und schüttelte den Kopf.

»Anna, ich habe dir von Anfang an gesagt, dass ich nicht date und keine Beziehungen führe. Ich suche nach unverbindlichem Spaß, aber offensichtlich reicht dir das nicht mehr. Ich kann dir nicht geben, was du brauchst. Aber ich bin mir sicher, dass du einen großartigen Mann finden wirst, der dich glücklich macht. Ich wünsche es mir für dich«, rang ich mich schließlich zu ein paar Worten durch und war recht zufrieden mit mir. Das war doch nett gewesen, oder? Die Frauen vor Anna hatten weit weniger zum Abschied bekommen. Und dass ich sie so sanft fortschickte, war unserer schönen gemeinsamen Zeit geschuldet und der Tatsache, dass ich Anna als Person und Mitarbeiterin schätzte.

»Und *ich* hoffe, dass dir eines Tages eine Frau begegnet, die du nicht vergessen kannst und die dir dein Herz bricht. So, wie du mir meins gebrochen hast«, zischte sie, bevor sie wütend aus meinem Büro stürmte und mich alleine zurückließ.

Kapitel -3-

Jane

Der Turm des Rockefeller Centers ragte in schwindelerregender Höhe vor mir auf und warf seinen langen Schatten auf den überfüllten Platz. Es war Montagmorgen, mein zweiter Tag in New York und die Anstrengungen des Umzuges hingen mir noch nach. Außerdem kribbelte das Glas Sekt noch immer in meinem Bauch, aber Cosima und Charly hatten heute Morgen darauf bestanden, auf unseren Neuanfang anzustoßen.

Obwohl es noch früh war, erschwerte eine schwüle Hitze das Atmen und auf den Straßen wimmelte es von Menschen. Von meinem Standpunkt aus konnte ich den Gebäudekomplex, der zwanzig Bauten beinhaltete, nicht mit bloßem Auge erfassen. Er war riesig und erstreckte sich über insgesamt drei Blocks. Unter anderem über die Fifth Avenue. Im Inneren befanden sich ein Einkaufscenter, zahlreiche Restaurants, Geschäfte, ein Kino und eine Eislaufbahn.

Ich stand allerdings am Rockefeller Plaza, direkt vor dem Comcast Building. Dem höchsten Gebäude des Rockefeller Centers und dem Ort, wo die teuersten Büroräume der ganzen Stadt vermietet wurden. Meinem zukünftigen Arbeitsplatz, an einer der exquisitesten

Adressen der Welt. Es war der Wahnsinn. Und ich war absolut nicht bereit dafür.

Menschen drängten sich an mir vorbei in Richtung Eingang und ich wurde angerempelt. Schaffte es aber weiterhin nicht, mich in Bewegung zu setzen. Stattdessen warf ich einen Blick auf meine Uhr, wodurch sich mein Herzschlag zunehmend beschleunigte. Noch fünf Minuten, um durch die Sicherheitskontrolle zu gehen, mich am Empfang anzumelden und mit dem Aufzug bis in die siebzigste Etage zu fahren, denn ich wusste, dass *Denton* das gesamte obere Stockwerk gemietet hatte. Die Zeit reichte vermutlich gerade so und ich würde zu spät zu meinem ersten Arbeitstag kommen, wenn ich mich nicht bald in Bewegung setzte.

Trotzdem blieb ich wie angewurzelt stehen. Eine plötzliche Angst lähmte mich. In meinem Kopf meldete sich die Stimme meiner Mutter zu Wort. *Eine vorbildliche Mitarbeiterin ist stets pünktlich.* Offensichtlich hatte ich ihre Weisheiten bei meinem Umzug nicht in Chicago zurücklassen können, sondern mit nach New York genommen.

Bedauerlich. Meine Mutter hatte mich immer zu Makellosigkeit erzogen. Mich regelrecht darauf getrimmt. Die perfekte Tochter. Die perfekte Jane.

Als ich sie gestern anrief, weigerte sie sich, mit mir zu sprechen. Nur meinen Vater bekam ich an den Hörer. Wenn sie sehen könnte, dass ich hier stand, ängstlich und verloren und mich nicht traute, einen Schritt in Richtung Zukunft zu machen, würde sie lachen und mir sagen, dass sie von Anfang an Recht gehabt habe. Dass der Job in der Bank bei Mr. Lennox besser für mich gewesen wäre.

Der Gedanke war es, der mich letztendlich aus meiner Schockstarre befreite. Ich setzte mich in Bewegung und passierte die Sicherheitskontrolle am Eingang. Mit jedem Schritt erinnerte ich mich mehr daran, weswegen ich hier war. Dass New York, *Denton* und auch das einschüchternde Rockefeller Center meine Entscheidung gewesen waren. Niemand hatte gesagt, dass es leicht werden würde. Aber wenn ich den leichten Weg gewollt hätte, wartete in Chicago ein Job bei der Bank auf mich, nur zehn Gehminuten von meinem Elternhaus entfernt.

Doch ich hatte mich für den schweren Weg entschieden, weil ich hoffte, irgendwo unterwegs auf die wahre Jane zu treffen. Die, die unter den Meinungen und Ratschlägen anderer verlorengegangen war.

Nach der Kontrolle, bei der ich meine Handtasche vorzeigen und mich von einem Metalldetektor scannen lassen musste, wurde ich ins Gebäude gelassen und steuerte auf einen riesigen Empfang zu.

Eine junge Frau, die ein schwarzes Businesskostüm mit lila Kragen und Jackenärmeln trug, begrüßte mich mit einem Lächeln. »Guten Morgen, kann ich Ihnen helfen?«

Sie musste etwas jünger sein als ich. Vermutlich eine

Studentin, die hier arbeitete, um sich etwas dazuzuverdienen. Mit ihrer gebräunten Haut und den vollen Augenbrauen sah sie südländisch aus.

»Guten Morgen, ich fange heute bei *Denton* an und habe noch keinen Mitarbeiterausweis. Mir wurde gesagt, dass ich mich am Empfang melden soll, damit ich einen Besucherausweis bekomme. Mein Name ist Jane Hale.«

Per Mail hatte meine zukünftige Vorgesetzte Siobhan Morris mir mitgeteilt, dass die einzelnen Etagen im Aufzug mit einem Ausweis freigeschaltet werden mussten. So war es nur Befugten gestattet, die Büroräume zu betreten.

Ayla, so stand es auf dem Namensschild über ihrer Brust, nickte und zog geräuschvoll eine Schublade vor sich auf.

»Bitte sehr«, sagte sie, reichte mir die Karte und deutete auf die Aufzüge hinter uns. »Siebzigster Stock. Ich rufe oben an und sage Bescheid, dass Sie auf dem Weg sind.«

»Vielen Dank«, verabschiedete ich mich und ging mit wackligen Knien auf den Aufzug zu. Die Vorstellung, in einen kleinen Kasten zu steigen und siebzig Stockwerke nach oben zu fahren, war für jemanden mit Höhenangst nicht verlockend.

Gott sei Dank war der Aufzug nicht überfüllt und die Fahrt erstaunlich schnell vorbei. Ich nutzte die Zeit, um mein Outfit im Spiegel zu prüfen. Für meinen ersten Tag hatte ich mich für einen schwarzen Bleistiftrock, eine weiße Bluse und Schuhe mit einem hohen Absatz entschieden. Ich trug für gewöhnlich keine Absätze, aber zu Feier des Tages hatte ich mich in die Dinger gequält. Schließlich war ich hier in New York und ich wollte etwas hermachen. Außerdem hatte ich ein dezentes Make-up aufgetragen und meine wilden Locken in einem strengen Zopf gezähmt. So hingen sie mir zumindest nicht ins Gesicht, sondern nur am Hinterkopf. Das Glätteisen, das gegen meine Haarpracht ankam, musste erst noch erfunden werden. Allerdings war es schwer, ernstgenommen zu werden, wenn man wie die Hauptdarstellerin aus *Dirty Dancing* aussah. Charlotte und Cosima liebten meine Locken und die Sommersprossen auf meiner Nase. Ich hasste dieses mädchenhafte Aussehen, wegen welchem ich mit vierundzwanzig oft noch nach meinem Ausweis gefragt wurde und hoffte, dass mein Businessoutfit mir etwas Seriosität verleihen würde.

Als sich die Türen mit einem leisen Rumpeln öffneten und mich in den siebzigsten Stock entließen, breitete sich vor meinen Augen der wohl schickste Eingangsbereich aus, den ich bisher gesehen hatte. Zögerlich machte ich einen Schritt aus dem Aufzug und sog den Anblick meiner Umgebung staunend in mich auf.

Die Wände waren crèmefarben gestrichen und zahlreiche Lampen spendeten ein warmes, gelbes Licht. Hier und dort standen dunkle Marmorsäulen und

Sitzgruppen aus dunkelbraunem Leder mit goldenen Metallelementen waren dazwischen platziert worden.

»Wow«, entfuhr es mir staunend, weil ich mich fühlte, als hätte ich die Lobby eines besonders teuren Hotels oder eine riesige Bibliothek betreten. An den Wänden standen deckenhohe Holzregale, gefüllt mit alten Büchern. Im hinteren Bereich erkannte ich einen Empfang, direkt daneben war ein Durchgang, der vermutlich zu den Büroräumen führte.

Gerade, als ich die Lobby mit unsicheren Schritten durchquerte, tauchte eine Frau in meinem Blickfeld auf. Die Absätze ihrer Schuhe hallten von den Wänden wider. Sie trug ein dunkelgrünes Kostüm und hielt direkt auf mich zu. »Sie müssen Miss Hale sein«, begrüßte sie mich und reichte mir die Hand, als sie einen Schritt von mir entfernt zum Stehen kam.

»Die bin ich«, antwortete ich höflich. »Ich bin Jane Hale.«

»Es freut mich, Sie bei *Denton* zu begrüßen, Miss Hale. Ich bin Siobhan Morris. Leiterin der Marketingabteilung und Ihre Vorgesetzte.«

Aufgrund der Fältchen um ihre Augen und die Mundwinkel schätzte ich Mrs. Morris auf Mitte Vierzig. Ihr Kostüm saß wie angegossen, ihre Haltung war gerade, ihre Stimme fest. All das ließ sie streng wirken. Eine Businessfrau durch und durch, aber das musste sie als Abteilungsleiterin bei einem Konzern wie *Denton* auch sein. Das warme Lächeln, das sie mir schenkte, erweckte in mir jedoch den Eindruck, dass ich in ihr eine freundliche Chefin hatte, mit der ich gut klarkommen würde.

»Kommen Sie, ich zeige Ihnen Ihr neues Büro und verrate Ihnen, was Sie in den nächsten Wochen zu erwarten haben.«

Ich erwiderte ihr Lächeln und folgte ihr, vorbei am Empfang in Richtung der Büroräume. Im Rockefeller Center befand sich ausschließlich der Hauptsitz des Konzerns. Hier wurden alle strategischen Entscheidungen getroffen, neue Projekte erstellt und das Unternehmen geleitet, mit allen Abteilungen, die dazugehörten. Die Produktionen sowie zahlreiche Tochterfirmen befanden sich in Zweigstellen über das ganze Land verstreut. Nicht wenige waren im Ausland angesiedelt worden, je nach Marke und Produktlinie.

Mrs. Morris führte mich durch die Etage, zeigte mir die Pausenräume und die Küche. Es gab keine Kantine, aber Mitarbeiter erhielten Essensmarken für die im Center ansässigen Restaurants und konnten circa die Hälfte des Preises sparen. Insgesamt erstreckte sich die Fläche über mehrere hundert Quadratmeter. Ständig kamen uns Mitarbeiter entgegen, die geschäftig von A nach B eilten. Laut meiner neuen Chefin gab es fünf Konferenzräume. Zwei große und drei kleinere. Mitarbeiter in höheren Positionen verfügten über Einzelbüros. Es gab auch

Gruppenbüros. Ich hatte Glück, dass ich keine allzu niedrige Position belegte, weswegen ich mir einen Raum mit einem Kollegen teilen würde, der in derselben Abteilung tätig war.

Mrs. Morris und ich waren gerade auf dem Weg zu besagtem Büro, weil sie es mir zeigen und mich ein paar Arbeitskollegen vorstellen wollte, mit denen ich in Zukunft häufiger zu tun haben würde.

»Sie werden sich über Ihre Verstärkung im Team freuen. Es gibt immer zu viel zu tun und zu wenige Mitarbeiter«, sagte Mrs. Morris lächelnd. Ich folgte ihr und musterte meine Umgebung begeistert. Bisher hatte ich nichts entdeckt, das mir nicht gefiel. Alle Mitarbeiter hatten mich im Vorbeigehen angelächelt oder mit einem knappen Nicken gegrüßt. Die Atmosphäre war ruhig, aber geschäftig und professionell und die Einrichtung erst … hier sprang einem das Niveau aus jedem Winkel entgegen.

Während ich meiner Vorgesetzten durch einen langen Flur folgte, musterte ich begeistert die Kunstdrucke an den Wänden.

»Ist das Francisco de Goya?«, fragte ich, ohne nachzudenken und blieb wie angewurzelt vor einem Bild stehen, das ich als *Die nackte Maja* identifizierte. Kunst war schon immer meine heimliche Leidenschaft gewesen und mein Ausgleich zum stressigen Unialltag.

Mrs. Morris nickte anerkennend. »Sie haben ein gutes

Auge. Mr. McKade Junior hat es im letzten Winter bei einer Auktion erstanden.«

»Es ist ein Original?«, fragte ich überrascht und eine Spur zu laut. Sie schenkte mir bloß ein bedecktes Lächeln, bevor sie mir bedeutete, weiterzugehen.

Es war offiziell, ich liebte meinen neuen Arbeitsplatz.

»Sie werden die ersten Tage damit verbringen, sich einzuarbeiten und auf den aktuellen Stand zu bringen«, erklärte Mr. Morris. »Derzeit laufen zwei wichtige Projekte, an denen Sie mitwirken werden. Eine Marketingkampagne für einen neuen Duft in unserer Produktlinie in Japan und …«

Ich war wieder an einem der vielen Bilder hängen geblieben, die den Flur säumten, und beeilte mich, den Abstand zwischen uns zu verringern. Weil ich am ersten Tag nicht den Eindruck erwecken wollte, unaufmerksam zu sein, verfiel ich in einen leichten Laufschritt und trabte hinter Mrs. Morris her. Gerade, als ich sie fast eingeholt hatte, öffnete sich eine Tür zu meiner Linken und ein Mann trat auf den Gang hinaus, direkt vor mich. Ich schaffte es nicht, abzubremsen, stolperte und rannte direkt in ihn rein.

»Oh«, rief ich, bevor ich gegen ihn stieß und an seinem massiven Körper abprallte wie eine Fliege an einer Fensterscheibe. Der Mann wollte mich festhalten, aber mein Schwung war zu stark und ich stürzte seitlich zu Boden. Geräuschvoll und nicht, ohne dass meine

Handtasche mir von der Schulter fiel und ihren Inhalt über den Flur verteilte.

»Geht es Ihnen gut«, fragte eine besorgte Stimme. Im hintersten Winkel meines Gehirns entstand der Gedanke, dass ich sie irgendwoher kannte. Sie bereits gehört hatte. Aber der Zwischenfall war mir so peinlich und ich versuchte hektisch, mein Hab und Gut zusammenzuklauben, sodass die Ahnung es nicht bis an die Oberfläche schaffte.

»Entschuldigen Sie, es war meine Schuld«, murmelte ich verlegen, ohne aufzusehen. Stattdessen konzentrierte ich mich darauf, mein Handy und mein Portemonnaie in meiner Handtasche zu verstauen. Als ich aufstand, blickte ich zunächst meine neue Chefin an, die mich besorgt musterte.

»Sind Sie sicher, dass Ihnen nichts fehlt?«, fragte sie. Ich nickte und unterdrückte den Drang, mir an mein Handgelenk zu fassen. Beim Sturz hatte ich versucht, mich abzufangen und jetzt schmerzte es höllisch. Erst nachdem meine Chefin halbwegs überzeugt wirkte, dachte ich daran, mich noch einmal ordentlich bei dem Mann zu entschuldigen, in den ich hineingerannt war. Was für ein Auftritt. Und das an meinem ersten Arbeitstag.

»Bitte entschuldigen Sie vielmals«, bedauerte ich den Zwischenfall erneut und wandte mich dem Mann zu, der mich um einen Kopf überragte. Seine breiten Schultern steckten in einem maßgeschneiderten nachtschwarzen Anzug. Bei seiner Statur wunderte es mich nicht, dass er durch den Zusammenprall nicht einmal ins Straucheln gekommen war. Wieder meldete sich diese Stimme in meinem Hinterkopf, die mir etwas Dringendes mitteilen wollte.

Dann sah ich in sein Gesicht, begegnete dem Blick seiner grünen Augen und die Erkenntnis traf mich wie ein Schlag.

Obwohl wir nur wenig Zeit miteinander verbracht hatten und seit unserer letzten Begegnung ein Jahr verstrichen war, würde ich diesen Mann überall auf der Welt wiedererkennen. In den vergangenen Monaten hatte ich öfter an Hunter gedacht, als gut für mich war und nun stand er plötzlich vor mir.

Kapitel -4-

Jane

Ein Jahr zuvor

Aus dem Lautsprecher meines Handys tönte *Unbreak my Heart,* während ich bäuchlings auf meinem Bett lag, das Gesicht in mein Kopfkissen gedrückt, und die Tränen zurückhielt. Was für ein schreckliches Lied. Ich hatte mir geschworen, es nicht nochmal zu hören, weil es meinen Zustand nur verschlimmerte. Stattdessen zog ich mir weiter Toni Braxtons schmalzige Stimme und diesen furchtbaren Text rein. Im Ernst … *unbreake my heart. Say you'll love me again. Undo this hurt you caused, when you walked out the door and walked out of my life. Uncry these tears.*

Weder konnte man ein gebrochenes Herz ungebrochen machen, noch Schmerzen zurücknehmen oder bereits vergossene Tränen unvergossen werden lassen. Und ich musste es wissen, denn seit Nate sich vor einem Monat von mir getrennt hatte, wartete ich genau darauf. Dass er zurück durch die Tür trat, durch die er mein Leben verlassen hatte. Dass er die Schmerzen und mein gebrochenes Herz verschwinden lassen würde. Dass er seine Worte zurücknahm und der letzte Monat voller Tränen und Leid aus meinem Herzen gestrichen werden könnte, so als hätte es ihn nicht gegeben. Aber ich wartete vergeblich, während ich mir Tag für Tag Toni Braxton reinzog. Vermutlich hasste ich das Lied deswegen so sehr. Denn statt zu mir zurückzukommen, war Nate zu Helena gegangen. Top-Girl im städtischen Cheerleader Team und womöglich das schönste Mädchen in ganz Chicago.

Meine Zimmertür wurde geöffnet und meine Mutter betrat den Raum, was ich erst mitbekam, als sie die Stereoanlage ausschaltete und etwas auf mein Bett fallen ließ, sodass es gegen mein Bein stieß. Seufzend richtete ich mich auf die Ellbogen auf, blinzelte und sah meine Mutter aus müden, verweinten Augen an.

»Deine Wäsche«, sagte sie und zeigte vorwurfsvoll auf den Korb neben meinen Beinen. »Es wird Zeit, dass du dich zusammenreißt. Wenn Nate dich so sehen würde …«, sie ließ den Satz unbeendet, aber in den vergangenen Wochen hatte sie die Worte so oft ausgesprochen, dass sie automatisch in meinem Kopf folgten.

Kein Wunder, dass er dich verlassen hat. Nach sechs Jahren Beziehung lässt du ihn einfach gehen. Und dann zu diesem Flittchen. Wenn du dir mehr Mühe gegeben hättest, wenn du auf mich gehört und mit ihm Lehramt studiert hättest, dann wäre es nicht so weit gekommen.

Nate war ihr Liebling und die Begründungen meiner Mutter, weswegen ich die Schuld an der Trennung trug, schier endlos. Ihrer Meinung nach war mein größter

Fehler gewesen, Interkulturelles Management zu studieren, während Nate sich für Lehramt entschied. Der Studiengang hatte so viel meiner Zeit gefordert, dass ich meine Beziehung vernachlässigt hatte. Und überhaupt, was wollte ich als zukünftige Ehefrau und Mutter mit einem Job in der Wirtschaft? Wäre ich in Nathaniels Nähe geblieben, hätten wir uns nicht entfremdet. Nate hätte keine anderen Frauen kennengelernt, mich nicht betrogen und schlussendlich verlassen. Deswegen brachte meine Mutter nur wenig Verständnis für meine Lage auf. Ich hatte sie enttäuscht.

Entschlossen rappelte ich mich vom Bett auf, griff nach dem Wäschekorb und begann, meine Kleidung in meinen Schrank einzusortieren. »Danke, Mum. Aber du kannst wieder gehen«, sagte ich, ohne mich um Freundlichkeit zu bemühen oder sie anzusehen. Ich würde diese Unterhaltung nicht noch einmal führen.

Sechs Jahre lang hatte ich alles in die Beziehung mit Nate investiert. Ich hatte versucht, perfekt zu sein. War nett zu seinen dämlichen Freunden, machte ihm nie eine Szene, wenn er lange ausblieb und sich nicht bei mir meldete, wurde nicht eifersüchtig, wenn andere Frauen sich ihm an den Hals warfen, und zeigte ihm, dass ich ihm bedingungslos vertraute. Ich hatte ihn nicht unter Druck gesetzt, keine Forderungen gestellt und war immer darauf bedacht gewesen, dass er die Zeit mit mir und unsere Beziehung genoss. Ich hatte mir endlos viele

Actionfilme mit ihm angesehen und Nate nicht einmal dazu überredet, eine romantische Komödie mit mir zu gucken. Sechs Jahre lang hatte Nate mich fast ausschließlich gestylt und gut gelaunt erlebt. Ich hatte ihn nie mit meinen persönlichen Problemen belastet. Alles, damit ich eine makellose Freundin für ihn war. Damit wir die perfekte Beziehung führten. So, wie meine Mutter es mir eingebläut hatte.

Und nun kämpfte ich neben einem gebrochenen Herzen noch mit der Ernüchterung, die nach Nates Trennung gefolgt war. Denn ich hatte alles richtig gemacht. Hatte immer versucht, ihm jeden Wunsch zu erfüllen. Gebracht hatte es mir jedoch nichts. Als er mich um ein ruhiges Gespräch gebeten hatte, war ich mir sicher gewesen, dass er mich endlich fragen würde, ob wir zusammenziehen.

Stattdessen hatte er mir gesagt, dass er die Beziehung beenden wolle. Dass er mehr Freiraum brauche, um zu sich selbst zu finden. Und dass ich das sicher nachvollziehen könne. Schließlich waren wir so jung. Viel zu jung für eine derartig ernste Beziehung.

Ich konnte ihn nicht verstehen und hätte ihn am liebsten angeschrien. Freiraum? Ich hatte ihm jeden Freiraum gegeben, den er sich gewünscht hatte. An wie vielen Wochenenden war er mit den Jungs unterwegs gewesen, Party machen, statt die Zeit mit mir zu verbringen? Aber statt ihm meine wahren Gedanken mitzuteilen, hatte ich genickt. Ich hatte bloß genickt und dumm gelächelt.

Die perfekte Jane erlebte die perfekte Trennung. Ohne Drama, ohne Tränen, ohne eine Szene zu machen und ihre Gefühle zu zeigen. Das folgte alles erst, als Nate längst weggewesen war.

»Jane«, sagte meine Mutter streng und weigerte sich offensichtlich, die Sache auf sich beruhen zu lassen. »Vielleicht solltest du das Gespräch mit Nate suchen.«

Ich wirbelte zu ihr herum.

»Das kannst du nicht ernst meinen«, erwiderte ich. »Nate hat mich betrogen, Mum«, warf ich ihr an den Kopf. Leider hatte ich das alles erst nach der Trennung erfahren und ihn nie damit konfrontiert. »Er hat mich verlassen, weil er angeblich Freiraum wollte und hüpft seitdem von einem Bett ins nächste.«

Chicago mochte eine Großstadt sein, aber Rogers Park, das Viertel, in dem wir lebten, war ein Dorf. Jeder kannte jeden über ein paar Ecken und irgendwie landeten die Infos über Nathaniels Techtelmechtel am Ende bei mir. So sehr ich mir auch wünschte, dass es nicht so wäre. »Wie kannst du wollen, dass ich zu ihm zurückgehe?«

Meine Mutter seufzte und setzte sich auf die Bettkante, den Rücken durchgestreckt und die Hände im Schoß gefaltet. Ihr Haar trug sie wie so oft in einem strengen Dutt in ihrem Nacken.

»Nate ist jung, Jane. Männer in seinem Alter sind …

unbeständig.« Ich starrte sie sprachlos an, aber meine Mutter ließ sich nicht beirren und redete weiter. »Sie wissen nicht, was sie wollen, was gut für sie ist, und verlieren den Fokus. Das musst du verstehen.«

»Verstehen?« Meine Gesichtszüge entglitten mir. »Ich soll Verständnis für seine Rumhurerei haben?«, rief ich aufgebracht und meine Mutter zuckte bei dem Wort *Rumhurerei* zusammen, als hätte ich sie geschlagen.

»Jane«, zischte sie streng. »Nicht in diesem Tonfall.«

Ich atmete tief in den Bauch, um mich zu beruhigen. Gespräche mit meiner Mutter brachten mich oft an den Rand der Verzweiflung, aber dieses hier übertraf alles.

»Was ich sagen will«, fuhr sie fort, »ist, dass du in Erwägung ziehen solltest, Nate zu verzeihen. Ich bin mir sicher, dass ihr eure Probleme klären könnt. Immerhin wart ihr sechs Jahre lang ein Paar. Er ist deine erste Liebe. Wirf das nicht einfach weg.«

Kraftlos ließ ich meine Arme hinabsinken. Ich konnte nicht glauben, was meine Mutter da sagte. Wir hatten nie ein besonders inniges Verhältnis zueinander gehabt, aber in diesem Moment war sie mir fremder denn je.

»Nicht ich bin es, die etwas wegwirft«, stellte ich klar. »Sondern er. Und jetzt möchte ich alleine sein.«

Dann drehte ich mich demonstrativ um und fuhr fort, meine Wäsche in den Kleiderschrank einzusortieren. Meine Mutter seufzte theatralisch, dann erhob sie sich, wobei das Bett ein Knarzen von sich gab, und verließ mit leisen Schritten mein Zimmer. Als die Tür hinter ihr zufiel, schloss ich die Augen und lehnte meine Stirn an den Kleiderschrank.

Plötzlich fühlte ich mich so ausgelaugt und schwer, dass ich glaubte, im Boden versinken zu müssen.

Ich hatte die Schnauze voll. Ich hatte es so satt, immer perfekt sein zu wollen und mich selbst zu verlieren. Ich hasste es, dass so viel von mir erwartet wurde und ich versucht hatte, es allen recht zu machen. Niemandem auf die Füße zu treten, mich anzupassen und bloß nie etwas von irgendwem zu erwarten. Was hatte es mir gebracht?

Im Grunde müsste ich Nate dankbar sein. Sonst hätte ich weiterhin versucht, das perfekte Leben vorzuspielen. Er hatte mir mit der Trennung einen großen Gefallen getan und mich wachgerüttelt.

Ich wollte nicht länger diejenige sein, die verständnisvoll und tolerant war. Die immer einsteckte und nie den Mund aufmachte. Ich wollte raus aus meiner Haut. Raus aus dieser Hülle, in die ich und andere mich in den letzten Jahren gequetscht hatten. Ausbrechen und etwas Verrücktes tun. Einmal so richtig über die Stränge schlagen.

Offensichtlich brauchte es mehr als den bloßen Entschluss, um aus der eigenen Haut zu kommen. Ich hatte es mit der Hochbahn bis ins Zentrum geschafft, aber danach keine Ahnung gehabt, wohin ich gehen sollte. In den letzten vier Jahren während des Studiums war ich kaum Feiern gewesen und wenn doch, dann auf Campus- oder Hauspartys. Zwar war Chicago bekannt für sein Nachtleben und konnte mit zahlreichen Pubs, Bars und Clubs aufwarten, aber ich hatte keine Ahnung, welche gut waren, was für Musik gespielt wurde und, und, und. Deswegen lief ich im Dunkeln, mit einem zu freizügigen Kleid etwas ziellos durch die Straßen, schlängelte mich zwischen Menschen hindurch, die mit ihren Getränken auf der Straße vor den Läden standen und versuchten, irgendwie einen Zugang zu der Partystimmung zu finden, die allgemein herrschte.

In diesem Moment wünschte ich mir, mehr wie meine Freundin Cosima zu sein. Sie hatte keine Probleme, Anschluss zu finden und Spaß zu haben. Sie an meiner Stelle wäre einfach in eine der Bars spaziert und hätte sich beim Barkeeper einen Drink bestellt. Cosima war der einzige Mensch, den ich kannte, der ohne Hemmungen alleine Feiern ging und auf der Tanzfläche auch ohne die Unterstützung von Freunden Spaß haben konnte.

»Sei wie Cosima«, sprach ich mir selbst leise Mut zu. Ich atmete einmal tief durch, straffte die Schultern und steuerte die nächstgelegene Baran. Vor der Tür hatte sich eine Menschentraube versammelt und die Party von drinnen auf die Straße verlegt. Neonfarbene Leuchtbuchstaben schrien den Namen *The Violet Hour* in die Nacht hinaus. Die Cocktailbar wirkte bereits von außen zu teuer für mich. Kein Laden, in den Studenten normalerweise gingen. Ein genauerer Blick auf die Gäste vor der Tür bestätigte diese Vermutung. Allesamt schick gekleidet. Viele Anzugträger. Aber wenn ich nicht reinging, würde ich höchstwahrscheinlich nicht den Mut finden, nach einer weiteren Bar zu suchen. Mein Weg hierhin war lang gewesen, im übertragenen Sinne. Jetzt oder nie.

Ein Drink, so viel verlangte ich von mir selbst. Ein Drink und wenn es mir dann nicht gefiel, durfte ich wieder zurück in meinen sicheren Kokon flüchten.

Ich näherte mich dem Eingang mit unsicheren Schritten. »Sei wie Cosima«, wiederholte ich, um mir selbst Mut zuzusprechen. Bei Cos sah das leicht aus. Sie trug ihr Herz auf der Zunge und gab nichts auf das, was andere dachten. Ich hingegen war der in sich gekehrte Typ, immer darauf bedacht, nicht aufzufallen und wenn, dann nur positiv.

»Sei wie Cosima.«

Gott, wenn Cos mich gerade sehen könnte, würde sie aus dem Lachen nicht mehr rauskommen.

»Ist das ein Lebensmotto?«

Erschrocken zuckte ich zusammen und sah mich um. Links von mir, etwa einen halben Meter vom Eingang entfernt, lehnte ein Mann an der Hauswand und beobachtete mich amüsiert. Ein attraktiver Mann. Ein verboten gutaussehender, schöner Mann.

»Sei wie Cosima, ist das ein Lebensmotto?«, wiederholte er, stieß sich lässig von der Wand ab und überbrückte die kurze Distanz zwischen uns. Er war größer als ich und breit gebaut. Nicht von der aufgepumpten Bodybuildersorte, eher athletisch. Die Farbe seiner Augen konnte ich im Neonlicht nicht richtig erkennen, aber sie wirkten grünlich-blau, was hervorragend zu seinem dunkelblonden Haar passte.

Dicht vor mir blieb er stehen, viel zu dicht für einen Fremden, und ich machte einen kleinen Schritt zurück. Auch weil seine plötzliche Nähe meine Gedanken vernebelte.

Er hatte es bemerkt, denn in seinen Augen blitzte Belustigung auf, aber er machte keine Anstalten, nochmal näherzukommen. Stattdessen ließ er seinen Blick über mein viel zu kurzes schwarzes Kleid gleiten, von den dünnen Spaghettiträgern hin zu meinen nackten Schultern, bis hinunter zu meinen Oberschenkeln, die durch den lockeren Stoff kaum bedeckt wurden.

Hitze schoss mir in die Wangen. Nie zuvor war ich so angesehen worden. Weder von Nate, noch von einem anderen Kerl. Aber dieser Mann hatte etwas offensichtlich Anzügliches in seinem Blick und brachte mich völlig aus dem Konzept.

»Kein Motto«, kam ich viel zu spät auf seine Frage

zurück. »Cosima ist meine Freundin.« Die Worte verließen meinen Mund nur schwer und meine Stimme klang heiser.

Oh lieber Gott, bitte mach, dass er mich nicht für eine Idiotin hält.

»Deine Freundin?«, fragte er interessiert und zog eine seiner vollen Augenbrauen hoch.

»Ja, meine Freundin«, antwortete ich. »Sie … oh«, ich stockte, denn ich sah Enttäuschung über sein Gesicht huschen und mir wurde klar, dass er mich eventuell falsch verstanden hatte. »Nicht *meine* Freundin«, beeilte ich mich zu sagen. »Nur eine gute Freundin. Obwohl nichts Verwerfliches daran wäre, wenn sie *meine* Freundin wäre. Was sie nicht ist. Sie ist …« Okay, jetzt plapperte ich. »Sie ist einfach eine gute Freundin«, beendete ich meinen Satz leise und bereitete mich innerlich darauf vor, einen Sprint in meinen High Heels hinzulegen, um aus dieser peinlichen Situation zu flüchten.

Der Mann vor mir gab ein raues, kehliges Lachen von sich und der Ton vibrierte in meiner Brust.

»Ich halte viel von guten Freunden«, antwortete er und fuhr sich mit der Hand durch sein dunkelblondes Haar. Eine Geste, die eine unmittelbare Wirkung auf meine Knie hatte.

Dieser Typ war definitiv kein Student. Mit seiner selbstbewussten Ausstrahlung und seiner einnehmenden Art. Wie er zielsicher auf mich zugekommen war, mich angesprochen und nicht weniger als meine volle Aufmerksamkeit verlangt hatte. Die Jungs, die ich von der Uni kannte, gaben sich nicht so. Sie waren unreif, anders. Der Fremde vor mir war ein richtiger Mann. Einer, der mit beiden Beinen im Leben stand.

»Also«, fuhr er fort und sah mich mit einem perfektionierten Schlafzimmerblick an. »Was hältst du davon, wenn ich dich auf einen Drink einlade und du mir im Gegenzug verrätst, warum du unbedingt wie Cosima sein möchtest?«, fragte er und seinen Worten haftete etwas Verheißungsvolles an.

Ich begegnete dem Blick seiner Augen und für einen Moment nahm ich meine Umgebung nicht mehr wahr. Selbst die lauten Geräusche des Chicagoer Nachtlebens schienen für ein paar Sekunden zu verstummen.

»Ich trinke nichts mit Fremden«, erwiderte ich schwach. Ich war wie hypnotisiert von seinen Augen. Ein sehr großer Teil von mir fürchtete sich davor, Zeit mit diesem Mann zu verbringen. Mir war schlicht und einfach nie zuvor jemand begegnet, der eine so intensive Wirkung auf mich hatte. Trotzdem wusste ich, noch während ich die Worte aussprach, dass ich mit ihm gehen würde.

»Mein Name ist Hunter«, sagte er mit tiefer Stimme, griff nach meiner Hand und fuhr sanft mit dem Daumen über meine Haut, bevor er mich wieder losließ. Hunter, was für ein passender Name für diesen Mann. Er hatte etwas von einem Jäger und ich war seine auserkorene Beute.

»Jane«, stieß ich atemlos hervor, weil die Berührung ein Feuerwerk durch meinen Körper gesandt hatte.

»Jetzt sind wir keine Fremden mehr, Jane«, raunte er und machte einen Schritt auf mich zu. Ein herber, angenehmer Duft nach Zedernholz stieg mir in die Nase und ich musste den Drang unterdrücken, die Augen zu schließen und zu seufzen. »Was sagst du also zu einem Drink mit mir?«

»Ein Drink nur«, erwiderte ich, um eine feste Stimme bemüht, und wieder huschte dieser amüsierte Ausdruck über sein Gesicht.

»Ein Drink«, wiederholte er. »Danach lasse ich dich gehen.«

Ich nickte und folgte ihm zur Eingangstür, die er gentlemanlike für mich aufhielt. Als ich mich an ihm vorbeischob, legte er seine Hand in einer besitzergreifenden Geste auf meinen unteren Rücken und schob mich zu einem abgelegenen Tisch. Die Berührung brannte sich durch den Stoff meines Kleides direkt in meine Haut.

Ein Drink. *Wer's glaubte.*

Kapitel -5-

Jane

»Mr. McKade, das ist unsere neue Mitarbeiterin, Miss Hale. Miss Hale wird in der Marketingabteilung im Bereich Interkulturelles Management tätig sein. Miss Hale? Miss Hale?«

Die Stimme meiner Chefin riss mich aus meinen Gedanken und holte mich zurück in die Gegenwart. Mein Name war gefallen, so viel hatte ich mitbekommen. Aber der Rest der Unterhaltung war unter dem Schock, Hunter wiederzusehen, begraben worden.

»Ja?«, fragte ich verwirrt an Mrs. Morris gerichtet und schaffte es nur schwer, mich von Hunters blaugrünen Augen loszureißen. Sie sah mich mit leicht gerunzelter Stirn an.

»Ich sagte soeben zu Mr. McKade, dass Sie heute Ihren ersten Arbeitstag haben und unser Marketingteam zukünftig tatkräftig unterstützen werden«, wiederholte sie für mich und ich nickte, bevor ich zu einer Salzsäule erstarrte.

»M… Mr. McKade?«, stammelte ich heillos überfordert. Wie der Mr. McKade Junior, der den Goya erstanden hatte? Der Sohn des Gründers und Besitzers von *Denton?*

»Miss Hale«, riss Besagter das Wort an sich und

forderte meine Aufmerksamkeit. »Es freut mich, Sie kennenzulernen. Ich bin Hunter McKade. Sohn von Richard McKade und COO bei *Denton.*«

Er streckte mir die Hand entgegen und ich brauchte einen Moment, um seinen Händedruck zu erwidern. Er war so fest, dass er meine Finger beinahe zerquetschte. Ich begegnete seinem harten Blick, der so gar nichts Warmes mehr hatte, während die Gedanken in meinem Kopf rasten.

COO.

Chief Operating Officer.

Was bedeutete, dass er das Tagesgeschäft leitete.

Was bedeutete, dass er mein Chef war.

Was bedeutete, dass ich total und unwiderruflich am Arsch war!

Zu meinem Glück wurde ich schnell aus der Situation gerettet, weil ein anderer Mann Hunter aus dem Raum gefolgt war und seine Aufmerksamkeit gefordert hatte. Er war mir als CFO, Chief Financial Officer, vorgestellt worden, also der Leiter der Finanzabteilung, und seinen Namen hatte ich ebenfalls erfahren, ihn mir aber nicht merken können, weil das Rauschen in meinen Ohren verhinderte, dass ein klarer Gedanke durch meine Panik bis zu meinem Gehirn durchdrang.

Hunter war hier. Er war in New York und er war mein

Boss.

Ein Jahr lang hatte ich mich gefragt, ob ich ihn wiedersehen würde. Aber ich hätte nie damit gerechnet, dass sich unsere Wege so kreuzen könnten.

»Hier ist Ihr neues Büro«, riss Mrs. Morris mich aus meinen Gedanken. Verdammt, ich machte keinen guten ersten Eindruck. Nach dem Zusammenstoß wollte es mir nicht gelingen, mich zu sammeln. Ich schaffte es nicht, mich auf das Hier und Jetzt zu konzentrieren und driftete immer wieder zu Hunters Blick ab. In seinen Augen hatte so viel Kälte gelegen. In meinen Tagträumen hatte ich mir unser Wiedersehen anders vorgestellt.

Ich schüttelte Verwirrung und Enttäuschung ab und zwang mich, mich für einen Moment auf mein neues Büro zu fokussieren.

Es war ein heller, lichtdurchfluteter Raum mit zwei Schreibtischen aus massivem Holz darin, auf denen jeweils ein riesiger Computerbildschirm stand. Auf einem der Tische sah ich eine Pflanze, Bilderrahmen, eine Kaffeetasse und einen Stapel Unterlagen. Der andere sah verlassen und unbenutzt aus. Das würde dann wohl mein zukünftiger Arbeitsplatz werden.

Der Boden bestand aus einem dunklen Parkett, welches durch die zwei beigen Teppiche aufgelockert wurde. An den Wänden hingen abstrakte Kunstdrucke, von einem mir unbekannten Künstler, die dem Raum jedoch eine stylische Note verliehen. Pflanzen und Aktenschränke aus Holz rundeten das elegante Bild ab.

Staunend machte ich einen Schritt in das Büro und sah mich weiter um. Zwei der Wände bestanden zur Gänze aus bodentiefen Fenstern und ließen viel Sonnenlicht herein. Die anderen beiden waren sandfarben gestrichen worden.

So weit oben wirkte es, als würde man an seinem Schreibtisch mitten im Himmel sitzen. Jemand anderes hätte sich darüber sicher gefreut, mir bereitete die Aussicht nach unten wackelige Knie. Hoffentlich würde ich mich daran gewöhnen.

»Wow«, entfuhr es mir, weil der Raum der schicken Lobby in nichts nachstand. So edle Büros kannte ich höchstens aus Filmen.

»Es freut uns, dass es Ihnen gefällt«, sagte meine Vorgesetzte und bedachte mich mit einem wohlwollenden Lächeln. »Uns ist es ein Anliegen, dass sich die Mitarbeiter wohlfühlen.«

»Es ist großartig«, erwiderte ich und legte meine Handtasche auf dem leeren Schreibtisch ab.

»Sehen Sie sich um und kommen Sie erst einmal in Ruhe an. Ihr Büronachbar, Mr. Kinkaid ist gerade in einem Meeting, Sie haben den Raum also für sich«, fuhr Mrs. Morris fort und stand fast in der Tür. »Sicher haben Sie einige Sachen mitgebracht, die Sie einräumen möchten. Ich komme in etwa einer Stunde wieder und bringe Ihnen die Unterlagen für die zwei besagten Projekte mit. Bis dahin haben Sie Zeit, sich eigenständig auf der gesamten Etage umzusehen.«

Ich lächelte höflich, auch wenn mir der Gedanke, allein unter lauter fremden Menschen durch die Etage zu laufen und mich umzusehen, nicht behagte.

»Vielen Dank, das werde ich«, antwortete ich dennoch.

Mrs. Morris war zur Tür hinaus, als sie sich umdrehte und noch einmal den Kopf ins Büro steckte. »Oh, und Miss Hale«, sagte sie und ich wandte mich ihr zu. »Ich weiß noch genau, wie überfordert ich mich an meinem ersten Tag hier gefühlt habe. Machen Sie sich keine Sorgen. Dieses Gefühl lässt nach und ich bin mir sicher, dass Sie sich hervorragend bei uns eingliedern und eine hilfreiche Ergänzung für unser Team sein werden. Es freut uns, Sie hier zu haben.«

Sie schenkte mir ein letztes aufmunterndes Lächeln, dann ließ sie mich allein und schloss die Tür hinter sich.

Mrs. Morris war unheimlich freundlich. Was in ihrer Position nicht selbstverständlich war. Ihre Worte sorgten dafür, dass sich der Knoten in meiner Brust, der mir seit dem Aufeinandertreffen mit Hunter das Atmen erschwerte, etwas lockerte. Sie wäre meine direkte Vorgesetzte und mit ihr würde ich gut zusammenarbeiten können. Was Hunter anging, er war der COO und hatte mit einer einfachen Mitarbeiterin wie mir nicht viel am Hut. Er hatte Wichtigeres zu tun und wir würden einander nicht oft über den Weg laufen, da war ich mir sicher. Ob ich darüber froh oder traurig sein sollte, wusste ich allerdings nicht. Denn ein großer Teil von mir sehnte sich noch heute nach dem Mann, der mich damals so überraschend in der Bar angesprochen hatte.

Kapitel -6-

Jane

Ich verstaute gerade meine persönlichen Gegenstände, als jemand ein einziges Mal fest an der Bürotür klopfte. Bevor ich etwas sagen konnte, wurde die Tür geöffnet und Hunter betrat den Raum.

Plötzlich schien im Zimmer nicht mehr genug Luft für uns beide zu sein. Meine Lungen zogen sich bei seinem Anblick schmerzhaft zusammen. Ich wich seinem Blick aus und krallte meine Finger in den Bilderrahmen, den ich in der Hand hielt. Dass er näherkam, hörte ich nur am Geräusch seiner Schritte auf dem Parkett. Irgendwann stieg mir der vertraute Geruch nach Zedernholz in die Nase und seine breite Statur tauchte in meinem Sichtfeld auf.

Weder sah ich auf, noch sagte ich etwas. Mein Herz raste, während meine Gedanken zu Brei wurden. Mein Körper wusste nicht, wie er reagieren sollte. Ob er sich in einer guten, oder in einer schlechten Situation befand.

»Du bist also in New York«, zerriss seine tiefe Stimme die Stille. Die Worte waren harsch und schneidend scharf.

»Ja«, antwortete ich leise und lenkte mich mit dem Bild von Cosima, Charly und mir ab, das uns am Tag unseres College-Abschlusses zeigte. Alle drei in denselben Pullovern. »Ich wusste nicht, dass du …«, fuhr ich fort, brach aber mitten im Satz ab. Diese Wirkung hatte er schon damals auf mich gehabt. Wenn ich in Hunters Nähe war, spielten meine Gefühle verrückt.

»Ich weiß«, erwiderte er. »Wir haben nie darüber geredet.«

Ich hatte gewusst, dass Hunter nicht in Chicago lebte. Dass er nur geschäftlich in der Stadt gewesen war. Und dass die Wahrscheinlichkeit, ihn jemals wiederzusehen, gegen Null ging.

Obwohl mein Herz wie wild in meiner Brust schlug, hielt sich Hunters Wiedersehensfreude in Grenzen. Endlich fand ich den Mut, ihn anzusehen, nur um mit seinen harten Gesichtszügen und seinen kalten Augen konfrontiert zu werden.

Er setzte dazu an, etwas zu sagen, unterbrach sich jedoch, bevor ein Wort seinen Mund verließ. Stattdessen sah er mir bloß tief in die Augen und mein Gehirn beförderte Erinnerungen zutage, die ich weit hinten in meinem Kopf begraben hatte.

»Keine Sorge, ich werde mit niemandem darüber sprechen und dich nicht behelligen. Ich wusste nicht, dass du COO bei *Denton* bist und bin bloß zum Arbeiten hier«, platzte es aus mir heraus, weil ich nicht wusste, was ich sagen sollte und die Stille unerträglich auf mir lastete. Innerlich verfluchte ich mich selbst, denn ich hatte so viel über meinen zukünftigen Arbeitsplatz gelesen. Aber bis auf Siobhan Morris und Richard

McKade, den Geschäftsführer, hatte ich mir keine der Führungskräfte angesehen. In so einem großen Konzern war es unwahrscheinlich, am ersten Tag dem COO in die Arme zu laufen. Aber wie standen die Chancen, dass ich ihn dann auch noch kannte?

»Ich mache mir keine Sorgen«, antwortete Hunter und ließ seinen Blick einmal an mir hinab und wieder hinaufwandern. Nicht auf die gute Art, wie er es in jener Nacht getan hatte. Heute wirkte die Geste von oben herab und sorgte dafür, dass ich mich klein und unbedeutend fühlte. »Um ehrlich zu sein, hatte ich zunächst Schwierigkeiten, dein Gesicht zuzuordnen.«

Er zuckte entschuldigend mit den Schultern, als wäre das keine große Sache, aber für mich waren seine Worte mit einem Tritt in die Magengrube gleichzusetzen.

»Oh«, machte ich bloß und hasste mich selbst für meine mangelnde Wortgewandtheit.

»Ja«, fuhr Hunter fort und räusperte sich. »Ich bin in Chicago vielen … Menschen begegnet und seitdem ist eine Menge Zeit vergangen.«

Die Pause vor dem Wort *Menschen* war wie ein Messerstich in meine Brust. Frauen, er meinte, dass er in Chicago viele Frauen getroffen hatte und sich da nicht an eine unbedeutende unter vielen erinnern konnte.

»Natürlich«, zwang ich mich zu einer Antwort, die keine Gefühlsregung preisgab. »Das verstehe ich.«

Unter keinen Umständen würde ich ihm zeigen, wie

sehr seine Worte mich trafen.

»Deswegen bin ich auch nicht hier«, wechselte er das Thema, nachdem er mir nochmal tief in die Augen gesehen hatte. Ich wünschte, er würde aufhören, mich mit seinen Blicken zu durchbohren und gehen, denn ich konnte spüren, wie sich Tränen ihren Weg hinaufbahnten, und ich wollte auf keinen Fall vor ihm losheulen. Diese Blöße durfte ich mir nicht geben.

»Weswegen dann?«, fragte ich und war stolz auf meine feste Stimme.

»Ich habe einen Fehler im Personalbogen gefunden. Es fehlen einige Informationen und ich würde Sie bitten, diese zu ergänzen.«

Wir waren also wieder beim Sie. Fein. Jetzt hielt er mir eine schmale Mappe entgegen. Ich riss sie ihm förmlich aus der Hand.

»Ich korrigiere das und gebe es bei *Mrs. Morris* ab«, sagte ich und betonte den Namen besonders, weil ich nicht länger ruhig bleiben konnte. Es war ein kleiner Seitenhieb darauf, dass der COO von *Denton* persönlich wegen einer Kleinigkeit in das Büro einer Angestellten kam.

»Sehr gut«, antwortete er scharf. »Ich habe in der Tat Wichtigeres zu tun.«

Dann drehte er sich um und ließ mich fassungslos zurück. Als die Tür leise hinter ihm zuging, war das Geräusch wie der Startschuss für meine Tränen. Ich

konnte es nicht glauben.
Ein Jahr lang hatte ich öfter an Hunter gedacht, als gut für mich war. Ihn vermisst und davon geträumt, ihn eines Tages wiederzusehen. Nur um herauszufinden, dass es ihm nicht schwergefallen war, mich zu vergessen.

Kapitel -7-

Jane

Ein Jahr zuvor

Ein paar Schlucke von meinem Cosmopolitan hatten gereicht, um ein wohliges Kribbeln durch meinen Körper zu jagen und ein Gefühl von Schwerelosigkeit in mir zu wecken. Mein letzter Alkohol lag Monate zurück, dennoch schrieb ich die heftige Reaktion meines Körpers mehr Hunters Anwesenheit zu.

Wir hatten uns in einen der hintersten Winkel der Bar zurückgezogen. An den Wänden zwischen den Tischen hingen dunkle Brokatvorhänge, die einen dekorativen Zweck verfolgten und gleichzeitig dafür sorgten, dass man an einigen Plätzen mehr Privatsphäre hatte.

Durch das schwummrige Licht wurden wir zusätzlich vor den Blicken anderer verborgen. Im Hintergrund lief Musik, nicht zu laut, sondern so, dass man sich gut unterhalten konnte. Sobald ich mich gesetzt hatte, war Hunter auf der Lederbank neben mich gerutscht. So nahe, dass sein Knie hin und wieder gegen meins stieß. Ich erwischte mich, wie ich insgeheim darauf wartete, dass es wieder soweit war und den kurzen Körperkontakt mit ihm genoss.

»Also, Jane«, sagte er und lehnte sich mit seinem Scotch in der Hand zurück. »Du schuldest mir eine Geschichte.«

Sein Arm lag ausgestreckt hinter meinem Rücken auf der Sitzbank. Wenn ich mich zurücklehnte, würde ich ihn unweigerlich berühren. Der Gedanke ließ meinen Puls im Hoppsalauf voranpreschen, weswegen ich stocksteif sitzen blieb und ihm umständlich den Oberkörper zudrehte.

»Cosima ist meine beste Freundin, sie ist unglaublich mutig und ihr ist nichts peinlich«, lieferte ich ihm eine Erklärung für mein merkwürdiges Verhalten von vorhin. »Ich wäre gern mehr wie sie. Weniger ängstlich.«

So etwas vor einem Fremden zuzugeben, war nicht meine Art. Überhaupt nicht. Aber etwas an Hunter lockerte meine Zunge und machte es mir gleichzeitig schwer, einen klugen Gedanken zu fassen.

»Wovor hattest du Angst?«, fragte er und sah mich mit undurchdringlicher Miene an.

Wieder berührte sein Knie meines. Dieses Mal hielt der Kontakt an und er zog sein Bein nicht zurück.

»Davor, alleine in eine Bar zu gehen«, antwortete ich atemlos, wich seinem Blick dieses Mal aber nicht aus. Im spärlichen Licht wirkten seine Augen wie ein dunkler, türkiser See.

Sein Mundwinkel zuckte zu einem angedeuteten Lächeln. »Du bist nicht allein«, sprach Hunter das Offensichtliche an.

Nein, ich war nicht allein. Aber als ich nach dem Gespräch mit meiner Mutter frustriert den Entschluss gefasst hatte, etwas Verrücktes zu tun, hätte ich nicht damit gerechnet, dass ein Mann wie Hunter meinen Weg kreuzen würde.

»Warum wolltest du alleine weggehen, Jane?«, fragte er, als hätte er meine Gedanken erraten. Ich hatte bereits zugegeben, dass es mir Angst bereitete, deswegen musste ich einen guten Grund haben, um es dennoch zu tun. Wie viel sollte ich ihm verraten?

»Ich wollte etwas Unvernünftiges tun«, brachte ich es wagemutig auf den Punkt. Hunters angedeutetes Lächeln verwandelte sich in ein breites Lachen, das seine perfekten Zähne zeigte.

»Ich denke, dabei kann ich dir behilflich sein«, raunte er und plötzlich befand sich seine Hand in meinem Nacken. Sein Griff war fest und gleichzeitig behutsam, während er seine Finger in meinen wilden Locken vergrub, die ich heute absichtlich nicht mit einem Haargummi gebändigt hatte.

Hunter richtete sich auf und zog mich näher an sich, bis nur noch wenige Zentimeter unsere Gesichter voneinander trennten. Sein Duft vernebelte mir die Sinne, gleichzeitig schickte seine Hand in meinem Nacken eine lawinenartige Hitze durch meinen Körper. Ich war mir sicher, dass er mich küssen würde und konnte den Blick nicht von seinen verheißungsvollen Lippen nehmen.

Aber das tat er nicht.

Hunter schob sein Gesicht an meinem vorbei, sodass seine Wange an meiner lag und seine rauen Bartstoppeln über meine Haut rieben.

»Bist du mutig, Jane?«, hauchte er in mein Ohr. Sein Atem ließ eine Gänsehaut über meinen Rücken wandern. Dann neigte er den Kopf leicht und berührte mit seinen Lippen die empfindliche Stelle an meinem Hals, direkt unter meinen Ohrläppchen.

Stöhnend schloss ich die Augen. Mein Kopf fühlte sich so schwer an und ich ließ ihn in Hunters Griff sinken.

»Sag Ja, Jane.« Er nahm mein Ohrläppchen zwischen seine Zähne und knabberte sanft daran, womit er einen Stromschlag durch meinen Körper direkt zwischen meine Beine sandte. Die Hitze, die sich dort sammelte, wurde so unerträglich, dass ich die Schenkel zusammenpresste. Ohne es zu merken, hatte ich meine Finger in sein muskulöses Bein gekrallt und suchte Halt, weil Hunters Berührung mir das Gefühl gab, in eine bodenlose Tiefe zu fallen und gleichzeitig abzuheben.

»Ja«, flüsterte ich und war mir erst sicher, dass er mich gehört hatte, als seine Lippen sich auf meine legten und er meinen Mund mit einem hungrigen Kuss versiegelte.

Kapitel -8-

Hunter

Als ich das Rockefeller Center am nächsten Morgen betrat, hatte sich mein Ärger über meine Dummheit von gestern nicht gelegt. Personalakte, von wegen. Als ob mich ein vollständig ausgefüllter Personalbogen interessierte. Ich hatte Jane sehen wollen und auf die Schnelle war mir keine bessere Ausrede eingefallen, um zu ihr zu gehen. Obwohl alles in mir schrie, es nicht zu tun, musste ich mit ihr reden, denn ich konnte nicht fassen, dass sie in New York war. Nach einem Jahr unerwartet vor mir stand und zu allem Überfluss auch noch für mich arbeitete.

Ich hatte sie erkannt, noch bevor ich ihr Gesicht sah. Die Wahrheit hatte mich wie ein Schlag getroffen. Ihre Haare. Niemals würde ich ihre Haare vergessen. Volle blonde Locken, die unzähmbar in alle Richtungen abstanden. Wild und doch so weich, wenn man mit den Fingern hindurchfuhr.

»Guten Morgen, Mr. McKade«, begrüßte mich einer meiner Mitarbeiter, als ich aus dem Aufzug stieg und mein Büro ansteuerte. Ich nickte ihm im Vorbeigehen knapp zu, verlangsamte meine Schritte jedoch nicht. Der Vorraum zu meinem Büro war leer. Vermutlich holte Anna sich gerade einen Kaffee. Gut, dass ich ihr nicht sofort begegnete. Dass ich sie fortgeschickt hatte, lag erst ein paar Tage zurück und ich wollte ihr Zeit geben, sich von der Enttäuschung zu erholen und mir selbst ein unnötiges Drama ersparen.

Ich schaltete meinen PC an, checkte meine Mails, sortierte sie nach Dringlichkeit und antwortete auf die Wichtigsten davon. Kurz schaffte ich es, mich zu konzentrieren, aber dann schweiften meine Gedanken wieder zu Jane. Als ich einen Antworttext an einen unserer Geschäftspartner in Chicago tippte, war ich so unkonzentriert, dass ich überhaupt nicht mitbekam, was genau ich schrieb.

Seufzend gab ich nach und gab Siobhan Morris' Nummer in mein Telefon ein.

»Mr. McKade, guten Morgen«, grüßte sie mich höflich.

»Wenn Sie gerade nichts Dringendes zu tun haben, möchte ich Sie bitten, in mein Büro zu kommen«, brachte ich mein Anliegen ohne Umschweife auf den Punkt.

»Natürlich, ich bin unterwegs«, antwortete Mrs. Morris und ihrem angespannten Tonfall merkte ich an, dass sie sich auf das Schlimmste vorbereitete. Als sie kurz darauf an meine Tür klopfte und mein Büro betrat, hatte sie die Augenbrauen sorgenvoll zusammengezogen.

»Ist etwas nicht in Ordnung, Mr. McKade?«, fragte sie, ohne Zeit mit unnötigen Höflichkeiten zu verlieren.

»Nein, es gibt keine Probleme«, beruhigte ich sie.

Natürlich verstand ich, weshalb sie so dachte. Ich rief meine Mitarbeiter nicht ohne triftigen Grund in mein Büro. Termine wurden normalerweise frühzeitig geplant. Mein Verhalten musste ihr merkwürdig vorkommen, dennoch konnte ich nicht anders. »Es geht um unsere neue Mitarbeiterin.«

»Miss Hale?«, fragte Siobhan. Ich nickte, lehnte mich in meinem Stuhl zurück und drehte einen Kugelschreiber langsam zwischen meinen Fingern hin und her. Siobhan stand mitten im Raum, die Hände hinter dem Rücken verschränkt.

»Stimmt etwas nicht mit Miss Hale?«, fuhr sie fort, als ich nichts sagte. »Sie haben mir aufgetragen, eine Mitarbeiterin für die Position einzustellen, und mir freie Hand gelassen. Wenn ich etwas falsch ...«

»Nein«, unterbrach ich sie. »Sie haben nichts falsch gemacht.«

Ich wusste nicht einmal, weshalb ich diese Unterhaltung führte. Siobhan Morris hatte in ihrer Abteilung eine offene Stelle und sie hatte diese mit einer ihrer Ansicht nach geeigneten Mitarbeiterin besetzt. Sie verfügte über die nötigen Befugnisse und musste solche Entscheidungen nicht von mir absegnen lassen. Die Frau hatte sich völlig richtig verhalten.

»Miss Hale kommt mir nur etwas ... jung vor«, log ich das erstbeste, was mir einfiel. »Sind Sie sicher, dass sie den Anforderungen gewachsen ist?«

Ich verhielt mich irrational und das gefiel mir nicht. Aber ein Teil von mir suchte verzweifelt nach einem Grund, Jane wegzuschicken. Am besten zurück nach Chicago.

Siobhan winkte erleichtert ab. »Sie hat gerade erst ihren Abschluss gemacht, das stimmt. Aber ich habe Miss Hale als sehr ehrgeizige und disziplinierte junge Frau kennengelernt. Sie kann mehrere Praktika vorweisen, ehrenamtliche Tätigkeiten und bringt von Natur aus ein aufgewecktes Wesen mit«, erklärte sie mit nicht wenig Begeisterung.

Ich konnte ihre Reaktion nachvollziehen. Diesen Effekt hatte Jane auch auf mich gehabt. Wenn sie erst einmal aus sich rauskam, besaß sie die Gabe, Menschen in Windeseile für sich einzunehmen.

»Keine Sorge, Mr. McKade«, beruhigte Siobhan Morris mich, weil sie meine Zweifel missverstand. Woher sollte sie auch wissen, was mein Problem mit dieser Frau war. »Miss Hale ist den Anforderungen gewachsen. Ich bin mir sicher, dass sie sich in dieser Position prächtig entfalten wird.«

Ich sollte mich darüber freuen, dass *Denton* eine gute Mitarbeiterin dazugewonnen hatte. Stattdessen wurde mir klar, dass Siobhan mir keinen triftigen Grund liefern würde, um Jane loszuwerden. Wenn ich ihr kündigte, müsste ich es entgegen jeder Logik tun und riskierte einen Konflikt mit Mrs. Morris. Eines der schlimmsten

Dinge, die ein Vorgesetzter tun konnte, war, Befugnisse zu erteilen und Aufgaben zu delegieren, nur um seinen Mitarbeitern dann doch in die Quere zu kommen und sich einzumischen.

Ich lächelte schmallippig und entließ Mrs. Morris aus dem Gespräch. Was hätte ich auch sagen sollen? Dass ich Jane aus persönlichen Gründen nicht in New York haben wollte? Dass ich sie am liebsten in einen Flieger gesetzt und nach Chicago zurückgeschickt hätte?

Nein, das Thema weiter in die Länge zu ziehen, hätte unangenehme Fragen aufgeworfen, und ich wollte nicht, dass irgendwer erfuhr, dass mich und diese Frau eine Vergangenheit verband. Sie war hier und ich würde wohl oder übel mit ihr zurechtkommen.

Kapitel -9-

Jane

Mein zweiter Arbeitstag verlief deutlich besser als der Erste. Nachdem ich mich vergangene Nacht in den Schlaf geweint hatte, beschloss ich, mir heute von nichts und niemandem die Laune verderben zu lassen. Dazu gab es schlicht keinen Anlass. Mein Job war toll, meine Vorgesetzte kompetent und mein Büronachbar, Devon Kinkaid, freundlich und umgänglich. Außerdem waren die Projekte, zu denen Mrs. Morris mir gestern die Unterlagen ins Büro gebracht hatte und in die ich mich einarbeiten sollte, unheimlich interessant.

Bei einem ging es um eine Marketingkampagne zur Markteinführung für einen Hersteller von türkischen Süßigkeiten und Gebäck wie Lokma und Helva, der diese auf dem amerikanischen Markt anbieten wollte. Die Produkte selbst wurden in Amerika produziert, sollten den Konsumenten aber ein orientalisches Einkaufsgefühl geben. Ähnlich wie die meisten Nudelsorten, die nicht aus Italien stammten, aber einen italienischen Namen trugen.

Es gab bestimmte Lebensmittel, die Menschen mit einem Land assoziierten. Nudeln aus Italien, Oliven aus Griechenland, Brot aus Deutschland. Jedes Land hatte seine Spezialitäten, und Produkte verkauften sich besser, wenn man auf solche Stereotypen einging.

Meine Aufgabe war es, die Kollegen bei der Ideenfindung und Konzepterstellung zu unterstützen. Das fiel zwar nicht direkt in meinen Studienschwerpunkt, aber Interkulturelles Management und Marketing waren sehr eng miteinander verknüpft. Eigentlich lief also alles super für mich und es gab keinen Grund, Trübsal zu blasen. Erst recht nicht wegen eines Mannes, der mich längst vergessen hatte.

Der Vormittag verlief ruhig. Devon war bei einem Teammeeting, weswegen ich das Büro für mich alleine hatte, und ich konnte mich in aller Ruhe in das Projekt einarbeiten. Meine Mittagspause verbrachte ich in einem chinesischen Restaurant im Rockefeller Center und aß gebratenen Reis mit Gemüse. Zum Feierabend hin hatte ich sogar richtig gute Laune, denn der Tag war vergangen, ohne dass ich Hunter über den Weg gelaufen war. Hin und wieder hatte er sich in meine Gedanken geschlichen. Aber mein Wunsch, einen professionellen Eindruck zu erwecken und meine Arbeit gut zu machen, war größer, weswegen ich es geschafft hatte, mich zu konzentrieren.

Als ich in Richtung der Aufzüge ging und gleichzeitig in meiner Tasche nach meinem Handy suchte, war ich zufrieden mit mir. Ich wollte gerade um die Ecke laufen, hinter welcher sich die Aufzüge befanden, als eine harsche Stimme mich aufhorchen ließ.

»Hör auf«, sagte Hunter ungehalten und ich blieb wie angewurzelt stehen. Seine Stimme kam ganz aus der Nähe, von dort, wo sich die Aufzüge befanden.

»Weißt du, was du da von mir verlangst?«, fragte eine Frau. Ihre Stimme bebte und verletzte Gefühle schwangen in ihren Worten mit. »Soll ich so tun, als wäre zwischen uns nichts?«

Plötzlich schlug mein Herz schneller in meiner Brust. Ich drückte mich dichter an die Wand und lauschte, obwohl ich wusste, dass es falsch war.

»Zwischen uns ist nichts, Anna. Versteh das«, erwiderte Hunter kühl. Ich hätte mich einige Schritte entfernen sollen. Diese Unterhaltung war eindeutig nicht für meine Ohren bestimmt. Aber meine Füße schienen mit dem Boden verwurzelt zu sein und ich schaffte es nicht, fortzugehen.

»Du lügst!«, zischte die Frau. »Ich kann nicht glauben, dass du rein gar nichts gefühlt hast. Das war mehr als Sex, Hunter.«

Mein Magen verknotete sich und ich wünschte mir, ich wäre weggegangen, als ich noch die Chance dazu gehabt hatte. Also hatte Hunter mit dieser Frau geschlafen.

»Sprich leiser«, fuhr er sie scharf an »Wenn irgendwer …«

»Jane«, rief jemand und ich musste einen Schrei unterdrücken, als ich herumwirbelte. Devon kam den Flur entlang und winkte mir als Zeichen, auf ihn zu warten. Die Unterhaltung hinter der Ecke war schlagartig verstummt und ich betete, dass es daran lag, weil Hunter und die unbekannte Frau in den Aufzug eingestiegen waren.

»Wie schön, dass ich dich noch erwische«, sagte Devon, sobald er mich erreicht hatte. Seine Brille saß etwas schief auf seiner Nase und seine schwarzen Haare, die sich leicht lockten, klebten ihm an der Stirn. »Was hältst du davon, wenn wir noch eine Kleinigkeit trinken gehen? Ich könnte dir Fragen zu den Projekten beantworten, die vielleicht offengeblieben sind.«

Während er das sagte, ging er zu den Aufzügen und ich war gezwungen, hinter meinem Versteck hervorzukommen, wenn ich nicht merkwürdig wirken wollte. Weil mir nichts anderes übrigblieb, folgte ich Devon.

Bei meinem Glück hätte mir klar sein sollen, dass Hunter *nicht* in den Aufzug gestiegen war.

»Ah, Mr. McKade. Wie schön Sie zu sehen«, grüßte Devon ihn und reichte ihm die Hand. Hunter erwiderte die Geste, hatte jedoch nur Augen für mich. Sein Blick bohrte sich in meinen, als versuche er herauszufinden, ob und wie viel ich gehört hatte.

Ich wich ihm aus und betrachtete die Frau neben ihm verstohlen. Sie war bildhübsch. Schlank, groß, mit langem blondem Haar, so gepflegt, wie man es aus Shampoo Werbungen kannte. Neben ihr fühlte ich mich klein und unbedeutend. An ihr Gesicht würde Hunter sich sicherlich lange erinnern.

»Unsere neue Kollegin, Miss Hale, kennen Sie sicher schon«, fühlte Devon sich offensichtlich verpflichtet, mich in die Unterhaltung einzubeziehen. Er schien als Einziger nichts von der angespannten Stimmung mitzubekommen.

»Ich hatte bereits das Vergnügen«, antwortete Hunter knapp. In dem Moment öffneten sich die Aufzugtüren und unsere Vierergruppe war gezwungen, noch länger zusammenzubleiben. Gemeinsam fuhren wir siebzig Stockwerke in die Tiefe. Bis auf Devon waren alle in unangenehmes Schweigen verfallen.

»Ich habe Miss Hale gerade angeboten, ihr nach Feierabend bei der Einarbeitung in die Projekte zu helfen«, erzählte Devon. Er war ein netter Kerl, wirklich. Aber in diesem Moment hätte ich ihm gerne ins Gesicht geschlagen. Bei seinen Worten schnellte Hunters Kopf hoch und sein Blick traf meinen. Darin lag eine Wut, die ich nicht deuten konnte, und ich verspürte ein flaues Gefühl in der Magengegend.

»Ich bin froh, hier so nette Kollegen gefunden zu haben«, behauptete ich und räusperte mich, um das trockene Gefühl in meinem Hals loszuwerden.

Eines musste man diesen hochmodernen Aufzügen lassen, sie waren verdammt schnell und so dauerte meine Qual nicht lange. Schwer zu sagen, was mir unangenehmer war, Hunters wütenden Blicke, der verletzte Gesichtsausdruck der Frau, die offensichtlich ein gebrochenes Herz hatte, oder die Tatsache, dass er mit ihr geschlafen hatte und ahnte, dass ich es auch wusste. Oh, oder natürlich der gutgelaunte Devon, der so überhaupt kein Gespür für die Stimmung zu haben schien.

Insgesamt war es einfach keine gute Mischung und als die Aufzugtüren sich öffneten, stieg ich aus und sprintete quasi durch die Lobby.

»Warte«, rief Devon mir hinterher und bemühte sich, mit mir Schritt zu halten. »Was ist mit dem Drink?«

»Ein anderes Mal«, antwortete ich über die Schulter und beeilte mich wegzukommen. Die Situation im Aufzug hatte meinen guten Vorsatz, nicht zu weinen, zu Staub zerfallen lassen. Ich kämpfte mit den Tränen und wollte weit weg von *Denton* sein, bevor sie ausbrachen.

Die Tatsache, dass ich ein Jahr von einem Mann geträumt hatte, für den ich nur eine von vielen gewesen war, war schmerzhaft genug. Aber dann auch noch mit einer seiner Affären konfrontiert zu werden und mich seinem Verhalten ausgesetzt zu sehen … ich verstand nicht einmal, weshalb er so abweisend zu mir war. Aber nach dem, was ich gerade mitbekommen hatte, war das seine übliche Masche.

Ich sollte über den Dingen stehen und die Sache nicht so nah an mich heranlassen. Was zwischen Hunter und mir geschehen war, lag in der Vergangenheit. Trotzdem, so irrational es auch war … mein Herz tat höllisch weh. Denn ich hatte unsere Zeit damals für etwas Besonderes gehalten.

Kapitel -10-

Jane

An zwei von zwei Tagen geheult, was für eine Statistik. Als ich die Straße zu unserer Wohnung entlangschritt, die in Park Slope, Brooklyn, lag, wischte ich gerade die letzten Tränen aus meinen Augenwinkeln.

Mit gestrafften Schultern stieg ich die Stufen bis zum dritten Stockwerk hoch. Auf keinen Fall wollte ich, dass meine Freundinnen mich so sahen und sich Sorgen machten. Charlotte, Cosima und ich teilten uns die kleine Wohnung. Weil die Mieten in New York dermaßen hoch waren, hatte es nur für zwei Zimmer gereicht und die arme Cosima musste auf der Couch schlafen. Wenigstens beim Stäbchenziehen hatte ich Glück gehabt.

Als ich die Haustür aufschloss und die Wohnung betrat, erwartete ich, das Chaos von heute Morgen vorzufinden. Bevor ich zur Arbeit aufgebrochen war, hatten überall volle Umzugskartons im Weg rumgestanden. Jetzt waren kaum noch welche übrig. Stattdessen lehnten einige leere Kartons säuberlich zusammengefaltet an der Wand und alles wirkte gleich viel geräumiger.

»Wow, du warst fleißig«, sagte ich an Cosima gewandt, die im Schneidersitz auf der Couch saß, den zugeklappten Laptop auf ihrem Schoß.

Sie hob den Kopf, zuckte mit den Schultern und sagte grinsend: »Dachte, ich sollte mich nützlich machen, wenn ich schon zuhause hocke.«

Ihre schwarzen Haare trug sie in einem unordentlichen Dutt auf dem Kopf. Einige ihrer türkisen Strähnen hatten sich daraus gelöst.

Cosimas Äußeres war mindestens genauso mutig wie ihr Inneres. Sie liebte es, der Welt anhand ihrer Optik zu zeigen, welcher Mensch sich hinter ihrer körperlichen Fassade verbarg. Ihre Optik war ein Spiegel ihrer Seele. Das lockere Shirt, das sie trug, offenbarte das Tattoo an ihrem Schlüsselbein. Ein Schriftzug aus Stolz und Vorurteil. Unter dem Saum ihrer kurzen Schlafhose ragten die Dornenranken eines weiteren Tattoos hervor, welches ihren rechten Oberschenkel zierte. Insgesamt hatte Cosima sich fünf Motive stechen lassen und ich war mir sicher, dass noch einige folgen würden. Die Frau war ein Gesamtkunstwerk und ihr Körper eine Leinwand.

Die Art und Weise, wie sie in sich zusammengesunken auf der Couch saß, und ihre energielose Antwort ließen mich jedoch darauf schließen, dass es ihr nicht gut ging. Auch wenn sie es wie einen Scherz klingen ließ, durchschaute ich meine Freundin.

Ich stellte meine Aktentasche auf einem der Küchenstühle ab und ließ mich neben Cosima auf die

Couch sinken. Anstatt etwas zu sagen, nahm ich sie einfach in den Arm und zog sie an mich.

»Du wirkst traurig«, sagte ich nach einer Weile, in der wir geschwiegen hatten. »Geht es um die Uni?«

Cos hatte zwei Studiengänge abgebrochen, bevor sie sich entschieden hatte, die Welt zu bereisen. Sie war eine leidenschaftliche Person, aber mindestens genauso rastlos. Es war zu erwarten gewesen, dass ihr die Anfangszeit in New York schwerfallen würde.

Sie seufzte und lehnte sich an mich. »Vielleicht. Ich fühle mich einfach so …«

Sie ließ den Satz unbeendet und machte ein hilfloses Gesicht.

»Komm, mach mal eine Pause und erzähl mir alles in Ruhe«, schlug ich vor, nahm den Laptop von ihrem Schoß und führte sie zum Küchentisch, wo ich sie auf einen Stuhl drückte.

Die Wohnung war spärlich eingerichtet und den Großteil des Mobiliars hatten wir vom Vormieter übernommen. Die Küchenzeile war weit über ihr Haltbarkeitsdatum hinaus benutzt worden und an den Wänden klebte eine altbackene Tapete. Dennoch begann ich bereits nach zwei Tagen, mich heimisch zu fühlen, was daran lag, dass ich keine nörgelnde Mutter im Nacken sitzen hatte und stattdessen mit meinen besten Freundinnen zusammenlebte.

Ich setzte mich gegenüber von Cos an den Tisch und

gab ihr die Zeit, die sie brauchte, um ihre Gedanken zu sammeln.

»Es ist nur«, begann sie zögernd, »als ich die Uni zum ersten Mal abgebrochen habe, dachte ich, *Cosima, du hast gerade den ersten Schritt in die richtige Richtung gemacht.* Ich habe geglaubt, dass diese große Entscheidung alles besser machen würde, leichter. Und dass ich danach meinen Weg finden würde, immerhin hatte ich ja erkannt, dass meine Zukunft nicht in einem Jurastudium lag.«

Ich nickte verständnisvoll. Das Dilemma hatte ich damals miterlebt und nicht eine Sekunde geglaubt, dass die Schuld bei Cosima zu suchen war. Vielmehr waren es ihre Eltern, die sie in eine Richtung gedrängt hatten. Ähnlich wie meine Mutter es mit mir versuchte. Gott, ich konnte den Frust meiner Freundin so gut nachvollziehen.

»Dann habe ich mit Wirtschaftswissenschaften angefangen und gemerkt, dass ich wieder einen falschen Weg eingeschlagen habe. Ich habe einen zweiten Studiengang abgebrochen, Jane. Und statt mir zu überlegen, was ich mit meinem Leben anfangen will, bin ich auf Reisen gegangen«, fuhr Cosima fort und sah mich verzweifelt an.

Sie war weggelaufen. Wir alle kannten die Wahrheit, aber keiner hatte es ausgesprochen. Cos war vor ihren Eltern und vor der Tatsache, dass sie nichts mit ihrem

Leben anzufangen wusste, geflohen. Aber ich konnte es ihr nicht verübeln, hatte ich doch jahrelang davon geträumt, dasselbe zu tun. Ich glaubte auch nicht, dass sie einen Fehler gemacht hatte. Manchmal musste man sich eben erst verlaufen, um den richtigen Weg zu finden.

»Jane«, fragte sie mit brüchiger Stimme. »Was ist, wenn es an mir liegt? Wenn ich nicht den richtigen Weg finde, weil ich alles vermassele?«

Cosima hatte sich in New York für den Studiengang Agrarwissenschaften eingeschrieben. In einem Monat würden die Vorlesungen beginnen. Bis dahin hatte sie jede Menge Zeit, sich verrückt zu machen und über einen Rückzieher nachzudenken. Weswegen ich sie schnell beruhigen wollte.

»Cos«, sagte ich sanft und rückte ein Stück näher. »Du vermasselst nichts, okay? Lass dir sowas bloß nicht einreden. Hast du mit deinen Eltern telefoniert? Nach einem Gespräch mit ihnen geht es dir immer schlechter.«

Entweder das, oder etwas anderes war vorgefallen, das meine Freundin so aus der Bahn geworfen hatte. Es musste viel passieren, damit Cosima ihren Optimismus verlor.

»Ja, die beiden wissen, mit welchen Worten sie meine Laune heben können«, antwortete sie sarkastisch.

Ich war ehrlich verwundert, denn Cosima und ihre Eltern hatten seit beinahe zwei Jahren kein Wort mehr miteinander gesprochen. Dass sie Kontakt zu ihnen aufnahm, war merkwürdig.

»Hör zu, Cosima. Egal, was deine Eltern sagen, du bist keine Versagerin. Du hast nichts falsch gemacht. Die Studiengänge waren eben nichts für dich und wenn du ehrlich bist, hast du dich von deinen Eltern zu diesen Entscheidungen überreden lassen. Die Uni abzubrechen, war unglaublich mutig und auf Reisen zu gehen vielleicht das Beste, was du machen konntest. Ich meine, sieh doch, welche Orte du gesehen hast. Ein Studium läuft dir nicht weg, aber die Chance, die Welt zu bereisen, schon. Irgendwann hat man zu viele Verpflichtungen, die einen davon abhalten, diesen Schritt zu gehen. Ich wünschte, dass ich es gewagt hätte, bevor ich ins Berufsleben starte und mich durch einen Job an einen Ort binde. Aber nach dem Studium war das der nächste logische Schritt.«

Ich hörte selbst die Wehmut, die in meiner Stimme mitschwang. Was mir alles entgangen war, begriff ich erst nach und nach. Ich war zu sehr damit beschäftigt gewesen dem perfekten Plan meiner Mutter zu folgen, zu studieren, Nate glücklich zu machen, einen Job zu finden und eine Familie zu gründen, dass ich nicht bemerkt hatte, welche Türen mir dadurch verschlossen blieben.

»Wärst du denn gerne um die Welt gereist?«, fragte Cosima und ich zuckte ratlos mit den Schultern. Wäre ich das? Ich wusste es nicht. Es fiel mir unendlich schwer zu unterscheiden zwischen dem, was ich wollte, was ich glaubte, wollen zu müssen, und was ich nur wollte, weil ich es nicht mehr haben konnte.

»Ich weiß es nicht. Aber manchmal frage ich mich, ob ich mein Leben nicht zu streng getaktet habe. Alles läuft nach Plan, es ist … manchmal echt frustrierend, weißt du.«

Cosima grinste. »Offensichtlich zweifelt jeder mal an sich«, sagte sie und ich nickte zustimmend.

New York war ein guter Anfang. Ich wollte hier sein. Mit meinen Freundinnen und bei *Denton.* Die letzten zwei Tage hatten mich bloß unvorbereitet getroffen.

»Manchmal denke ich an Charly und dich, wie ihr mit beiden Beinen im Leben steht und ich fühle mich wie eine Versagerin«, gestand Cos und ich sah sie betroffen an. »Ich weiß, dass ihr das nie über mich denken würdet. Aber das ändert nichts daran, dass ich es selbst manchmal tue. Ich … ich frage mich ab und zu, wie mein Leben aussehen würde, wenn ich andere Entscheidungen getroffen hätte.«

Ich wollte nicht, dass meine Freundin so über sich selbst dachte. Sie war der mutigste Mensch, den ich kannte. Wie gerne wäre ich ein Stück mehr wie Cosima. Ich konnte nicht zulassen, dass sie sich selbst als Versagerin bezeichnete.

»Was denkst du, wie dein Leben heute aussehen

würde, wenn du all die Dinge anders gemacht hättest, von denen du annimmst, dass es Fehler waren?«, fragte ich ruhig.

»Ich weiß nicht. Vielleicht hätte ich das Wirtschaftsstudium abgeschlossen oder Jura und würde in einer Anwaltskanzlei arbeiten. Dann könnte ich zusammen mit Charly und dir die Karriereleiter erklimmen. Keine Ahnung.«

Bei der Vorstellung verzog sie angewidert das Gesicht und ich lächelte nachsichtig. Nein, eine Anwaltskanzlei war nicht das richtige für Cos. Genauso wie eine Weltreise vermutlich nicht das richtige für mich gewesen wäre. Ein Teil von mir wünschte sich zwar, dass ich diese Art Mensch sein könnte, der kein Risiko scheute, aber das war ich nicht. Doch genau deswegen waren wir nach New York gekommen. Gemeinsam. Um endlich unseren Platz auf dieser Welt zu finden.

»Und du denkst, dass du dann glücklicher wärst als jetzt?«, fragte ich sie, doch wir beide kannten die Antwort darauf bereits. Cos verneinte.

»Dann hör auf, an dir und deinen Entscheidungen zu zweifeln. Cosima, du bist fabelhaft, so wie du bist. Und nur, weil du länger brauchst, um den richtigen Weg für dich zu finden, heißt das nicht, dass du eine Versagerin bist. Es zeigt nur, dass jeder sein eigenes Tempo hat.«

Wir redeten noch eine Weile weiter, aber ich merkte, dass ich es geschafft hatte, meine Freundin aufzumuntern. Das war mir wichtig, denn wir waren als Team hergezogen und wenn eine von uns strauchelte, sollte sie wissen, dass die anderen da sein würden, um sie aufzufangen. Während Cos sich an ihren Laptop setzte, machte ich mich daran, das Abendessen vorzubereiten. Das würde mich von Hunter ablenken und wenn meine Freundinnen und ich uns tagsüber nicht sahen, wollte ich wenigstens unsere gemeinsamen Abende schön gestalten.

»Hey, Mädels, was riecht hier so köstlich?«, rief Charlotte wenige Minuten später, während sie zur Tür hereinstolperte und ihre Handtasche geräuschvoll auf den Boden fallen ließ. Sie kam zu mir, um mir über die Schulter zu spähen.

»Nichts Besonderes«, antwortete ich und gewährte ihr einen Blick in die Töpfe. »Nur Spaghetti mit Tomatensoße und Käse.«

Charly warf mir einen besorgten Blick zu. »Klingt köstlich. Ist alles okay?«

»Alles in bester Ordnung.« Ich versuchte fröhlich zu klingen, was mir gelang. Allerdings rührte ich so aggressiv mit dem Holzlöffel in der Tomatensoße, dass ich mich damit sofort verriet.

»Das sieht aber nicht so aus«, bemerkte Charly sofort, schob mich beiseite und übernahm das Kochen, während ich tief durchatmete und versuchte, mich zu sammeln.

Mit den Händen fuhr ich mir über das Gesicht und strich mir über die erschöpften Augen. »Es ist nur, mein Chef. Er ist so … aaargh«, machte ich wütend. Ich ballte die Hände zu Fäusten und wusste nicht, wohin mit meiner Wut.

»Willst du darüber reden?«, bot Charlotte an, aber ich schüttelte den Kopf und nahm ihr das Kochzepter wieder aus der Hand.

»Nein, alles gut. Ich will nicht über diesen Idioten nachdenken.«

Wie hätte ich es Charlotte auch erklären sollen? Zunächst einmal hätte ich ihr sagen müssen, woher ich Hunter kannte, und das wollte ich nun wirklich nicht. Die Situation war schon kompliziert genug. Da musste ich nicht noch meine Freundinnen mit reinziehen.

»Was ist mit Cos?«, fragte sie und nickte mit dem Kopf in Richtung der Couch, wo Cosima mittlerweile tief über ihr Handy gebeugt saß und stöhnte. Ich war froh über den Themenwechsel, so konnte ich mein schlechtes Gewissen darüber, dass ich meine Freundinnen anlog, leichter überhören.

»Alles gut«, versicherte ich. »Der Neustart in New York bereitet ihr mehr Schwierigkeiten als uns. Sie hat Selbstzweifel. Aber wir haben das geklärt.«

Dass ich selber auch nicht unbedingt den besten Anfang in New York gehabt hatte, verdrängte ich.

»Kannst du den Tisch decken?«, bat ich Charly.

Während sie Teller und Gläser aus den Schränken holte, musterte ich meine Freundin. Sie hatte tiefe Ringe unter den Augen und wirkte bei genauerem Hinsehen zerstreut.

»Du bist gestern spät heimgekommen«, sprach ich sie auf den vergangenen Abend an. Gegen zwei Uhr morgens hatte ich gehört, wie sie sich ins Zimmer schlich. Was daran lag, dass ich durch das Hunter-Drama selbst keinen Schlaf gefunden hatte.

»Wir haben einen Stammtisch mit den anderen Praktikanten organisiert«, antwortete Charlotte. Sie war nach New York gekommen, um ihr Praktikum in einer renommierten Unternehmensberatung zu absolvieren. »Wahrscheinlich werden wir uns nach der Arbeit öfter auf ein paar Drinks treffen, um uns gegenseitig zu helfen.«

»Ah, schöne Idee«, sagte ich und freute mich, dass wenigstens eine von uns hier Anschluss fand.

Aber als wir uns an den Tisch setzten, um zu essen, schien auch ihr etwas auf die Stimmung zu drücken. Statt uns zu unterhalten, wie ich es mir gewünscht hätte, aßen wir schweigend und starrten auf unsere Teller. Gelegentlich musterte ich meine Freundinnen und überlegte, wie ich ein Gespräch anfangen könnte, aber meine eigenen Gedanken schweiften immer wieder zu Hunter ab.

Zuerst der Schock des Wiedersehens, dann die

Erkenntnis, dass er mich vergessen hatte, und zu allem Überfluss musste ich erfahren, dass er mit dieser Wahnsinnsfrau schlief, die locker jedes Bond-Girl in den Schatten stellte.

Meine Laune sank und war am Tiefpunkt angelangt, als ich mich erschöpft ins Bett fallen ließ.

Ich kannte Hunter kaum. Wir hatten in Chicago nur wenige Stunden miteinander verbracht und er hätte niemals diesen prägenden Eindruck auf mein Leben hinterlassen dürfen. Nicht in der kurzen Zeit. Dass mich sein Verhalten dermaßen verletzte, ergab keinen Sinn. Trotzdem wurde mir bei dem Gedanken, ihm morgen gegenübertreten zu müssen, flau im Magen.

Kapitel -11-

Hunter

Jane wusste von mir und Anna. Da war ich mir sicher. Ihr erstarrter Gesichtsausdruck hatte Bände gesprochen. Jane gehörte zu den Menschen, denen man jede Emotion am Gesicht ablesen konnte. Sie konnte ihre wahren Gedanken und Gefühle nur schlecht verbergen. Deswegen gab es keinen Zweifel daran, dass sie Annas und meine Unterhaltung belauscht und die richtigen Schlüsse daraus gezogen hatte.

Ich wusste nicht, worüber ich mich mehr ärgern sollte. Darüber, dass sie mir hinterherspionierte oder dass sie mein Geheimnis kannte. Niemand durfte von der Affäre zwischen meiner Sekretärin und mir erfahren. Am allerwenigsten mein Vater. Nicht jetzt, wo er so kurz davor war, mir die Geschäfte endgültig zu überlassen. Wenn er hörte, dass ich eine körperliche Beziehung mit einer Angestellten unterhielt, könnte ich mich von diesem Traum verabschieden. Was das anging, gehörte mein Vater eindeutig zur alten Schule und hatten strikte Prinzipien, denen er treu blieb.

Bedauerlicherweise hatte ich nicht die Chance, mich um das Problem zu kümmern. Die Vorbereitungen für die Präsentation zur Expansion am Freitag hielten mich auf Trab. Ich wollte perfekt vorbereitet sein, wenn mein

Vater und ich unser Skype-Meeting hatten. Er würde zu diesem Zeitpunkt in Tokio sein und konnte nicht extra zurückfliegen. Aber dass er sich trotz seines vollen Terminkalenders die Zeit nahm, um sich meine Idee anzuhören, bedeutete mir viel.

Die Woche zog an mir vorbei und ich bekam kaum etwas davon mit. In mein Büro verschanzt, arbeitete ich von früh bis spät. Ab und zu störte Anna meine Konzentration, weil wichtige Anrufe reinkamen oder Unterlagen unterschrieben werden mussten. Ich fertigte ihre Anliegen immer schnell ab und schickte sie dann wieder fort. Je weniger Kontakt wir hatten, desto besser. Anna musste begreifen, dass es vorbei war.

Am Tag der Präsentation fühlte ich mich gut. Ich hatte alle Eventualitäten berücksichtigt und war auf etwaige Fragen meines Vaters vorbereitet. Als er um vierzehn Uhr anrief, war ich alleine in meinem Büro. Ich hatte die Rollos bis zur Hälfte runtergelassen, damit das Sonnenlicht mich nicht blendete.

»Hunter«, begrüßte mein Vater mich. »Wie geht es dir, mein Sohn?« Sein graues Haar war zurückgegelt und er trug einen dunkelblauen Anzug mit einem rosafarbenen Hemd darunter. Obwohl er bereits ein hohes Alter erreicht hatte, war mein Vater im Herzen jung geblieben. Und ein Arbeitstier.

»Danke, Vater. Mir geht es bestens. Wie ist es in Tokio? Laufen die Geschäfte gut?«

Wir unterhielten uns eine Weile über Belangloses. Mein Vater berichtete mir von seinem Aufenthalt in Japan. Von dort aus würde er nach Peking fliegen und erst im nächsten Monat wieder in New York sein. Dass er seine Reise verlängerte und mir die Geschäfte bis dahin anvertraute, war ein weiterer Beweis dafür, dass er mich bald zu seinem Nachfolger machen würde.

»Nun aber genug Smalltalk. Erzähl mir von deiner Idee«, forderte mein Vater nach einer Weile. Er warf einen Blick auf seine goldene Rolex, die kurz im Bildschirm aufblitzte. Ich wusste, dass seine Zeit knapp bemessen war, deswegen beeilte ich mich, ihm meine Idee in den wichtigsten Fakten darzulegen.

Wir hatten letztes Jahr eine Serie an veganen, fair gehandelten und nachhaltig hergestellten Biolebensmitteln auf den amerikanischen Markt gebracht. Die Produkte wurden in herkömmlichen Drogerien und Supermärkten angeboten und lagen im mittleren Preissegment. Zwischen den Discounter- und den Premiummarken. Unser Angebot passte perfekt in eine vorhandene Nische und sprach jeden an, der Wert auf Nachhaltigkeit und Umweltschutz legte, gleichzeitig aber auch auf seinen Geldbeutel achten musste.

Die Nachfrage boomte und wir konnten seit dem letzten Jahr stetige Umsatzanstiege verzeichnen. Mein Vorhaben war es, die Linie auch auf den europäischen Markt zu bringen. Dort lag das Bruttoinlandsprodukt pro Einwohner im Schnitt höher und das Umwelt -und Gesundheitsbewusstsein war in Ländern wie Deutschland, Finnland, der Schweiz und beispielsweise Schweden weit ausgeprägter als bei uns. Dort hätten wir eine größere Zielgruppe mit dem richtigen Mindset.

Dies und viele weitere Informationen teilte ich meinem Vater mit, während er Rückfragen stellte. Wie war die Wettbewerbssituation? Welche Markteintrittsbarrieren gab es?

Das Gespräch dauerte länger, als ich es gedacht hätte, und ich wusste, dass mein Vater seinen nächsten Termin meinetwegen verschoben hatte. Ich hatte ein gutes Gefühl bei der Sache. Denn es bedeutete, dass er Potenzial in meiner Idee sah.

»Schick mir eine Kostenaufstellung. Ich will wissen, wie hoch unser Startkapital sein muss«, verlangte mein Vater zum Schluss. »Dann werde ich mir alles in Ruhe anschauen und dir binnen vierundzwanzig Stunden eine Antwort geben.«

So verblieben wir.

Mit steifen Gliedern, aber glücklich, erhob ich mich vom Schreibtisch, streckte mich und fuhr dann die Rollläden hoch. Überrascht stellte ich fest, dass es bereits achtzehn Uhr war. Aus einer angesetzten Stunde waren zwei geworden.

Ein leises Klopfen an meiner Tür forderte meine Aufmerksamkeit. Im nächsten Moment betrat Anna lächelnd das Büro. In den Händen trug sie eine Papiertüte, mit dem Logo meines liebsten Italieners darauf. Ich unterdrückte ein Stöhnen. Sie hatte es immer noch nicht begriffen.

»Das Meeting mit deinem Vater hat länger gedauert und du konntest keine Mittagspause machen«, sagte sie sanft. »Da dachte ich mir, dass ich dir schnell etwas zu Essen bei deinem Lieblingsitaliener hole.«

Ich fasste mir mit Daumen und Zeigefinger an die Nasenwurzel und massierte die schmerzende Stelle. Als ich zu Anna aufblickte, sah ich Verunsicherung über ihre Züge huschen.

»Anna«, sagte ich scharf und ging einen Schritt auf sie zu. »Hör auf. Du bist nicht meine Freundin. Das zwischen uns ist vorbei.«

»Ich habe bloß …«, startete sie einen Versuch zu widersprechen, aber ich fiel ihr ins Wort.

»Ich weiß genau, was du vorhast. Aber es wird nichts nützen. Alles, was ich von dir will, ist, dass du meine Anweisungen befolgst. Du bist meine Assistentin. Mehr nicht.«

Ihre Unterlippe bebte und ihr Blick fiel auf ihre Füße.

»Hast du das verstanden?«, fuhr ich sie an, weil ich mir sicher sein musste, dass die Botschaft bei ihr angekommen war. »Ich will dieses Gespräch nicht noch einmal führen müssen.«

Sie warf die Tüte mit dem Essen lieblos auf meinen

Schreibtisch. »Keine Angst, ich habe es begriffen«, zischte sie und funkelte mich wütend an. In ihren Augen sah ich Tränen glitzern. Sie stürmte aus meinem Büro und ich ließ mich erschöpft in meinen Schreibtischstuhl sinken. Mit einer Hand griff ich nach der Papiertüte, aus der Tomatensauce heraussickerte und warf sie in meinen Mülleimer, bevor noch mehr davon auf meinem Schreibtisch landen konnte.

Kapitel -12-

Jane

Ich hatte mich geirrt, dabei war ich mir sicher gewesen, dass Hunter mich auf die Sache beim Fahrstuhl ansprechen würde. Stattdessen verging die restliche Woche, ohne dass ich ihn zu Gesicht bekam. Zwei Mal erwischte ich mich dabei, wie ich nach der Mittagspause einen längeren Weg in mein Büro nahm, um ihm zu begegnen. Danach ärgerte ich mich umso mehr über mich selbst.

Es war lächerlich, aber ich war so auf eine Konfrontation eingestellt gewesen, dass seine Ignoranz mich härter traf, als sie es gedurft hätte. Aber sie passte zu seinen Worten. Für Hunter hatte ich keine besondere Rolle gespielt. Demnach interessierte es ihn auch nicht, ob ich wusste, dass er mit einer anderen Frau schlief. Es unterstrich nur seine Aussage, dass er viele Menschen traf.

Die Sonne hing tief am Himmel, als ich am Freitag beschloss, Feierabend zu machen und das Wochenende einzuläuten. Devon war bereits vor einer Stunde gegangen. Bei *Denton* galt die Gleitzeitregelung, weswegen wir uns unseren Feierabend flexibel einrichten konnten. Ich hatte mich entschieden, länger zu bleiben, weil ich mich unter anderem weiter in die

Projekte einarbeiten wollte. Aber hauptsächlich, weil Devon sein Angebot, etwas trinken zu gehen, in dieser Woche zwei Mal wiederholt hatte. Langsam gingen mir die Ausreden aus, weswegen ich nicht mit ihm gemeinsam Feierabend machen wollte. Das hätte ihm nur die Möglichkeit gegeben, mich erneut zu fragen.

Ich rieb mir die müden Augen und warf einen Blick auf die Uhr. Es war kurz vor sieben und bis ich mit der U-Bahn in Brooklyn ankam, wäre es längst acht. Schnell packte ich meine Sachen zusammen. Wenn ich mich beeilte, hätte ich noch etwas vom Abend und könnte ihn mit meinen Freundinnen verbringen. Auf dem Weg zu den Aufzügen legte ich einen Zwischenstopp auf der Damentoilette ein.

Zuerst kontrollierte ich mein Aussehen im Spiegel und wusch meine Hände gründlich. Ich hatte die merkwürdige Angewohnheit, das vor und nach dem Toilettengang zu tun. Als ich den Wasserhahn zudrehte und nach einem Papiertuch griff, ließ mich ein leises Schluchzen innehalten.

Ich hatte geglaubt, alleine zu sein, aber nachdem ich kurz lauschte, hörte ich das Geräusch nochmal. In einer der Kabinen weinte eine Frau.

Zögernd überlegte ich, ob ich rausgehen sollte. Schließlich wusste ich nicht, wer das war und ob diejenige lieber alleine sein wollte. Aber nichts zu tun, kam mir mitleidlos vor. Daher machte ich einige Schritte in Richtung der Kabinen.

»Geht es Ihnen gut?«, fragte ich vorsichtig. *Dumme Frage, Jane.* Offensichtlich ging es der Frau nicht gut. Sonst würde sie nicht auf der Damentoilette ihres Arbeitsplatzes weinen.

»Ja«, kam dennoch die Antwort.

»Kann ich Ihnen helfen?«, fragte ich.

»Nein.« Ihre Stimme klang kratzig vom Weinen und ihre Nase verstopft.

»Möchten Sie alleine sein?« Die Situation war mir unangenehm.

Einen Moment lang blieb es still, bevor die Kabinentür aufgeschlossen wurde. Das Klicken hallte von den nackten Fliesenwänden wider. Dann wurde die Tür aufgestoßen. Auf dem geschlossenen Toilettensitz kauerte die Frau, die ich mit Hunter vor dem Aufzug gesehen hatte.

»Oh«, entfuhr es mir und ich wünschte mir, dass ich weggegangen wäre, als ich die Möglichkeit dazu gehabt hatte.

»Sie sind es«, stellte die Frau fest und wischte sich etwas von ihrem verlaufenen Mascara unter den Augen weg. Dass sie verheult war, tat ihrer Schönheit keinen Abbruch. Im Gegenteil. Sie wirkte anmutig in ihrer Verletzlichkeit. Ich konnte mir vorstellen, wie Männer bei ihrem Anblick scharenweise zu Hilfe eilten.

Ein unangenehmes Schweigen breitete sich aus, das ich

brach, indem ich ihr ein Taschentuch reichte, welches ich aus meiner Handtasche fischte.

»Hier«, sagte ich sanft, denn ich hatte bemerkt, dass die Klopapierrolle neben ihr aufgebraucht war.

Die Frau nahm das Taschentuch entgegen und schnäuzte sich geräuschvoll die Nase. Dann knüllte sie es zusammen und starrte auf ihre Hände.

»Ich bin Anna«, stellte sie sich nach einer Weile vor, ohne mich anzusehen.

»Jane«, erwiderte ich leise.

»Männer sind solche Vollidioten, Jane«, sagte Anna mit brüchiger Stimme und als sie mich ansah, schwammen ihre Augen erneut in Tränen. Ich brachte nicht mehr als ein lahmes Schulterzucken zustande.

Anna wandte sich ab und fixierte weiter ihre Finger. Ihre Schultern bebten und ich durchforstet mein Hirn nach irgendetwas Passendem, was ich sagen könnte.

»Muss an dem vielen Testosteron liegen, das durch ihren Körper fließt« war das Beste, was mir einfiel. Aber es reichte, um Anna zum Lachen zu bringen. Sie prustete los und vergoss gleichzeitig neue Tränen. Damit war das Eis zwischen uns gebrochen.

Kapitel -13-

Jane

»Ich hätte es besser wissen müssen«, sagte Anna müde und nahm einen großen Schluck von ihrem Weißwein. Wir hatten das Büro gemeinsam verlassen und uns in eine der Bars im Center gesetzt, wo Anna mir ihr Herz ausschüttete. Wie genau ich in die Situation gekommen war, mit Hunters Verflossener etwas trinken zu gehen, war mir immer noch ein Rätsel. Aber nachdem ich sie so aufgelöst vorgefunden hatte, hatte ich sie nicht alleinlassen wollen.

»Im Nachhinein ist man immer schlauer«, antwortete ich und nippte an meinem Cosmo. Anna seufzte. Ihre Tränen waren getrocknet und das verschwommene Make-up fortgewischt. Trotzdem sah man ihren geröteten Augen an, dass sie geweint hatte.

»Die ganze Zeit über konnte ich mit niemandem darüber reden. Ein Teil von mir ist froh, dass du uns bei den Aufzügen gehört hast.«

»Ich freue mich, wenn ich helfen konnte«, überspielte ich meine wahren Gefühle. Denn ich hätte einiges dafür gegeben, nicht von der Sache zwischen Anna und Hunter zu wissen. Andererseits war ich dankbar. Ein Jahr lang hatte ich mit einer rosaroten Brille an Hunter zurückgedacht. Wenigstens kannte ich jetzt sein wahres

Gesicht und konnte aufhören, mich einer falschen Illusion hinzugeben.

»Er hat mir von Anfang an gesagt, dass er nichts Verbindliches will. Nur eine lockere Affäre und ich dachte, das würde mir reichen.«

Anna schloss die Augen und schüttelte leicht den Kopf. »Ich hätte es beenden sollen, als mir klar wurde, dass ich Gefühle für ihn habe. Aber ich dachte … ich dachte, dass er sich vielleicht auch verlieben würde«, gab sie zu und vergrub das Gesicht in den Händen.

Ich wollte etwas Aufmunterndes sagen, wusste aber nicht, was. Mir gefiel meine Rolle in der ganzen Geschichte nicht. Anna wusste nicht, dass ich Hunter bereits begegnet war. Niemand bei *Denton* wusste es. Ich hatte es damals nicht einmal Cosima und Charly erzählt. Keiner Menschenseele.

»Das muss dir alles total verrückt vorkommen«, fuhr Anna fort und zwang sich, fröhlich zu klingen. »Fängst eine Stelle an und das Erste, was du über deinen neuen Boss erfährst, ist, dass er eine Affäre mit seiner Sekretärin hat.«

Ich presste die Lippen zu einer schmalen Linie zusammen und schwieg. Was hätte ich auch antworten sollen? Ich mochte Anna. Sie war nett und die Abneigung, die ich ihr gegenüber empfunden hatte, als ich sie mit Hunter belauschte, war längst verschwunden. Sie hatte sich in den falschen Mann verliebt und bezahlte mit einem gebrochenen Herzen. Wer war ich, dass ich über sie urteilte?

»Wie ist er denn sonst so als Chef?«, fragte ich, weil es auffällig gewesen wäre, nichts zu sagen, und ich das Gespräch nicht ganz verstummen lassen wollte.

»Er ist ein guter Chef«, antwortete Anna nach einer kurzen Pause. »Um ehrlich zu sein, der beste, für den ich bisher gearbeitet habe. Hunter ist fleißig, ehrgeizig und fair seinen Mitarbeitern gegenüber. Er erwartet viel, aber im Gegenzug ist er bereit, viel zurückzugeben. Wenn er mitbekommt, dass einer seiner Mitarbeiter private Sorgen hat, bietet er seine Hilfe an. Er kümmert sich. Und ganz ehrlich, ich denke, dass er alles für das Unternehmen tun würde. Er steckt mit Leib und Seele drin.«

Ich musste lächeln. Diese Beschreibung passte viel besser zu dem Mann, den ich in Chicago kennengelernt hatte. Hunter hatte auf mich wie ein Fels in der Brandung gewirkt. Und ich hatte mich von der Stärke, die er ausstrahlte, angezogen gefühlt wie eine Motte vom Licht. »Klingt, als wäre er kein schlechter Kerl«, schlussfolgerte ich.

»Solange du nicht mit ihm schläfst«, sagte Anna und sah mir tief in die Augen, sodass ich unruhig auf meinem Platz hin und her rutschte. »Dieser Mann ist die Garantie für ein gebrochenes Herz. Du musst aufpassen, denn ehe du dich versiehst, bist du ihm ins Netz gegangen.«

Kapitel -14-

Jane

Ein Jahr zuvor

Hektisch stolperten wir in Hunters Hotelzimmer. Seine Hand lag auf meinem unteren Rücken, während er mich mit seinem Körper weiter vorwärtsdrängte und sein Mund in der Dunkelheit gierig nach meinem suchte. Mit dem Fuß kickte er die Tür zu, sodass sie hinter uns ins Schloss fiel.

Nur das Licht der Straßenlaternen und Werbeschilder sorgte für etwas Helligkeit. Ich konnte die Konturen einiger Möbel ausmachen.

Im nächsten Moment wirbelte Hunter mich herum und drückte mich gegen die Wand. Sein Mund glitt zu meinem Dekolleté und ich schnappte nach Luft, als seine Lippen den Ansatz meiner Brüste erreichten.

»Oh Gott«, stöhnte ich, als er mir die Spaghettiträger meines Kleides abstreifte und durch den Stoff meines Spitzen-BHs über meine Nippel leckte. Gleichzeitig wanderten seine rauen Hände an meinen Oberschenkeln hinauf, wo er den schwarzen Stoff meines Kleides packte und ihn bis zu meiner Taille hochraffte. Dort hielt er ihn fest und ging langsam vor mir in die Knie.

Hunter ließ sein Gesicht über meinen Bauch gleiten, zwischen meine Beine und ich spürte seinen heißen

Atem über meinem feuchten Höschen, als er sich vor mir auf den Boden kniete. Mit der Zunge fuhr er sanft über den Stoff und ließ sie zwischen meine Beine gleiten. Diese kleine Berührung reichte, um eine heiße Welle der Lust durch meinen Körper zu jagen. Hilflos krallte ich meine Finger in sein volles Haar.

»Hunter«, keuchte ich, als er die Handlung wiederholte. Sanft streifte er mir das Höschen ab. Ich hob einen Fuß nach dem anderen, damit er es ganz ausziehen konnte. Als ich entblößt vor ihm stand, gab Hunter ein kehliges Stöhnen von sich.

»Leg dein Bein auf meine Schulter, Baby«, hauchte er und ich spürte die Worte an meiner empfindlichsten Stelle.

Kurz zögerte ich, dann schaltete ich meinen Kopf ab und überließ meinem Körper die Führung. Hunter war fordernd, rau und animalisch. Mit jeder seiner Berührungen brachte er mich dem Gipfel des Wahnsinns ein Stückchen näher und ich wollte unbedingt herausfinden, welche Erlösung ganz oben auf mich wartete.

Dieser Neugierde folgend, winkelte ich mein Bein an und legte es ihm über die Schulter. »Braves Mädchen«, knurrte er. Dann ließ er seine Zunge zwischen meine Beine gleiten und ich warf stöhnend den Kopf in den Nacken.

»Oh, Fuck!«, schrie ich und zog an Hunters Haaren, als

er seine Lippen um meinen Kitzler legte.

Er leckte und saugte abwechselnd an mir, mal langsam, mal schnell. Mal fest, mal sanft. Als er zwei Finger dazu nahm und sie in mich gleiten ließ, sie rhythmisch in mir bewegte, verwandelte ich mich in ein stöhnendes, wimmerndes Nervenbündel. Seinen Namen schreiend kam ich an seiner Zunge. Mein Innerstes verkrampfte sich um seine Finger und Hunter hörte nicht auf, mich zu lecken, bis auch die letzte Welle meines Höhepunkts über mich hinweggerollt war.

Atemlos lehnte ich an der Wand und hatte kaum die Kraft, mich aufrecht zu halten. Meine Lider waren halb geschlossen, als Hunter sich aufrichtete und mich mit Lust in seinen Augen ansah. Mit dem Daumen wischte er sich über das Kinn und seine Unterlippe, ganz langsam. Dann nahm er mein Gesicht zwischen seine großen Hände und versiegelte meinen Mund mit einem hungrigen Kuss.

Ich konnte mich selbst auf seiner Zunge schmecken, gepaart mit Hunters eigener Note und dem Scotch, den er vorhin getrunken hatte. Es war verrucht. Nie zuvor hatte ich mich so wagemutig, so sexy gefühlt.

Hunter küsste mich, als gäbe es kein Morgen. Seine Hände erkundeten meinen Körper, strichen über meine Oberschenkel, kneteten meinen Po und nach wenigen Minuten breitete sich erneut dieses lustvolle Ziehen in meinem Unterleib aus.

»Ich bin froh, dass wir die ganze Nacht Zeit haben, Jane«, knurrte Hunter, nahm meine Hand und legte sie auf die harte Beule in seiner Hose. Ich seufzte leise und begann, ihn durch den Stoff hindurch zu reiben. Hunter stöhnte und kam meinen Bewegungen entgegen.

Dann hob er mich ruckartig hoch und trug mich durch das halbdunkle Zimmer, als wöge ich nichts.

Auf einem Holztisch setzte er mich ab. Das Material fühlte sich kalt auf meiner erhitzten Haut an. Mein Kleid hing noch immer an meiner Taille zusammengerafft. Hunter griff danach, schob es an meinem Körper hinauf, über meine Arme und streifte es mir schließlich über den Kopf.

»Ich will dich sehen«, raunte er. Ich hörte, wie sich seine Schritte entfernten. Dann wurde eine Stehlampe in der Ecke des Raumes eingeschaltet. Instinktiv schlang ich meine Arme um meine Brüste und presste die Schenkel zusammen, um meine Blöße zu verdecken.

Kopfschüttelnd kam Hunter zum Tisch zurück. »Nein, Jane. Hör auf, dich zu verstecken«, sagte er bestimmend. Dann nahm er meine Arme beiseite und presste meine Hände auf die Holzplatte. Danach grub er seine Finger in meine Beine und drückte meine Schenkel weit auseinander.

»Fass dich für mich an«, forderte er und meine Atmung beschleunigte sich.

»Was?«, fragte ich mit hoher Stimme. »Ich … ich kann

das nicht.«

So etwas hatte ich noch nie getan. Wenn Nate und ich miteinander geschlafen hatten, war es harmlos gewesen. Zärtlich und, ja, auch ein wenig langweilig, wenn ich ehrlich war.

Was Hunter von mir verlangte, war so offensichtlich sexuell, dass ich nicht wusste, ob ich es über mich bringen konnte. Hitze stieg mir in die Wangen.

»Du wolltest mutig sein«, erinnerte er mich an meinen Vorsatz und saugte an meiner Halsbeuge. »Was wäre mutiger, als es dir vor meinen Augen selbst zu besorgen? Alleine die Vorstellung bringt mich um den Verstand, Jane.«

Um seinen Worten Nachdruck zu verleihen, presste er seine Erektion gegen meinen Oberschenkel. »Siehst du, was du mit mir machst?«

Er hatte recht. Ich wollte mutig sein. Verrückt. Nicht die Jane, die Nate kannte. Die meine Eltern kannten. Irgendwo in mir drin schlummerte mehr, sonst wäre ich nicht mit Hunter mitgegangen. Hätte mich nicht auf diese Sache eingelassen. Ich würde keinen Rückzieher machen.

Ich hielt seinen Blick fest, als ich mit der Hand meine Brüste streichelte, über meinen Bauch glitt und meine Finger zwischen meinen Beinen versinken ließ. Hunter folgte der Bewegung mit seinen Augen und stöhnte, als ich mit der Fingerspitze in mich selbst eindrang.

»Du bist unglaublich«, hauchte er ehrfürchtig, während ich fortfuhr, mich zu liebkosen. Langsam machte er zwei Schritte vom Tisch weg, streifte sein Sakko ab, warf es weg und begann, sein Hemd aufzuknöpfen. Harte Bauchmuskeln kamen zum Vorschein. Hunter hatte eine feste, durchtrainierte Brust und starke Schultern. Bei seinem Anblick wurden meine Bewegungen schneller. Er war ein Bild von einem Mann. Und er sah mich mit einer Gier an, die ich nie zuvor erlebt hatte.

Als er seine Hose abstreifte, schnellte sein prächtiger Schwanz in die Höhe und Hunter begann ihn langsam, aber fest zu massieren. Er stöhnte und sein Blick brannte sich zwischen meine Beine. Der Anblick dieses Mannes, wie er vor mir stand und mich beobachtete, zu sehen, welche Wirkung ich auf ihn hatte, war mehr, als ich ertragen konnte. Ich spreizte meine Beine weiter und stellte meine Fersen auf der Tischkante ab, sodass Hunter einen ungehinderten Blick auf mich hatte. Dann nahm ich einen zweiten Finger hinzu und begann mich mit schnellen Bewegungen selbst zu befriedigen.

Als mein Höhepunkt nahte, kniff ich die Augen fest zusammen und biss mir auf die Unterlippe. Plötzlich spürte ich, wie Hunter zwischen meine Beine trat. Als ich ihn ansah, war sein Blick dunkel. Er griff nach meiner Hand. »Wenn du das nächste Mal kommst, will ich in dir sein«, knurrte er, packte mich am Po und zog mich bis zur Tischkante vor. Mit einem einzigen tiefen Stoß drang er in mich ein.

»Fuck«, schrie ich, weil er mich mit seiner Größe vollständig ausfüllte. Ein Gefühl, das süchtig machte. Hunters Finger vergruben sich in meinem Haar. Er hielt meinen Kopf fest und schlang seinen anderen Arm um meinen unteren Rücken. Im Rhythmus seiner Stöße ließ er meinen Unterkörper vorschnellen, um sich noch tiefer in mir zu versenken. Der nächste Orgasmus traf mich so heftig, dass ich schrie und meine Zähne in Hunters Schulter vergrub. Ich krallte meine Fingernägel in seinen Rücken und suchte Halt vor der Intensität seiner Stöße. Gleichzeitig trieb ich mich ihnen entgegen, konnte nicht genug von ihm kriegen.

Als ich in Hunters Gesicht sah, entdeckte ich darin nur rohe Lust. Etwas Animalisches hatte die Führung übernommen und er nahm mich mit unkoordinierten Bewegungen, bevor er mit einem lauten Stöhnen kam und seine verschwitzte Stirn gegen meine Schulter lehnte. Eine Weile verharrten wir so. Reglos, Hunter noch immer in mir, bevor er sich aufrichtete und mir mit den Fingern sanft eine Haarsträhne aus dem Gesicht strich. »Ich hoffe, du hast heute Nacht nichts anderes zu tun, Jane. Denn ich habe nicht vor, dich gehenzulassen«, sagte er mit einem spitzbübischen Grinsen. Dann küsste er mich so zärtlich auf den Mund, dass meine Knie ganz weich wurden.

Kapitel -15-

Jane

Das Gespräch mit Anna beschäftigte mich noch den gesamten Heimweg über. Ihre Worte gingen mir nicht aus dem Kopf.

Dieser Mann ist die Garantie für ein gebrochenes Herz. Du musst aufpassen, denn ehe du dich versiehst, bist du ihm ins Netz gegangen.

Ich *war* ihm ins Netz gegangen!

Das war so typisch für mich. Da wollte ich einmal etwas Wagemutiges tun und was passierte? Alles flog mir mit einem lauten Knall um die Ohren. Der Mann, mit dem ich vor einem Jahr einen One-Night-Stand gehabt hatte, war jetzt mein Boss.

Als ich am späten Abend die Treppen zu unserer Wohnung hinaufschlurfte, lastete dieses Wissen schwer auf mir. Wenn meine Mutter wüsste, was ich getan hatte … sie würde wie üblich die Lippen schürzen, den Kopf schütteln und mich mit diesem Blick ansehen, der genau verriet, wie enttäuscht sie von mir war.

Als ich die Tür öffnete und unsere Wohnung betrat, stockte ich. Cosima saß im Schneidersitz vor dem geöffneten Fenster auf der Couch und starrte geistesabwesend an die Wand. Weder hatte sie ein Licht eingeschaltet, noch zeigte sie eine Regung, als die Tür hinter mir schloss.

»Cosima, geht es dir gut?«, fragte ich, setzte mich neben sie und legte ihr sanft meine Hand auf den Oberschenkel. Nach dem Abend mit Anna wünschte ich mir bloß, mich im Bett zu verkriechen und mir die Decke über den Kopf zu ziehen. Aber meine beste Freundin in diesem Zustand alleine zu lassen, kam für mich überhaupt nicht in Frage.

»Cos?«, fragte ich erneut, als sie nicht reagierte.

Als hätte ich sie aus ihren tiefen Gedanken gerissen, schüttelte Cos benommen den Kopf und blinzelte mich an. Ihre blauen Augen sahen müde aus und ihr schwarzes Haar mit den türkisenen Spitzen, hing ihr in einem unordentlichen Dutt im Nacken.

»Tut mir leid«, sagte sie. »Alles in Ordnung. Es ist nichts passiert.«

»Willst du mir nicht sagen, was dich so bedrückt?«, bat ich ruhig und strich ihr mit der Hand beruhigend über das Bein.

»Ist es schlimm, Berufliches und Sex miteinander zu vermischen?«, platzte es aus ihr heraus und für einen Moment hielt ich die Luft an, fest davon überzeugt, dass sie irgendwie von der Sache mit Hunter erfahren hatte. Dann wurde mir klar, dass das unmöglich sein konnte, weil außer Hunter und mir niemand davon wusste. Demnach musste sie etwas anderes beschäftigen und ich dachte darüber nach, ob es mit ihrer schlechten Laune von neulich Abend zu tun hatte.

Ich wägte meine Antwort gut ab. Vor einigen Tagen hätte sie vielleicht noch anders gelautet. Aber nach allem, was passiert war … »Nein«, sagte ich und Cos riss die Augen auf.

»Was? Nicht?«, stieß sie verwirrt hervor.

Ich schüttelte den Kopf. »Es ist nicht schlimm, nein. Solange keiner dabei zu Schaden kommt, beide wissen, worauf sie sich einlassen und keine Gefühle verletzt werden.«

Während ich das sagte, musste ich an Anna denken, deren Gefühle trotz allem verletzt worden waren, und ich schämte mich ein wenig für meine Worte.

Aber zu sagen, dass Berufliches und Privates zu vermischen verwerflich war, brachte ich nicht über mich.

»Du wirkst überrascht«, stellte ich fest.

»Das trifft es gut. Ich dachte … keine Ahnung, dass du mir den Kopf waschen würdest. Du bist sonst die Vernünftige von uns«, sagte Cosima und bei ihren letzten Worten verzog ich das Gesicht. »Was denn? So ist es doch. Ich bin die Chaotin, Charly der Wildfang und du bist die süße Jane. Das Mädchen von nebenan.«

Ich zuckte zusammen, als hätte sie mir eine Ohrfeige verpasst. Das Mädchen von nebenan. So sahen die Menschen mich also. Kein Wunder, dass Hunter mich sofort vergessen hatte. Ein unscheinbares, süßes Ding hinterließ eben keinen bleibenden Eindruck.

Verärgert sprang ich von der Couch auf und ging zum Kühlschrank, um mir eine Flasche Wasser zu holen.

»Habe ich etwas Falsches gesagt?«, fragte Cos vorsichtig und folgte mir. Ihre kurzen Schlafshorts legten ihr Tattoo am Oberschenkel frei. Schwarze Dornenranken schlängelten sich über ihren Oberschenkel.

»Alles gut. Ich bin es gewohnt, dass man mich so sieht«, erwiderte ich und erschrak über meinen eigenen schnippischen Unterton. »Aber um ehrlich zu sein, habe ich die Schnauze voll.«

»Ist in den letzten Tagen etwas vorgefallen? Läuft es auf der Arbeit nicht gut?«, wollte Cos wissen und sah mich besorgt und erstaunt zugleich an.

Es tat mir leid, dass sie meine Wut abbekam. Cos war die letzte, die es verdiente, dass ich die vergangenen Ereignisse an ihr ausließ. Aber ich war so verdammt frustriert.

»Es ist nur, dass man nicht immer vernünftig sein und die richtige Entscheidung treffen kann, Cos. Keiner von uns.«

Nicht einmal die perfekte Jane schaffte das. Eine falsche Entscheidung vor einem Jahr und sie verfolgte mich bis heute. Und das Schlimmste an der Sache war, dass ich offensichtlich nichts aus meinem Fehler gelernt hatte. Denn ich sehnte mich nach Hunter. Trotz Annas verletzten Gefühlen und obwohl er sich kaum an mich erinnerte. Ich sehnte mich nach dem Mann, der mein Herz bei jeder Begegnung höherschlagen ließ.

Ich drehte mich um, ließ Cosima alleine im Wohnzimmer und zog mich in mein Zimmer zurück. Alleine sein. Ich wollte bloß noch alleine sein.

Der Raum war winzig und kläglich eingerichtet. Außer einem alten Bett, einem Schreibtisch, einem fransigen Teppich und einer klapprigen Kommode befand sich nichts darin. Die Tapete war alt und hatte stellenweise undefinierbare Flecken. Sie sah ein bisschen so aus, als hätte jemand hunderte Mücken daran totgeschlagen.

Trotzdem war dies mein Rückzugsort und ich hatte es mir gemütlich gemacht. Ein paar Pflanzen, schöne Bilder, Kerzen und Poster über den schlimmsten Flecken an der Wand ließen den Raum wohnlich wirken. Eigentlich musste nur noch der Teppich weg und ich brauchte eine Lösung für den merkwürdigen Geruch, dessen Quelle ich noch nicht ausfindig gemacht hatte.

Bevor ich nach Wohnungen in New York gesucht hatte, hatte ich keine Vorstellung von den Mietpreisen gehabt. Dass ich, obwohl ich bei *Denton* nicht schlecht verdiente, hier wohnen musste, war heftig. Aber ich hatte keine Lust gehabt, mein gesamtes Gehalt für die Miete draufgehen zu lassen. Außerdem konnte ich so mit meinen Freundinnen zusammenwohnen.

Um die Anspannung von heute endlich loszuwerden, zündete ich ein paar Kerzen an, tauschte meine

Arbeitskleidung gegen gemütliche Leggins und ein lockeres Shirt und ließ über mein Handy beruhigende Yogamusik laufen, zu der ich Dehnübungen vollführte.

»Jane?«, rief Cos nach einer Weile und klopfte sanft an meine Zimmertür. Ich öffnete ihr nicht. »Du weißt, dass du jederzeit mit mir reden kannst, oder?«

Konnte ich das? Konnte ich wirklich jemandem verraten, was ich getan hatte?

»Ich mache mir Sorgen um dich«, murmelte Cosima leise. Ihre Traurigkeit war es, die mich schließlich dazu brachte, die Tür zu öffnen. Ich wollte nicht, dass es ihr meinetwegen noch schlechter ging. Nur, weil sie mit ihren Worten einen wunden Punkt getroffen hatte, verdiente sie es nicht, dass ich gemein zu ihr war.

Müde öffnete ich die Tür und sah meine Freundin an, die verunsichert wirkte. »Cos, du musst dir keine Sorgen machen. Ich komme klar«, versicherte ich ihr.

»Ist es, weil ich so lange weg war?«, platzte es plötzlich aus Cosima heraus und nun war ich diejenige, die überrascht die Augenbrauen hochzog.

»Was? Was meinst du?«

»Du redest nicht mit mir, obwohl ich genau sehen kann, dass etwas nicht stimmt. Und Charly verheimlicht offensichtlich auch etwas. Früher haben wir uns alles gesagt. Bevor ich weggegangen bin. Und jetzt … jetzt habe ich das Gefühl, dass wir uns voneinander entfernt haben«, offenbarte sie mir und ich verstand, dass das eine ihrer größten Ängste war. Uns verloren zu haben, weil sie ins Ausland gegangen war.

»Oh, Cos«, sagte ich mitfühlend und zog sie in meine Arme. Meine eigenen Sorgen waren für einen Moment vergessen. »Wie kannst du so etwas Dummes denken?«

Sie zuckte mit den Schultern und löste sich langsam aus meiner Umarmung. »Keine Ahnung, ich hatte bloß Angst, dass sich etwas zwischen uns verändern könnte.

Ich griff nach ihrer Hand. »Natürlich verändert sich unsere Freundschaft im Laufe der Zeit, weil wir uns weiterentwickeln. Aber das muss nichts Schlechtes sein. Und dass ich nicht mit dir rede, hat nichts damit zu tun, dass du weg warst, Cos. Ich will dich doch nicht bestrafen. Ich will nur … ich will einfach nicht darüber reden, um keine größere Sache daraus zu machen, als es ist. Verstehst du das?«

Früher hatten meine Freundinnen und ich uns alles erzählt. Jede Kleinigkeit aus unserem Leben miteinander geteilt und damals hatte ich das als tröstlich empfunden. Aber wir waren keine Teenager mehr und unsere Probleme hatten sich mit uns verändert. Waren komplizierter geworden; mich meinen Freundinnen anzuvertrauen, löste nicht alle meine Sorgen. In gewisser Weise war ich sogar stolz auf mich, denn in den letzten Jahren war ich zu einer Frau geworden, die mit vielem auch alleine zurechtkam. Vielleicht gehörte das zum Erwachsenwerden dazu.

Cos nickte verständnisvoll. »Aber falls du doch reden willst, bin ich für dich da«, versicherte sie mir, woraufhin ich lächelte. Egal wie gut man alleine klarkam, es war schön zu wissen, dass man ein Sicherheitsnetz hatte. Menschen, die einen auffingen, wenn es mal bergab ging.

»Auf dich war schon immer Verlass, Cos. Und das weiß ich zu schätzen.«

Wenn ich irgendwann so weit wäre, über die Sache mit Hunter zu sprechen – vorausgesetzt ich schaffte es, mein Gedanken- und Gefühlschaos zu ordnen –, wusste ich, dass Cos und Charly da sein würden. Genau deswegen waren wir gemeinsam nach New York gekommen. Wir waren einander ein Sicherheitsnetz in dieser großen, fremden Stadt.

Kapitel -16-

Jane

»Jane, warte«, rief eine weibliche Stimme hinter mir und ich drehte mich um. Es war Montagmorgen, ich stand vor dem Eingang des Rockefeller Centers und wollte gerade durch die großen Türen ins Gebäude gehen. Anna eilte auf mich zu. In einer Hand hielt sie einen Pappträger mit zwei To-go-Bechern darin.

»Guten Morgen«, schnaufte sie, als sie mich erreichte und holte tief Luft. »Ich hatte gehofft, dich rechtzeitig zu erwischen. Hier, der ist für dich.« Mit diesen Worten drückte sie mir einen der Becher in die Hand.

»Danke«, sagte ich. »Das wäre nicht nötig gewesen.«

Sie zuckte mit den Schultern. »Irgendwie schon. Du hast dir am Freitag so viel Zeit für mich genommen. Ich wollte mich erkenntlich zeigen. Und weil ich nicht wusste, ob du Kaffee trinkst, ist das ein heißer Kakao mit Sahne. Ich dachte, das mag jeder.«

Ihre Freundlichkeit zauberte mir ein kleines Lächeln aufs Gesicht. Das Wochenende war irgendwie deprimierend gewesen. Ich hatte mich in meinem Zimmer verschanzt und war die Akten zu den Projekten durchgegangen oder hatte Netflix auf dem Handy geschaut. Kein rauschendes New Yorker Wochenende also. Charly und Cosima waren beide unterwegs gewesen, also blieb ich allein. Das hatte meiner Stimmung einen ganz schönen Dämpfer versetzt. Aber Annas fröhliche Art vertrieb diese trübe Wolke, die seit Freitagabend über mir schwebte.

Wer hätte gedacht, dass ich ausgerechnet Hunters Ex mögen würde. Gemeinsam gingen wir durch die Sicherheitskontrolle und fuhren mit dem Aufzug hinauf.

»Zu meiner Schande muss ich gestehen, dass ich Samstagmorgen einen ganz schönen Kater hatte«, berichtete Anna lachend. »In solchen Momenten merke ich, dass ich nicht mehr zwanzig bin.«

Ich grinste amüsiert. Meine Kopfschmerzen hatten sich am nächsten Morgen in Grenzen gehalten. Aber ich hatte auch nur zwei Cocktails gehabt. Die Aufzugtüren öffneten sich.

»Du hast aber auch ganz schön tief ins Glas geschaut«, antwortete ich gerade, als wir aussteigen wollten. Und direkt in Hunter reinliefen. Ich stockte und starrte ihn erschrocken an. Hatte er meinen letzten Satz gehört? Sein Blick glitt fragend von mir zu Anna, die ihn abfällig musterte.

»Guten Morgen, Mr. McKade«, grüßte sie ihn kühl.

»Miss Hale, Anna«, sagte Hunter nickend und betrachtete uns misstrauisch. Sein Blick suchte meinen, aber ich sah schnell auf meine Füße.

»Morgen«, murmelte ich verlegen. Ich versuchte, das Stechen in meiner Brust zu ignorieren. Mich nannte er

Miss Hale, aber Anna beim Vornamen. Hatte er vielleicht doch noch Gefühle für sie?

»Komm, Jane. Montags gibt es im Pausenraum Donuts«, sagte Anna, ohne ihren Boss weiter zu beachten. Sie hakte ihren Arm bei mir unter und zog mich mit sich den Gang entlang. Als ich mich nach einigen Schritten umdrehte, stand Hunter vor dem Aufzug und starrte uns hinterher. Unsere Blicke trafen sich und jetzt lag darin kein Misstrauen mehr, sondern Wut.

***

Hunter

Am liebsten hätte ich Jane sofort zur Rede gestellt, aber leider hatte ich am Morgen einen wichtigen Termin außer Haus und musste mich bis danach gedulden.

Die ganze Zeit über quälte mich die Frage, warum Anna und Jane so vertraut gewirkt hatten. Wie viel wusste Jane und was hatte sie Anna erzählt?

Ich musste es herausfinden. Eine unbegreifliche Wut hatte Besitz von mir ergriffen.

Als ich am Vormittag zurück in der Firma war und in Janes Büro vorbeischaute, fand ich es leer vor. Am Ende entdeckte ich sie im Pausenraum, wo sie sich einen Kaffee kochte. Viel zu dicht bei ihr stand dieser schmierige Kinkaid und säuselte sie voll. Ich kannte

Männer wie ihn. Sie sahen am Arbeitsplatz eine hübsche Kollegin und baggerten sie so lange an, bis sie nachgab. Männer wie Devon Kinkaid waren unermüdlich und Janes schüchterne Art lockte sie förmlich an. Auch jetzt lag in seinem Blick unverhohlenes Interesse. Der Gedanke, dass er sich Jane nackt vorstellte und sich daran aufgeilte, ließ mich jegliche Beherrschung verlieren.

»Miss Hale«, bellte ich von der Tür des Pausenraumes aus und registrierte voller Genugtuung, wie sie erschrocken zusammenzuckte. »In mein Büro.«

Jane sah mich aus großen Augen an, bevor ich herumwirbelte und schnell den Flur entlang ging. Kurz darauf hörte ich ihre hektischen Schritte hinter mir. Sie holte mich erst im Vorzimmer ein, wo uns eine erstaunte Anna begrüßte.

Ich ging in mein Büro, schnappte mir eine Akte vom Schreibtisch und drückte sie meiner Assistentin in die Hand. »Bring das rüber zu Mr. Taylor von *Cromwood* und warte, bis er es unterschrieben hat. Erst dann kommst du wieder zurück«, wies ich sie an. Ich wollte, dass sie verschwand, damit sie mein Gespräch mit Jane nicht belauschen konnte.

Statt meinen Anweisungen zu folgen, warfen Anna und Jane sich einen verwirrten Blick zu. Ihre stumme Kommunikation machte mich noch wütender.

»Sofort«, donnerte ich und Anna setzte sich

augenblicklich in Bewegung. Mir entging jedoch nicht, wie sie im Vorbeigehen aufmunternd Janes Hand drückte. Also hatten die beiden über mich geredet! Ich konnte es nicht fassen.

Ich nickte wütend in Richtung meines offenstehenden Büros und wartete, bis Jane hineingegangen war. Dann schloss ich dir Tür.

Wie ein scheues Reh stand sie mitten im Raum, die Arme vor dem Bauch verschränkt.

»Setz dich«, forderte ich und sie ließ sich langsam auf den Stuhl vor meinem Schreibtisch sinken. Ich nahm gegenüber von ihr Platz.

Statt mich anzusehen, ließ Jane den Blick durch mein Büro gleiten. Ich versuchte, den kargen Raum mit ihren Augen zu sehen. Vermutlich kam er ihr wenig einladend, gar abweisend vor. Ich hatte keine Bilder aufgehängt, keine Pflanzen, nichts, was mich von meiner Arbeit ablenken könnte.

»Wieso bin ich hier?«, fragte sie schließlich und sah mich an.

»Sag du es mir«, forderte ich und beugte mich leicht vor.

Sie blinzelte mich verwirrt an. »Offensichtlich gefällt dir nicht, dass ich mich mit Anna angefreundet habe«, riet sie richtig.

Ich bejahte. »Machst du das, um mir eins auszuwischen?«

»Was?«, rief sie entgeistert. »Wie kommst du denn darauf?«

»Welchen anderen Grund könnte es geben?«, fuhr ich fort, ihr meine Theorie darzulegen. »Du hast uns bei den Aufzügen gehört, glaubst, in ihr eine Verbündete gegen mich gefunden zu haben, und willst dich an mir rächen, weil ich mich nicht mehr an dich erinnern konnte.«

Den Mund geöffnet, starrte sie mich fassungslos an. »Du bist ja von allen guten Geistern verlassen.«

Ich lachte. »Hör auf, mir etwas vorzuspielen, und sag mir lieber, wie viel du ihr über uns verraten hast. Damit ich Schadensbegrenzung betreiben kann.«

Bei dem Wort *Schadensbegrenzung* zuckte sie merklich zusammen.

»Bist du so von dir selbst eingenommen, dass du glaubst, alles dreht sich um dich?«, zischte Jane wütend und erhob sich von ihrem Stuhl. »Anna ist nett. Ich mag sie und das hat rein gar nichts mit dir zu tun. Es interessiert mich nicht, dass du mich vergessen hast. Du misst dir selbst zu viel Bedeutung in meinem Leben bei. Nach unserem One-Night-Stand habe ich dich aus meinem Kopf gestrichen.«

Ihre Stimme war fest und ihr Blick hart, als sie das sagte. Ich erhob mich ebenfalls von meinem Stuhl und überbrückte die Distanz zwischen uns.

»Du lügst«, knurrte ich, weil ich es nicht ertrug, dass ich monatelang an Jane gedacht hatte und sie überhaupt nicht an mich. Aus falscher Eitelkeit hatte ich ihr eine Lüge erzählt, aber ich konnte nicht damit umgehen, dass ihre Worte vielleicht der Wahrheit entsprachen.

Jane reckte mir trotzig das Kinn entgegen. »Ach ja? Was dachtest du denn? Du bist ein Mann, der nichts anbrennen lässt. Du hast selbst gesagt, wie vielen *Menschen* du begegnest.« Sie machte Anführungszeichen mit ihren Fingern. »Hast du erwartet, dass ich mich nach dir verzehre, während du mich längst vergessen hast?«

Ja, verdammt nochmal, das hatte ich. Weil ich Jane nicht eine Sekunde vergessen hatte. Weil ich die Bilder jener Nacht nicht mehr aus meinem Kopf bekam. Wie die unschuldige Jane sich für mich anfasste. Ihre Wangen gerötet und ihre Lippen geschwollen von meinen Küssen. Wie ihre zarten Finger in ihre Feuchtigkeit eintauchten und sie gleichzeitig meinen Namen stöhnte. Wie könnte ein Mann diesen Anblick vergessen?

»Du machst mir Vorwürfe, dass ich nichts anbrenne lasse?«, knurrte ich bedrohlich und ging einen letzten Schritt auf Jane zu. »Ausgerechnet du? Die ganze Zeit über hast du mich belogen.« Ich packte sie an ihren zarten Schultern und zog sie an mich, was ihr einen erschrockenen Laut entlockte.

»Ich weiß nicht, wovon du redest«, stammelte sie und ihr Blick fiel auf meinen Mund. Instinktiv befeuchtete sie ihre Lippen, so wie sie es auch in jener Nacht getan hatte. Sofort musste ich an unsere leidenschaftlichen Küsse denken. Daran, wie Jane auf meiner Zunge geschmeckt hatte. Augenblicklich erwachte mein Schwanz zum Leben und drückte schmerzhaft gegen den Stoff meiner Hose. Wie konnte es sein, dass diese Frau nach all der Zeit noch immer diese Wirkung auf mich hatte? Die Tatsache, dass ich ihr nicht widerstehen konnte, machte mich rasend vor Wut. Bevor ich mich bremsen konnte, vergrub ich meine Finger in Janes Locken und presste meinen Mund kurz und hart auf ihren. Sie keuchte erstaunt, als ich mich von ihr löste. Unsere Gesichter waren nur wenige Zentimeter voneinander entfernt. Atemlos sah Jane mich an. In ihrem Blick lagen unausgesprochene Fragen. Ich küsste sie erneut, nicht weniger wütend. Legte all meinen Zorn und meine Frustration der letzten Monate hinein. Als Jane ihre Lippen für mich öffnete und ich mit der Zunge in ihren Mund glitt, kam sie mir mit ihrer entgegen. Sie packte mich am Hemd, hielt mich fest und erwiderte meinen heftigen Kuss begierig.

»Scheiße«, fluchte ich und schob Jane von mir. Ihre Lippen glänzten feucht, ihre Lider waren lustvoll gesenkt. Sie wirkte von unserem Ausbruch genauso überrascht wie ich.

»Nach allem kann ich dir trotzdem nicht widerstehen«, fluchte ich und sah sie abschätzend an.

»Hunter, ich habe keine Ahnung, wovon du redest«, sagte sie und bemühte sich, ihre hektische Atmung zu regulieren. Dabei sah sie mich aus ihren großen Augen an. Die personifizierte Unschuld. Als könnte sie kein Wässerchen trüben.

Ich schüttelte den Kopf und lachte. »Du bist eine gute Lügnerin, das muss ich dir lassen.« Noch immer wirkte sie verwirrt und wenn ich es nicht besser wüsste, wenn ich es damals nicht mit eigenen Augen gesehen hätte, würde ich glauben, dass sie wirklich keine Ahnung hatte. »Du solltest gehen, Jane. Und dich in Zukunft von mir fernhalten«, sagte ich kühl und entfernte mich einen weiteren Schritt von ihr.

»Hunter, was …« setzte sie zu einer Antwort an, aber ich unterbrach sie, indem ich mit dem ausgestreckten Arm in Richtung der Tür zeigte. Die Unterhaltung war beendet. Ich bereute es, Jane überhaupt in mein Büro gerufen zu haben. Etwas an ihr wollte mich glauben lassen, dass ich mich damals in ihr geirrt hatte. Dass sie nicht die Frau war, für die ich sie hielt. Und damit begab ich mich auf dünnes Eis. Zu dünn, als dass ich es riskieren könnte. Zum Glück war Jane nicht wie Anna. Weder weinte sie, noch warf sie mir wütende Worte an den Kopf. Sie straffte die Schultern und verließ mein Büro. An ihrem harten Blick erkannte ich, dass sie meinen Ratschlag befolgen und sich von mir fernhalten würde. *Besser so,* dachte ich, obwohl ein verdammt großer Teil von mir ihre Hand packen und sie zurück in meine Arme ziehen wollte.

Kapitel -17-

Hunter

Ein Jahr zuvor

Ich hielt Jane im Arm und wartete darauf, dass sie aufwachte. Nachdem sie mich in unserer zweiten Runde hemmungslos geritten hatte, war sie völlig verausgabt an meiner Brust zusammengesunken und eingeschlafen. Das war eine Stunde her. Ich hätte ein wenig Erholung gebrauchen können. Aber etwas an Janes zartem Gesicht zog mich an und ließ mich den Blick nicht von ihr abwenden. Wie sie in meinen Armen lag, wirkte sie verletzlich. Alles an ihr weckte den Beschützerinstinkt in mir. Ich wollte sie halten. So fest, dass kein anderer Mann auf die Idee kam, sie anzusehen.

Jane war unerfahren. Das merkte man an ihrer Unsicherheit, die im Laufe der Nacht durchgeblitzt war. Dennoch war sie die erotischste Frau, mit der ich seit langem das Bett geteilt hatte. Vielleicht gerade wegen ihrer unschuldigen Ausstrahlung. Ich wusste es nicht. Aber was es auch war, es brachte mich dazu, ihr sanft über den Rücken zu streichen und beim Schlafen zuzusehen, statt sie wegzuschicken.

Sie gab ein leises Seufzen von sich. Die ersten Lebenszeichen kehrten in ihren Körper zurück. Als sie sich in meinem Armen aufrichtete, strich ich ihr eine

Haarsträhne aus dem Gesicht.

»Guten Morgen«, sagte ich mit belegter Stimme. Ihr Anblick weckte in mir den Wunsch, gleich mit Runde drei loszulegen. Noch hatten wir eine Menge Zeit. Es war fünf Uhr morgens und die Sonne ging gerade auf. Mein erster Termin für den Tag war für fünfzehn Uhr geplant.

»Hey«, hauchte Jane und blinzelte mich verschlafen an. »Ich muss wohl eingenickt sein.«

Sie schien sich zu schämen, dass sie nach einem One-Night-Stand weggedämmert war. Auf ihren Wangen hatte sich eine zarte Röte ausgebreitet. Dadurch stachen ihre Sommersprossen stärker hervor.

»Fühlst du dich wieder fit?«, fragte ich, nicht gerade uneigennützig und fuhr mit den Fingern an ihrer Wirbelsäule hinab.

Janes Lippen öffneten sich leicht. An meinem Brustkorb spürte ich, wie sich ihr Herzschlag beschleunigte.

»Du meinst für ...«, setzte sie an, verstummte und errötete noch mehr. Sie wusste, was ich im Sinn hatte. In diesem Moment hatten meine Hände ihren Po erreicht. Ich zog sie ganz auf mich und spreizte ihre Schenkel über meinem Schoß. Unsere nackten Körper berührten sich nun fast überall und eine eigenartige Wärme breitete sich in mir aus, die nichts damit zu tun hatte, wie sehr ich Jane körperlich begehrte. Ich genoss die Berührung mit ihr auf einer Ebene, die ich bisher gemieden hatte.

Ich wirbelte uns herum, sodass Jane unter mir lag. Als ich meine Finger zwischen ihre Beine gleiten ließ, zog sie zischend die Luft ein.

»Alles okay?«, fragte ich und sah sie besorgt an.

Jane hatte die Augen fest zusammengekniffen.

»Ja. Alles gut«, stieß sie hervor, aber ihre Stimme klang schmerzverzerrt.

Sofort zog ich meine Finger zurück und stützte mich mit den Händen links und rechts von ihrem Gesicht ab. Als sie die Augen öffnete und mich ansah, zog ich fragend die Brauen hoch.

»Habe ich dir wehgetan?«

»Nein«, beteuerte sie schnell. Ich sah sie ungläubig an. »Es ist nur … ich denke, dass ich keine weitere Runde schaffe«, gestand sie schließlich verlegen. Ich brauchte einen Moment, bis ich begriff, was sie meinte. Dann wurde es mir schlagartig klar. Vermutlich war das die erste wilde Sexnacht ihres Lebens gewesen und die hatte körperliche Spuren hinterlassen. Der Gedanke, dass sie in ein paar Tagen noch an mich denken würde, ließ meine Erregung nicht unbedingt abflauen, auch wenn ich mich dabei wie der letzte Neandertaler fühlte. Aber welchem Mann gefiel es nicht, eine Frau so vollständig befriedigt zu haben?

Ich beugte mich hinab und küsste Jane sanft auf den Mund. Dann rollte ich mich von ihr runter und zog sie an meine Seite.

Ihre Hand kam auf meinem Brustkorb zum Ruhen.

»Soll ich gehen?«, fragte sie nach einigen Minuten des Schweigens. Man konnte ihr ihre Nervosität anhören. Hätte ich bisher daran gezweifelt, dass dies ihr erster One-Night-Stand war, wäre das die finale Bestätigung gewesen. Sie hatte überhaupt keine Ahnung, wie sie sich verhalten sollte. Trotz ihrer Frage spürte ich, dass sie bleiben wollte. Ihr Körper war dicht an meinen geschmiegt und ihr Zeigefinger zog träge Kreise über mein Brusthaar.

Wenn ich meinen eigenen Prinzipien treu bleiben wollte, müsste ich sie wegschicken. Wir würden heute definitiv keinen Sex mehr haben und zu einem anderen Zweck verbrachte ich keine Zeit mit Frauen. Aber Jane war ganz offensichtlich nicht wie die Frauen, mit denen ich mich sonst traf. Sie brauchte Zuneigung, ein paar liebevolle Worte. Sie nach einer durchvögelten Nacht einfach wegzuschicken, würde ihr vermutlich das Herz brechen. Das brachte ich nicht über mich. Außerdem … und das war die erschreckende Wahrheit, wollte ich sie bei mir haben.

»Nein, bleib«, bat ich sie. »Ich bestelle uns etwas zu Essen.«

Während unser ausgiebiges Frühstück vorbereitet

wurde, war ich mit Jane unter die Dusche gesprungen. Es hatte mir Spaß gemacht, sie einzuseifen und mich im Gegenzug von ihr waschen zu lassen. Zu beobachten, wie sie zunächst unsicher, dann immer selbstbewusster über meinen Körper fuhr. Es gefiel mir, wenn sie mich mit einer Mischung aus Zurückhaltung und Selbstverständlichkeit anfasste. Jane vereinte so viele Gegensätze in sich.

Beim Duschen hatten wir uns absichtlich Zeit gelassen, ich hatte an der Rezeption eine Gästezahnbürste für Jane kommen lassen und ihr eines meiner weißen Shirts gegeben, damit sie nicht in ihrem unbequemen Kleid oder splitterfasernackt frühstücken musste.

Etwa eine Dreiviertelstunde nach meinem Anruf klopfte es an der Tür und einer der Kellner schob einen silbernen Servierwagen ins Zimmer. Gefüllt war er mit den köstlichsten Gerichten, die ich auf der Karte hatte finden können. Und bei einem Fünf-Sterne-Hotel bot sich da einiges an. Viel mehr, als zwei Personen würden essen können. Aber der besitzergreifende Teil von mir wollte, dass Jane alles bekam, was ihr Herz begehrte.

Wir ließen uns das ausgiebige Frühstück schmecken. Den Wagen hatten wir vor das Bettende geschoben und es uns auf der Matratze gemütlich gemacht.

»Bist du beruflich in Chicago?«, durchbrach Jane irgendwann die Stille und ich nickte.

»Bis morgen Abend. Dann reise ich ab.«

Sie zuckte kaum merklich zusammen. »Verstehe. Und wie gefällt es dir hier?«

»Dazu kann ich nicht viel sagen. Bis auf mein Hotel, die Bar von gestern Abend und ein paar Büros habe ich nicht viel von der Stadt gesehen. Besonders spektakulär kommt Chicago mir allerdings nicht vor.«

»Was?«, rief Jane und lachte überrascht. »Nicht spektakulär? Chicago ist der Wahnsinn.«

Ich musste schmunzeln. Das war typisch Einheimische. Sie verteidigten diese Stadt mit ihrem Leben.

Ich zuckte mit den Schultern. »Wenn man aus New York kommt, ist man eben anderes gewohnt. Die Stadt hat viel zu bieten.«

Jane rollte mit den Augen und machte sich gar nicht erst die Mühe zu verbergen, wie dumm sie meine Antwort fand. Das gefiel mir. Mehr, als es sollte.

»Bullshit. Chicago hat genauso viel zu bieten. Du weißt nur nicht, wo du hinmusst.«

»Dann führe mich durch die Stadt. Ich habe den Vormittag frei«, sagte ich unüberlegt. Jane sah mich irritiert an und gab mir einen Moment, um meine Worte zurückzunehmen. Aber das tat ich nicht. Denn wenn ich ehrlich war, war es das, was ich wollte. Zeit mit Jane verbringen.

Zum ersten Mal seit Jahren hatte ich nicht das Bedürfnis, eine Frau nach dem Sex wegzuschicken. »Ja, zeig mir die Stadt und überzeug mich vom Gegenteil«, wiederholte ich meine Aufforderung und beobachtete, wie sich ein freudiges Lächeln auf Janes Gesicht ausbreitete.

Kapitel -18-

Jane

Hunter nannte mich eine Lügnerin und riet mir, mich von ihm fernzuhalten. Weder wusste ich, was es damit auf sich hatte, noch was der leidenschaftliche Kuss bedeuten sollte, der noch immer auf meinen Lippen kribbelte. Den Mann aus Chicago mit dem COO von *Denton* in Verbindung zu bringen, fiel mir schwer. Der Hunter, der sich mir in New York präsentierte, war weder liebevoll noch aufmerksam noch gab er mir das Gefühl, ich sei etwas Besonderes.

Er war verletzend, gemein und verwirrend. Und ich hatte nicht den blassesten Schimmer, weshalb er sich so verhielt.

Aber in einem Punkt gab ich ihm recht: Es wäre besser, wenn ich mich von ihm fernhielte.

Ab sofort, das schwor ich mir, würde ich nicht mehr an unsere Zeit in Chicago zurückdenken. Denn offensichtlich war die auf mehr als nur eine Art Vergangenheit.

Ich ignorierte den schlechten Start in meine zweite Woche und hängte mich voll in meine Projekte. Harte Arbeit war die beste Methode, um einen Mann zu vergessen.

***

Hunter

Ich fühlte mich wie der größte Vollidiot aller Zeiten und gleichzeitig wie ein Schwächling. Jane zu küssen, war irrational und unbeherrscht gewesen. Sich nach ihr zu sehnen, nachdem ich sie fortgeschickt hatte, jämmerlich.

Der Kuss forderte meine gesamte Aufmerksamkeit. Ich bekam Probleme, mich auf meine Arbeit zu konzentrieren und merkte, wie ich zunehmend gereizter wurde. Anna schien es auch zu merken, denn sie ging mir aus dem Weg. Ebenso wie Jane. Es hätte mich freuen sollen, dass sie meinen Ratschlag befolgte. Stattdessen fachte es meine Wut an. Erst belog sie mich und führte mich an der Nase herum und jetzt hatte sie nicht einmal den Anstand, die Angelegenheit klären zu wollen. Es schien ihr völlig egal zu sein und diese Gleichgültigkeit machte mich rasend. In der Regel war ich derjenige, der den Frauen die kalte Schulter zeigte. Aber mit Jane war von Anfang an alles anders gewesen. Auf sie schien keine meiner Regeln zuzutreffen.

Am frühen Montagabend klingelte das Telefon in meinem Büro und unterbrach den Kreis, in dem sich meine Gedanken wütend drehten.

»Ja«, bellte ich gereizt in den Hörer, ohne darauf zu achten, wer anrief.

»Begrüßt man so seinen Vater?«

Ich schloss die Augen und fuhr mir mit der Hand durch die Haare. »Entschuldige bitte, Vater. Ich wusste nicht, dass du es bist«, beeilte ich mich zu sagen.

»Du klingst aufgebracht«, bemerkte mein Vater, doch seiner Stimme hörte ich an, dass er mir meine ruppige Begrüßung nicht übelnahm.

»Nicht der Rede wert«, drückte ich mich vor einer klaren Antwort.

Am anderen Ende der Leitung schnaubte mein Vater belustigt. »Also geht es um eine Frau«, erriet er und ich erstarrte auf meinem Bürostuhl.

»Nein, tut es nicht«, widersprach ich zu schnell, was ihn noch mehr zum Lachen brachte.

»So, so. Keine Frau. Offensichtlich willst du nicht darüber reden, also lassen wir das Thema vorerst auf sich beruhen.«

Ich atmete erleichtert aus und meine Schultern entspannten sich ein wenig. Für gewöhnlich unterhielten mein Vater und ich uns nicht über Frauen. Eigentlich hatten wir seit Jahren nur ein gemeinsames Gesprächsthema und das war *Denton* und alles, was damit zu tun hatte, unseren Konzern erfolgreicher zu machen. Heute war definitiv nicht der Tag, an dem ich mit dieser Tradition brechen wollte.

»Rufst du aus einem bestimmten Grund an?«, erkundigte ich mich.

»In der Tat«, verkündete mein Vater fröhlich. »Ich habe mir die Unterlagen angesehen, die du mir hast zukommen lassen. Entschuldige bitte, dass es etwas länger gedauert hat.«

Selbstverständlich war mir nicht entgangen, dass mein Vater sich nicht binnen vierundzwanzig Stunden bei mir gemeldet hatte. Aber ich kannte ihn gut genug, um zu wissen, dass es kontraproduktiv gewesen wäre, ihn zu einer Entscheidung zu drängen. »Ich wollte dir nur mitteilen, dass du für die Expansion grünes Licht bekommst.«

Während er gesprochen hatte, hatte ich unbewusst die Luft angehalten. Jetzt stieß ich sie lange und geräuschvoll aus.

»Das sind tolle Neuigkeiten«, erwiderte ich und meine Laune hob sich schlagartig. »Ich werde sofort anfangen, ein Team zusammenzustellen.«

Mein Vater lachte laut. »Nichts anderes habe ich von dir erwartet. Du bist wahrlich deines Vaters Sohn.«

Bei seinen Worten musste ich schmunzeln. Nur selten zeigte er seinen Stolz so offen.

»Danke, dass du …«

»Hunter, entschuldige bitte. Aber ich bekomme einen Anruf auf der anderen Leitung und muss auflegen«, fiel er mir ins Wort.

»Oh, kein Problem«, sagte ich und spürte, wie das Lächeln auf meinem Gesicht gefror.

»Halte mich über die Fortschritte auf dem Laufenden. Und sieh zu, dass du jemanden bekommst, der sich mit dem ganzen interkulturellen Quatsch auskennt. Damit steht und fällt jede Expansion«, wies mein Vater mich noch an, dann war er weg.

Als er auflegte, bemühte ich mich, mich einzig auf das Glücksgefühl zu konzentrieren, das ich bei der guten Nachricht verspürt hatte. Ich hatte den Startschuss für meine Expansionspläne und war meiner Beförderung zum Geschäftsführer damit einen großen Schritt näher.

Das war alles, was ich mir in den letzten Monaten gewünscht hatte. Alles, worauf ich hingearbeitet hatte. Es gab keinen Grund, Trübsal zu blasen. Auf mich wartete viel Arbeit und es wurde Zeit, die Ärmel hochzukrempeln.

Die Frustration der vergangenen Tage war wie weggeblasen und ich fühlte mich motiviert und energiegeladen, als ich Siobhan Morris Nummer wählte. Sie würde mir helfen, ein Team für die Expansion zusammenzustellen. Ich wollte die besten Mitarbeiter, die *Denton* hatte. Dieses Projekt musste ein hundertprozentiger Erfolg werden.

Kapitel -19-

Jane

Die Konfrontation mit Hunter hatte mich entgegen jedem guten Vorsatz völlig aus der Bahn geworfen. So weit, dass ich mich in der Nacht stundenlang schlaflos umherwälzte und am nächsten Morgen meinen Wecker überhörte. Hätte Charly nicht so laut im Badezimmer herumgepoltert, wäre ich nicht aufgewacht.

Mein Dienstagmorgen begann demnach mit einem Sprint auf High Heels durch Brooklyn und Manhattan, um nicht schon in meiner zweiten Arbeitswoche zu spät zu kommen. Ich hatte es gerade so geschafft, ein schwarzes Businesskleid überzuziehen, das für meinen Geschmack zu sexy war. Aber alle meine Bluse und Hosen hätten gebügelt werden müssen und das verdammte Kleid saß so eng, dass das nicht nötig war. Mein Haar trug ich offen, damit es nach der hastigen Dusche trocknen konnte. Bei meiner Lockenpracht dauerte das selbst im Sommer ewig.

Völlig aus der Puste erreichte ich *Denton* und hechtete durch die überfüllte Lobby. Ein Blick auf die Uhr verriet mir, dass ich trotz meiner Eile zehn Minuten zu spät dran war. Fluchend drückte ich mehrmals auf den Knopf für den Aufzug, als ich hinter mir ein abfälliges Schnauben hörte. Mitten in der Bewegung hielt ich inne und warf einen Blick über meine Schulter. Die Stirn skeptisch gerunzelt, beobachtete Hunter mich.

»Du weißt, dass er dadurch nicht schneller kommt«, kommentierte er. Sein blondes Haar war zurückgegelt und er trug einen beigen Anzug, der ihm hervorragend stand und seine athletische Figur betonte.

»Natürlich weiß ich das«, erwiderte ich und rollte genervt mit den Augen. Offensichtlich hatte der Schlafmangel der letzten Tage seine Spuren bei mir hinterlassen. So unhöflich wurde ich selten.

»Wenn du es weißt, warum …«, setzte Hunter an, doch ich fiel ihm ins Wort.

»Ich bin spät dran und hatte es eilig, deswegen.«

In diesem Moment öffneten sich die Aufzugtüren und wir stiegen gemeinsam ein.

»Womit wir wieder am Anfang wären«, sagte Hunter und folgte mir. »Nur weil du öfter das Knöpfchen drückst, kommt der Aufzug nicht schneller.«

Ich schloss die Augen und atmete tief ein und aus, sichtbar um Ruhe bemüht.

»Einfach unglaublich«, murmelte ich mehr zu mir selbst als zu Hunter, hörte aber, wie er einen amüsierten Ton von sich gab. Ich öffnete die Augen gerade rechtzeitig, um zu sehen, wie er das siebzigste Stockwerk auswählte. Zeitgleich betrat eine Gruppe von Männern und Frauen den Aufzug, sodass Hunter und ich im hinteren Teil zusammenrücken mussten.

Die nächsten zehn Stockwerke über spürte ich seinen Arm an meinem und versuchte verzweifelt, etwas Abstand zwischen uns zu bringen, wobei ich seinen Blick mied.

»Du solltest öfter Kleider tragen«, raunte er plötzlich und ich spürte die Worte an meinem Ohr. Mit großen Augen wandte ich mich ihm zu und erschrak vor der Intensität seines Blickes. Schnell sah ich wieder weg, hin zu der Gruppe Männer und Frauen, um sicherzugehen, dass sie ihn nicht gehört hatten. Aber sie waren so in ein Gespräch vertieft, dass sie uns nicht beachteten.

Sollte Hunter so etwas sagen, wo er sich von mir fernhalten wollte?

Ich kam nicht dazu, den Gedanken weiter auszuführen, denn im nächsten Moment öffneten sich die Aufzugtüren, ein paar Leute stiegen aus, aber noch mehr wieder ein und ich wurde so weit zurückgedrängt, dass ich mit dem Rücken gegen Hunter stieß. Seine Hände legten sich an meine Taille und hielten mich fest. Ich spürte, wie sich sein Brustkorb beim Atmen hob und senkte und mein eigener Puls schnellte in die Höhe.

So viel zum Thema Abstand halten.

»Es erinnert mich ein wenig an jenes Kleid, das du in Chicago getragen hast«, flüsterte Hunter und streifte mit den Lippen mein Ohrläppchen. Ob mit Absicht, konnte ich nicht sagen, aber eine Gänsehaut überzog meinen ganzen Körper und ich hielt die Luft an. Seine

Berührung brannte sich durch mein Kleid direkt in meine Haut. Die Situation kam so unerwartet, dass ich kein Wort herausbrachte.

»Leider nicht ganz so freizügig«, sprach er weiter und ließ eine seiner Hände von meiner Taille hin zu meinen Hüften gleiten. Ich unterdrückte ein Seufzen und den Drang, mich gegen ihn sinken zu lassen, als mir die Bedeutung seiner Worte schlagartig klar wurde.

Mein Herz setzte ein, zwei, drei Schläge aus, bevor es in doppeltem Tempo weiterschlug. Ich drehte Hunter den Kopf zu, sein Gesicht war so nah an meinem, dass ich seine langen, vollen Wimpern hätte zählen können, seine blaugrünen Augen funkelten mir verheißungsvoll entgegen. Aber ich konnte nur eins denken: *Er hat behauptet, sich nicht an mich zu erinnern, weiß aber noch, welches Kleid ich in jener Nacht getragen habe.*

Wieder hielt der Aufzug, dieses Mal stiegen alle Fahrgäste aus. Hunter und ich blieben alleine zurück. Seine Worte schwebten zwischen uns sowie ein Dutzend unausgesprochener Fragen, die mir auf der Zunge brannten.

Bevor ich eine davon stellen konnte, erreichten wir den siebzigsten Stock. Ich schaffte es gerade noch, mich einen Schritt von Hunter zu entfernen. Den Blick auf den Boden gerichtet und mit zittrigen Knien, stieg ich aus dem Aufzug. Hunter folgte mir und als ich den Eingangsbereich durchquerte, spürte ich seinen bohrenden Blick im Rücken.

»Miss Hale, Sie habe ich gesucht«, hallte eine Stimme durch die Lobby und forderte meine Aufmerksamkeit. Es war Siobhan Morris, die uns mit einem Ordner in der Hand entgegenkam. »Mr. McKade, wie schön, dass ich Sie beide gleichzeitig antreffe.«

»Siobhan«, grüßte er und nickte knapp.

»Guten Morgen, Mrs. Morris. Es tut mir leid, dass ich mich verspätet habe. Ich …«

Siobhan winkte ab. »Darum geht es gar nicht. Mr. McKade hat mich gestern gebeten, eine Mitarbeiterin für die Expansion von *Bare* zu finden, die auf den Bereich Interkulturelles Management spezialisiert ist, und ich musste sofort an Sie denken.«

Neben mir erstarrte Hunter merklich. Ich für meinen Teil wusste noch nicht, in welche Kategorie ich diese Situation einzuordnen hatte. Gut, oder katastrophal schlecht.

»Ähm, ich verstehe nicht genau«, sagte ich unbeholfen.

»*Bare* ist eine Linie mit veganen Lebensmitteln, die wir auf dem amerikanischen Markt vertreiben. Mr. McKade plant den Vertrieb nach Europa auszuweiten, wozu er ein Team aus Spezialisten auf Ihrem Gebiet zusammengestellt hat. Sie sollen den interkulturellen Part übernehmen und sichergehen, dass unser Produkt auf die dortigen Anforderungen und Einkaufsmuster zugeschnitten ist«, erklärte meine Vorgesetzte mir begeistert und lächelte abwechselnd mich und Hunter an. Dem stand der Schock ins Gesicht geschrieben und auch ich begann allmählich zu begreifen.

»W… würde das Projekt unter Ihrer Leitung stattfinden?«, fragte ich unsicher. Aber mein rasender Herzschlag war ein Indiz dafür, dass ich die Antwort bereits kannte.

Siobhan schüttelte den Kopf. »Die Leitung der Expansion übernimmt Mr. McKade höchstpersönlich.«

Ihre Worte legten sich so schwer auf meinen Magen, dass er eine Etage tiefer sackte.

»Mrs. Morris, als ich Sie darum gebeten habe, dachte ich, dass Sie eine … erfahrenere Mitarbeiterin auswählen«, mischte Hunter sich nun ein. Seine Gesichtszüge wirkten streng und obwohl er sich bemühte, ruhig zu klingen, wurde deutlich, dass er mich nicht dabeihaben wollte.

Dass seine Stimmung so schnell umschlug, versetzte mir einen Stich. Erst die Sache im Aufzug und jetzt das. Dieser Mann war wie die schlimmste Achterbahnfahrt, auf die ich mich jemals eingelassen hatte.

»Keine Sorge, Mr. McKade. Miss Hale ist mehr als qualifiziert für diese Position. Sie werden sehr zufrieden mit ihrer Arbeit sein«, verteidigte meine Vorgesetzte mich und ich wusste nicht, ob ich dankbar dafür sein oder sie verfluchen sollte. Denn Hunters Argument wäre der perfekte Ausweg gewesen, um nicht mit ihm zusammenarbeiten zu müssen.

Ich wartete darauf, dass er etwas erwiderte, aber es hatte den Anschein, als wollte er sich keinen offenen Interessenskonflikt mit der Leiterin seiner Marketingabteilung liefern. Wieder nickte er nur knapp. Dann ging er und ließ mich mit meiner Vorgesetzten allein, ohne ein weiteres Wort an uns zu verlieren.

»Ich muss gestehen, dass ich mehr Begeisterung von Ihnen erwartet hatte«, bemerkte Siobhan.

Sofort packte mich das schlechte Gewissen. Die Chance, die mir hier geboten wurde, war unglaublich. Nach so kurzer Zeit an einem solch wichtigen Projekt mitwirken zu dürfen, war keine Selbstverständlichkeit. Wenn die Expansion erfolgreich sein sollte, könnte ich mein Mitwirken daran in meinen Lebenslauf aufnehmen, womit sich mir neue Türen öffnen würden. Aber durch Hunters Reaktion hielt sich meine Freude in Grenzen.

»Verstehen Sie mich nicht falsch, Mrs. Morris«, sagte ich und rang nervös mit den Händen. »Ich bin sehr dankbar, dass Sie an mich gedacht haben. Aber ich weiß nicht, ob ich dieser Aufgabe wirklich gewachsen bin.«

Das entsprach zu einhundert Prozent der Wahrheit. Ich wusste, dass ich gut war. Aber der Job bei *Denton* war meine erste Stelle nach der Uni. Gleich an einem großen Projekt mitzuarbeiten, darauf war ich nicht eingestellt gewesen.

Siobhan sah mich verständnisvoll an. »Jane«, sagte sie sanft. »Lassen Sie sich von Ihrer Angst nicht zurückhalten. Die Chance, die ich Ihnen biete, ist zu gut, um sie deswegen auszuschlagen. Wissen Sie, wie viele Frauen an der Expansion mitarbeiten? Zwei. Zwei Frauen und zehn Männer. Das ist ein erschreckender Schnitt, aber das ist die traurige Wahrheit der Geschäftswelt.«

Ich schluckte hart. Wenn sie mit ihren Worten bezwecken wollte, dass ich mich besser fühlte, hatte sie den Zweck verfehlt. Stattdessen spürte ich einen ganz anderen Druck, der auf meinen Schultern lastete.

»Sie können es weit bringen, wenn Sie wollen. Wenn Sie sich nicht selbst im Weg stehen«, fuhr Siobhan streng fort. »Beim Bewerbungsgespräch hatte ich den Eindruck, dass es das ist, was Sie wollen. Habe ich mich geirrt?«

Ich dachte an Hunters Gesichtsausdruck, als er mir gesagt hatte, ich solle mich von ihm fernhalten. Und danach an meine Pläne, im Ausland zu arbeiten, an großen, internationalen Projekten mitzuwirken, und in der Zukunft weltweit Schulungen für Mitarbeiter großer Konzerne zu geben, um ihnen den richtigen Umgang mit fremden Kulturen beizubringen. So hatte ich mir meine Zukunft während meines Studiums ausgemalt. *Denton* war der erste Schritt in diese Richtung gewesen. Das Projekt wäre ein weiterer.

»Ich mach's«, teilte ich Siobhan entschlossen mit. »Ich

bin bei dem Projekt dabei.«

Sie lächelte zufrieden und klopfte mir gratulierend auf die Schulter.

»Sehr gut. Das ist die richtige Entscheidung. Zeigen Sie denen, dass eine Frau den Job genauso gut, ach was besser machen kann, als ein Mann.«

Kapitel -20-

Hunter

Es war zum Verrücktwerden. Nicht nur, dass ich es selbst nicht schaffte, mich von Jane fernzuhalten. Das Universum schien ebenfalls gegen mich zu arbeiten und bald würde ich diese Frau jeden Tag bei den Expansionsmeetings sehen. Die Vorstellung, tagtäglich mit ihr zusammenzuarbeiten, war unerträglich und verlockend zugleich. Wenn ich ihr nicht einmal die kurze Zeit während einer Aufzugfahrt widerstehen konnte, wie sollte es mir dann über einen längeren Zeitraum hinweg gelingen?

»Welche Laus ist dir denn über die Leber gelaufen?«, begrüßte Anna mich, als ich mit einer Gewittermiene an ihr vorbei in mein Büro stürmte. Ich würdigte ihren Kommentar keiner Antwort, stattdessen schlug ich die Tür geräuschvoll hinter mir zu.

Ich hätte Siobhan deutlicher zu verstehen geben sollen, dass ich Jane nicht im Team haben wollte. Dann wäre die Sache erledigt gewesen und es gäbe kein Problem. Zumindest nicht für mich. Aber die Szene im Aufzug – diese Anziehungskraft, die Jane auf mich ausübte – hatte mich abgelenkt und dafür gesorgt, dass ich nicht schnell genug reagieren konnte. Janes Anwesenheit und wie plötzlich Siobhan mich mit dem Anliegen überfallen hatte, waren ebenfalls Schuld daran, dass ich mich nicht vehementer dagegen ausgesprochen hatte. Nun war es zu spät.

Die Arbeit fiel mir an diesem Tag besonders schwer. Als Anna am Vormittag wegen einer Unterschrift zu mir ins Büro kam, blaffte ich sie so heftig an, dass sie mir danach aus dem Weg ging. Als ich zur Mittagszeit mein Büro verließ, würdigte sie mich keines Blickes.

Auch wenn ich Gefahr lief, einen Fehler zu begehen, ich musste mit Jane reden und sie davon überzeugen, aus dem Team auszutreten. Als ich an ihr Büro klopfte und eintrat, fand ich es leer vor. Gerade wollte ich mich auf den Weg in den Pausenraum machen, da hörte ich ihr Lachen auf dem Gang hinter mir. Ich drehte mich um und sah sie und Devon Kinkaid den Flur entlanglaufen. Kinkaid gestikulierte wild mit den Händen und Jane lachte herzhaft über seine offensichtlich witzige Geschichte. Für meinen Geschmack liefen sie viel zu dicht nebeneinander her und der Ausdruck, mit dem Kinkaid Jane ansah, gefiel mir nicht. Dass er es schaffte, sie zum Lachen zu bringen, noch weniger.

Die beiden waren so in ihr Gespräch vertieft, dass sie mich erst im letzten Moment bemerkten.

»Hallo, Mr. McKade«, grüßte Devon mich fröhlich. »Was verschafft uns die Ehre?«

Ich wollte ihn anfahren, dass er sich seinen lockeren Umgangston für seine Kumpel aufsparen könne, riss mich aber zusammen. Dafür nahm ich wahr, wie Janes Gesichtsausdruck binnen Sekunden von fröhlich zu kühl und reserviert wechselte.

»Ich möchte mit Miss Hale sprechen«, ließ ich Devon wissen, ohne ihn anzusehen. »Unter vier Augen«, fügte ich hinzu, als er sich nicht rührte.

»Natürlich«, antwortete er hastig angesichts meines strengen Tonfalls und schob sich an mir vorbei in sein Büro. Jane stand vor mir, die Arme vor der Brust verschränkt und funkelte mich wütend an.

»Ich denke nicht, dass es etwas zu besprechen gibt«, zischte sie.

»Nicht hier«, teilte ich ihr mit und deutete mit einer Geste an, dass sie mir in einen ruhigeren Bereich folgen sollte.

Zu meiner Überraschung tat sie das und ließ sich von mir in einen der Aktenräume führen. Hier lagerten wir einen Teil der alten Ordner und es kamen nur selten Mitarbeiter vorbei. Ein guter Platz, um ungestört ein schwieriges Gespräch zu führen.

»Was willst du?«, herrschte Jane mich an, sobald ich die Tür hinter uns schloss. Aufgebracht wirbelte ich zu ihr herum.

»Du wirst Mrs. Morris mitteilen, dass du nicht an der Expansion mitarbeiten möchtest.«

Jane sah mich ungläubig an. »Zu spät. Ich habe ihr bereits zugesagt.«

Ich machte einen wütenden Schritt auf sie zu. »Dann sagst du ihr eben, dass du es dir anders überlegt hast«, knurrte ich.

Jane schnaubte abfällig. »Das ist absurd und das weißt du. Ich werde nichts dergleichen tun. Warum sollte ich?«

Ich hatte einen weiteren Schritt auf sie zugemacht, doch Jane wich nicht zurück. Sie reckte mir trotzig das Kinn entgegen und starrte mich mit ihren blauen Augen in Grund und Boden. Ihre Frage war rhetorisch. Wir beide kannten die Antwort. Dennoch sprach ich die Worte aus. »Weil ich dich nicht dabeihaben will.«

»Tz, das ist nicht mein Problem, sondern deins«, antwortete sie provokativ.

Diese Frau würde mich den letzten Nerv kosten. Ich packte sie an den Schultern und schüttelte sie leicht.

»Hast du nicht gehört, Frau? Du wirst tun, was ich dir sage und dich von dem Projekt zurückziehen.«

Zorn und Verlangen vermischten sich in mir. Ich wusste nicht, ob ich Jane schütteln oder sie an mich ziehen und küssen sollte. Ihre Wangen waren vor Wut gerötet, ihre Sommersprossen stachen deutlich hervor und ihre Augen leuchteten intensiv. Verdammt, im Streit wurde sie noch schöner als sie sowieso schon war.

Einen Moment hielt ich sie fest, wir starrten einander an und nur unsere hektischen Atemzüge zerrissen die Stille um uns. Dann fiel mein Blick auf ihre vollen Lippen und ich wusste, dass ich mich nicht länger zurückhalten konnte. Jane schien es ebenfalls zu spüren.

»Das werde ich nicht«, fauchte sie und riss sich von mir los. Mit wenigen Schritten brachte sie Abstand zwischen uns. An der Tür zum Aktenraum drehte sie sich zu mir um. »Diese Unterhaltung ist beendet«, sagte sie bestimmt. Dann verließ sie den Raum und ich hörte ihre Schritte den Flur entlang verschwinden.

Einige Sekunden starrte ich fassungslos auf die geöffnete Tür. Sie ließ mich einfach stehen.

»Für wen hält diese Frau sich«, fluchte ich leise und eilte ihr hinterher. Ich war der COO dieses Unternehmens. Ihr Boss. Und *ich* entschied verdammt nochmal, wann eine Unterhaltung beendet war. Kurz vor der Damentoilette holte ich sie ein.

»Dir ist klar, dass ich kein Techtelmechtel unter Mitarbeitern dulden werde, oder?«, fuhr ich sie an und hielt sie am Ellbogen davon ab, weiterzugehen.

»Was?«, fragte sie erstaunt.

Herrgott, ich wusste selbst nicht, was ich da sagte. Jane brachte mich aus dem Konzept und ich redete mich um Kopf und Kragen. Trotzdem konnte ich den Mund nicht halten. Das Bild, wie sie dicht neben Devon lief und über seine Geschichte lachte, hatte sich in meine Hirnwindungen gebrannt.

»Du und Kinkaid, ich bin nicht blind. Er wird auch an der Expansion mitarbeiten und ich werde euer Geflirte nicht dulden«, erwiderte ich in einem scharfen Tonfall und war froh, dass niemand in der Nähe war, der Zeuge meiner Schande hätte werden können. Ich führte mich wie ein verschmähter, eifersüchtiger Liebhaber auf.

»*Du* wirst es nicht dulden?«, wiederholte Jane und sah mich mit hochgezogenen Augenbrauen an. »Und das von dem Mann, der etwas mit seiner Assistentin angefangen hat.«

Ihr Tonfall war verächtlich. Da sie recht hatte und die Tatsache, dass sie keinen Versuch unternahm, meine Behauptung mit Kinkaid zu widerlegen, stachelte meine Wut nur weiter an.

»Ich bin auch kein Mitarbeiter«, knurrte ich. »Ich bin der Boss.«

Jane schnaubte abfällig. Dann drehte sie sich um und ließ mich erneut stehen. Dieses Mal verschwand sie auf der Damentoilette. Ich hätte gerne zugegeben einzusehen, dass meine Aktion zum Scheitern verurteilt war, aber ich war nicht der Typ, der nachgab. Dafür war ich leider Gottes zu stur, was nicht immer gut für mich endete.

Ohne zu zögern folgte ich Jane auf die Damentoilette. Erschrocken wirbelte sie herum und sah mich mit aufgerissenen Augen an.

»Was tust du denn hier?«, rief sie aufgebracht, als ich sie in eine der Kabinen zog und gegen die Wand drückte. »Hunter, du führst dich auf wie ein Wahnsinniger.«

»Nur, weil du mich um den Verstand bringst«, raunte

ich atemlos. Dann legte ich meine Hand an ihren Hinterkopf und zog Jane zu einem stürmischen Kuss an mich. Als unsere Lippen aufeinandertrafen, stöhnten wir beide erleichtert auf. Wie sehr ich mich danach gesehnt hatte, sie zu küssen, merkte ich erst, als ich mit der Zunge in ihren Mund glitt und ihren herrlichen Geschmack in mich aufsaugte.

Mit den Händen fuhr ich die Kurven ihres Körpers nach und spürte, wie sie unter meiner Berührung zitterte. Ich presste sie gegen die Toilettenkabine und wanderte mit den Lippen hinunter zu ihrem Hals. Jane stöhnte, das Geräusch hallte von den Fliesenwänden wider und brachte mich erst recht in Fahrt. Mit den Händen machte ich mich am Reißverschluss ihres Kleides zu schaffen, um weniger Stoff zwischen ihr und mir zu haben.

»Stopp«, keuchte Jane atemlos und schob mich von sich. Ihre Lippen glänzten feucht und ihr Brustkorb hob und senkte sich heftig.

»Was ist?«, fragte ich verwirrt. Wenn ich mich nicht irrte, hatte sie diesen Kuss genauso gewollt wie ich.

»Vorhin im Aufzug …«, begann sie und sah mich forschend an. Ich hatte keine Ahnung, worauf sie hinauswollte, daher zuckte ich mit den Schultern.

»Was soll da gewesen sein?«

»Diese Bemerkung über mein Kleid.« Noch während sie sprach, wurde ich mir meines Fehlers bewusst. »Du behauptest, dich nicht an mich erinnern zu können, weißt aber noch welches Kleid ich anhatte?«

Ich wusste nicht, was ich erwidern sollte, und brachte nur ein dümmliches »Und wenn schon« zustande. »Das ist nichts Besonderes.«

»Naja, wenn ich jemanden vergesse, dann merke ich mir in der Regel nicht, was er anhatte«, ließ Jane nicht locker. Die feurige Stimmung zwischen uns verflog. Ich löste mich von ihr.

»Was willst du von mir hören, Jane? Ich habe dich heute in dem Kleid gesehen und da ist es mir wieder eingefallen. Du sahst an dem Abend einfach scharf aus«, antwortete ich eine Spur gereizt, weil sie kurz davor war, meine Lüge aufzudecken.

An Janes Gesichtsausdruck erkannte ich, dass ich drauf und dran war, mir eine Ohrfeige einzuhandeln.

Im nächsten Moment wurde die Tür der Damentoilette geöffnet und jemand betrat den Raum. Das Klackern von Absätzen auf den Fliesen war zu hören und das Geräusch ließ uns beide erstarren.

»Jane?«, rief jemand und mir sackte das Herz in die Hose, als ich Annas Stimme erkannte.

Was zum Teufel hatte sie ausgerechnet jetzt hier zu suchen?

»Bist du da?«

Jane sah meinen panischen Gesichtsausdruck und musste sich ein Grinsen verkneifen. »Bin hier«, antwortete sie, ohne mich aus den Augen zu lassen.

Ich hörte, wie Anna näherkam und meine Angst, von ihr entdeckt zu werden, steigerte sich. Was würde sie denken, wenn sie Jane und mich fand? Die Situation konnte man nicht schönreden. Weil ich keine Ahnung hatte, was ich sonst tun sollte, zog ich mich in den hintersten Teil der Kabine zurück, direkt neben die Kloschüssel und betete, dass man meine Schuhe von draußen nicht sehen konnte. Ich war kurz davor, mich auf die Schüssel zu setzen und die Beine anzuziehen, wollte mir ein letztes bisschen Würde aber um jeden Preis erhalten. Stattdessen bedeutete ich Jane ungeduldig mit der Hand, die Kabine zu verlassen und dafür zu sorgen, dass Anna verschwand.

Aber Jane wirkte völlig unbeeindruckt. Sie schien sich auch keine Sorgen um Anna zu machen. Im Gegenteil, sie genoss meine kompromittierende Lage sichtlich und verbarg nicht, wie sehr sie das alles amüsierte.

»Warte kurz, bin gleich fertig«, rief sie Anna zu. Dann griff sie betont langsam an mir vorbei und betätigte die Klospülung. Ich biss die Zähne fest aufeinander und ballte die Hände zur Faust, um einen wütenden Laut zu unterdrücken.

Erst nachdem sie mich eine endlose Weile angeschaut und sich an meinem Leid ergötzt hatte, schloss Jane die Tür auf, öffnete sie nur einen kleinen Spalt und schlüpfte hindurch. Zum Glück schloss sie sie danach hinter sich und ich entspannte mich in meiner Ecke etwas.

»Ist bei dir alles in Ordnung?«, hörte ich Anna fragen. Ihre Stimme klang besorgt. »Devon hat mir erzählt, dass Hunter dich vor dem Büro abgefangen hat. Er sagte, er habe wütend geklungen.«

Na, großartig, jetzt mischte dieser Kinkaid sich nicht nur in meine Angelegenheiten ein, er zog auch noch Anna mit in die Sache.

»Es ging nur um die Expansion von *Bare*«, antwortete Jane. Der Wasserhahn wurde betätigt und das Rauschen übertönte Annas Antwort.

»Weil er denkt, dass ich nicht gut genug bin«, erwiderte Jane. »Deswegen.«

Ich hörte, wie sie ein Papiertuch aus dem Spender zog.

»Manchmal ist er wirklich ein Idiot«, schimpfte Anna. »Er lässt diesen schmierigen Taylor auch an dem Projekt mitarbeiten und der lässt sich bloß von den anderen mitziehen.«

Großartig. Eingeklemmt zwischen dem Toilettenkasten und der Klobürste belauschte ich meine Mitarbeiterinnen gezwungenermaßen, wie sie über mich herzogen.

»Unfassbar, oder?«, erwiderte Jane und ich hörte den Hohn, der in ihrer Stimme mitschwang. Sie lenkte die Unterhaltung doch absichtlich in diese Richtung. »Sein Verhalten heute war dermaßen unprofessionell.«

»Nicht nur heute. Letzte Woche habe ich mich

mehrmals gefragt, wie ich mich auf ihn einlassen konnte. Wenn mir der Job nicht so wichtig wäre, hätte ich ihm seinen verdammten Kaffee ins Gesicht geschüttet«, erwiderte Anna genervt und ich würde sie nicht einmal darauf ansprechen können, denn dann wüsste sie, dass ich auf der Damentoilette gewesen war und gelauscht hatte.

Jane lachte laut. »Hunter wirkt auf jeden Fall sehr … wie soll ich sagen, selbstverliebt? Wenn er im Bett auch so ist, stelle ich mir das Ganze sehr einseitig vor.«

Dieses heimtückische Biest! Während die Frauen sich auf meine Kosten amüsierten, glitten meine Gedanken zu meiner Nacht mit Jane. Sie hatte den Sex genossen. Da war ich mir sicher. Nicht nur ich war auf meine Kosten gekommen. Oder?

Innerlich fluchte ich ungehalten darüber, dass sie absichtlich unter die Gürtellinie gezielt und getroffen hatte.

»Naja, ich hatte auf jeden Fall meinen Spaß«, antwortete Anna schließlich, nachdem sie ausgiebig gelacht hatte. Wenigstens etwas. Meinen angeknacksten Stolz stellten ihre Worte allerdings nicht wieder her.

Ich hörte, wie die beiden die Damentoilette verließen und wartete eine Weile, um sicherzugehen, dass ich ihnen vor dem Eingang nicht in die Arme lief. Dann schlich ich mich mit heftig klopfendem Herzen und schweißnassen Händen aus der Toilette raus. Wenn irgendjemand mich sehen sollte, wüsste ich nicht, wie ich das erklären könnte. Aber ich hatte Glück und schaffte es, mich ungesehen hinauszustehlen.

Als ich in mein Büro ging, fühlte ich mich längst nicht mehr wie der mächtige COO von *Denton*. Ich hatte Jane zeigen wollen, wer hier das Sagen hatte und sie hatte mich in meine Schranken verwiesen.

Kapitel -21-

Jane

Zu sagen, dass das erste Expansionsmeeting am Freitagmittag unangenehm war, wäre untertrieben. Ich hatte mich selten in einer Situation befunden, der ich lieber entflohen wäre. Nicht nur, dass die Stimmung zwischen Hunter und mir weiterhin angespannt war. Wir hatten seit dem Vorfall auf der Toilette kein Wort miteinander geredet und waren einander aus dem Weg gegangen. Zu allem Überfluss ließen mich einige der männlichen Kollegen schon beim Betreten des Raumes spüren, wie ungern sie mich im Team hatten.

Als ich mir einen Platz suchte, legte einer von ihnen seine Aktentasche auf einen freien Stuhl, zwei beugten sich dicht zueinander und murmelten sich gegenseitig etwas zu, wobei sie mich offensichtlich ansahen, und ein anderer maß mich mit einem derart wütenden Blick, dass man mich hätte zwingen müssen, mich neben ihn zu setzen. Am Ende saß ich zwischen Devon und Claire, wie sie sich mir vorstellte. Einer Frau in meinem Alter, mit wallender roter Mähne, die in der Finanzabteilung von *Denton* arbeitete und dafür zuständig war, dass unsere Ideen zur Expansion nicht das beabsichtigte Budget sprengten.

»Dicke Luft hier drinnen, was?«, hatte sie geraunt,

nachdem sie mir den Platz neben sich anbot. Darauf hatte ich keine Antwort gewusst, denn das Verhalten der Männer war mir ein Rätsel. Konnten sie sich wirklich so sehr daran stören, eine Frau im Team zu haben? Ich verstand nicht, wie sie annehmen konnten, dass ich als Frau die Arbeit automatisch schlechter machen würde als ein Mann.

»Du hast Jenkins den Job weggenommen«, erklärte Devon mir, ohne dass ich ihn gefragt hätte. »Einem ihrer langjährigen Kollegen. Es hieß, er oder du. Und jetzt hast du den Job und Jenkins ärgert sich schwarz. Nach ihrer Logik müssen sie sich dir gegenüber aus Loyalität zu ihm feindselig verhalten.«

Ich wusste nicht, ob ich mich nach dieser Erklärung besser oder schlechter fühlen sollte. Wenigstens schien Devon auf meiner Seite zu sein und nicht wie der anderen Kerle im Raum zu ticken. Ein großer Pluspunkt für ihn.

Als Hunter den Konferenzraum betrat und den Blick über die zwölf anwesenden Mitarbeiter gleiten ließ, verharrte er etwas länger bei mir und ich glaubte in seinen Augen noch mehr Abneigung zu sehen, als bei den anderen.

Was für ein grandioser Start.

Der Teil von mir, der die Stimme meiner Mutter zu präsent im Kopf hatte, wollte zu Mrs. Morris rennen und sie bitten, mich von der Aufgabe zu entbinden.

Aber die Jane, die für ihr Studium und für New York gekämpft hatte, sah nicht ein, das Feld zu räumen. Diesen Triumph gönnte ich diesen chauvinistischen Schweinen nicht.

Also fand ich mich innerlich damit ab, dass die Expansionsmeetings eine unangenehme Sache für mich werden würden, die ich eben einfach durchziehen musste, und konzentrierte mich auf die Aufgabe, die vor uns lag.

Für den Anfang begann Hunter damit, alle in das Konzept von *Bare* einzuweihen. Er stellte uns die Produktlinie vor, redete über die Hauptzielgruppe und berichtete uns von den derzeitigen Absatzwegen. Bisher gab es Aufstriche, verschiedene Alternativen zu herkömmlichen Nudelsorten aus Linsen und Erbsen, Hafermilch, Mandelmilch und Kokosblütenzucker. Weitere Produkte waren in Planung.

Die Verkaufszahlen waren beeindruckend und ich verstand, weshalb er so begierig darauf war, sich auch auf den europäischen Markt auszudehnen. Wir sprachen von Umsätzen in Milliardenhöhe. Als er uns gegen Ende des Meetings einen ersten Blick auf das geplante Produkt- und Verpackungsdesign gewährte, fiel mir sofort etwas ins Auge.

»Damit machen wir am Montag weiter. Für heute haben wir genug geschafft«, verkündete er und alle Anwesenden packten ihre Sachen zusammen.

Unsicher, ob ich nicht lieber den Mund halten sollte, hob ich den Arm ein Stück. Hunter bekam es sofort mit.

»Miss Hale, Sie haben eine Anmerkung?«

Sofort hatte ich die Aufmerksamkeit aller und musste dagegen ankämpfen, nicht in meinem Stuhl zusammenzusinken.

Ich räusperte mich und war um eine feste Stimme bemühte.

»Die Verpackungen …«, begann ich.

»Was soll damit sein?«, fiel Hunter mir ungehalten ins Wort. Unter dem Tisch grub ich meine Fingernägel in mein Bein.

Einer der Männer, der mit der Aktentasche auf dem Stuhl, stieß ein leises Kichern aus. Offensichtlich gefiel es ihm, dass mir über den Mund gefahren wurde.

»Sie werden nicht funktionieren«, antwortete ich direkter und wütender, als ich es beabsichtigt hatte. Neben mir rutschte Devon unruhig auf seinem Stuhl hin und her.

Hunter sah mich mit hochgezogener Augenbraue an. Ich hielt seinen Blick fest, während ich ein Schnauben von irgendwem vernahm. Um uns herum wurde es still.

»Dieses Design wurde von einer namhaften Werbeagentur mit vielen Jahren Erfahrung konzipiert. Und Sie sagen, es funktioniert nicht, Miss Hale. Haben Sie dafür eine Begründung oder reden wir über persönliche Präferenzen? Gefällt Ihnen vielleicht die

Farbe nicht?«

Die beiden Männer, die geflüstert hatten, lachten. Ich spürte, wie mir vor Wut die Hitze den Hals hinaufkroch.

Neben mir lehnte Claire sich entspannt zurück. »Zeig's ihm, Süße«, raunte sie und ich hörte den amüsierten Unterton in ihrer Stimme.

Als ich antwortete, war meine Stimme fest und ich war stolz, dass kein Funke der Unsicherheit, die ich verspürte, darin mitschwang.

»Zweitausendsiebzehn wollte *Ancona,* eine sehr absatzstarke Marke für Nudelprodukte, ihren Vertrieb ebenfalls nach Europa ausweiten«, begann ich und ignorierte alle um mich herum. Meine Konzentration galt ganz Hunter und der Tatsache, dass ich nicht ohne Grund hier saß. Egal, wie ungern er mich dabeihaben wollte, ich war gut auf meinem Gebiet. Verdammt gut, und wenn er von seinem persönlichen Rachefeldzug gegen mich absähe, würde er das auch bemerken und erkennen, wie viel wir gemeinsam erreichen könnten. *Bare* hatte Potenzial, aber nur, wenn man es richtig machte.

»In Mitteleuropa ist das geplante Konzept gut aufgenommen worden. Die Absätze waren wie erwartet. In West-, Süd- und Osteuropa allerdings drohte die Expansion zu scheitern. Das Produkt wurde von den Konsumenten nicht einmal ansatzweise wie erwartet aufgenommen und wissen Sie, woran das lag, Mr.

McKade?«

Ich legte eine Pause ein, die viel zu kurz war, um zu antworten. Aber ohnehin hatte ich das nicht erwartet.

»An der Verpackung«, teilte ich mein Wissen mit ihm und den anderen. »Einfach nur an der Verpackung.«

»Und was soll daran falsch gewesen sein?«, fragte Louis unaufgefordert. Das war der mit dem bösen Blick, den er das ganze Meeting über beibehalten hatte. Die Arme vor der speckigen Brust verschränkt, maß er mich.

»Sie war nicht auf die Konsumenteninteressen der jeweiligen Länder abgestimmt«, antwortete ich und verspürte dabei ein unglaubliches Gefühl der Genugtuung. »Besonders in Südeuropa müssen die Lebensmittelverpackungen ein kleines, durchsichtiges Fenster haben, durch das die Kunden die Ware sehen können. Für uns mag das banal klingen, dort fühlt man sich jedoch nicht wohl dabei, etwas zu kaufen, das man vorher nicht gesehen hat. Die derzeitigen Entwürfe«, ich zeigte auf die Leinwand vor uns, »haben alle kein Sichtfenster, weshalb wir Probleme haben werden, uns auf diesen Märkten zu etablieren.«

Jetzt meldete sich einer der beiden flüsternden Männer zu Wort. Seinen Namen wusste ich nicht, dafür sah ich ihm seinen schlechten Haartransplantationsversuch deutlich an.

»Ein solches Blickfenster besteht aus Plastik«, teilte er mir gönnerhaft mit. »Und wir wollen ein nachhaltiges, umweltfreundliches Produkt auf den Markt bringen.«

Er sah mich an, als würde er einem begriffsstutzigen Kind eine einfache Mathematikaufgabe erklären. Innerlich kochte ich vor Wut, ließ jedoch nichts davon nach außen dringen.

»Maisstärke«, antwortete ich gelassen, fast schon gelangweilt. »Man kann für die Verpackungen Maisstärke verwenden. Die lässt sich ähnlich wie Plastik verarbeiten, ist aber biologisch abbaubar, klimaneutral und nachhaltig.«

Neben mir machte Clair ein Geräusch, als würde eine Peitsche durch die Luft schnellen. Keiner sagte etwas. Jeder wartete auf Hunters Reaktion.

Für einen Moment lieferten wir uns ein Blickduell und ich war mir sicher, dass seine Abneigung gegen mich die Oberhand gewinnen würde.

»Claire«, sagte er nach einigen Sekunden und wandte sich ihr zu. »Recherchieren Sie, um wieviel Prozent sich die Produktionskosten erhöhen würden, wenn wir ein Fenster in die Verpackung einbauen und dafür Maisstärke verwenden. Ich will die Antwort dafür am Montagmittag.«

Damit erklärte er das Meeting für beendet und verließ den Konferenzraum, ohne mich eines Blickes zu würdigen.

»Das war der Wahnsinn«, freute Claire sich und klatschte begeistert in die Hände. »Denen hast du es gezeigt. Auch wenn ich deinetwegen am Wochenende arbeiten muss.«

Ich hingegen wusste nicht, ob ich mich freuen oder weinen sollte. Meine Bluse klebte an meinem Rücken, weil ich vor Aufregung so geschwitzt hatte, mein Herz raste und meine Hände waren eiskalt. Wenn jedes Expansionsmeeting so werden würde, stand mir eine anstrengende Zeit bevor.

Kapitel -22-

Hunter

Die Sache war eindeutig. Mein Schicksal war es, mich in Janes Nähe jedes Mal wie ein Vollidiot aufzuführen. Mein Verhalten gerade war unter aller Sau gewesen. Jane so ins Wort zu fahren und das, wo sie im Team ohnehin schon einen schweren Stand hatte. Ich sollte es besser wissen. Besser machen. Aber während ich mit Anna problemlos einen halbwegs anständigen Umgang pflegen konnte, schien mir das bei Jane unmöglich.

Die ganze Woche war sie mir aus dem Weg gegangen. Hatte mich ignoriert und sich mit keinem Blick, keiner Geste anmerken lassen, was zwischen uns vorgefallen war. Wenn ich sie so sah, konnte ich nur annehmen, dass sie unseren heftigen Kuss auf der Damentoilette vergessen hatte. Und zu allem Überfluss hatte sie sich beim Meeting neben diesen schmierigen Kinkaid gesetzt. Obwohl ich ihr ausdrücklich gesagt hatte, dass sie sich von ihm fernhalten sollte. Noch mehr konnte sie meine Autorität nicht mit Füßen treten. Aber wenn ich ehrlich zu mir war, hatte ich in den letzten zwei Wochen nicht viel getan, um mir ihren Respekt zu verdienen. Egal, was damals in Chicago vorgefallen war, ich war der COO von *Denton* und wollte die Nachfolge meines Vaters antreten. Nie hätte ich mich so reizen lassen, mich selbst so vergessen dürfen. Mein Vater wäre enttäuscht von mir.

Die Ellbogen auf meinem Schreibtisch abgestützt, ließ ich den Kopf in die Hände sinken und fuhr mir mit geschlossenen Augen durchs Haar. Ich fühlte mich ausgelaugt und erschöpft, dabei brauchte ich gerade jetzt all meine Energie.

Ein Klopfen an der Tür riss mich aus meinen Gedanken. »Herein«, rief ich müde. Jane betrat den Raum. Schlagartig saß ich kerzengerade in meinem Stuhl. Mein Herz pumpte schneller in meinem Brustkorb.

»Jane«, sagte ich überrascht, weil ich jeden erwartet hatte, nur nicht sie.

»Anna war nicht da, also bin ich einfach durchgegangen«, sagte sie unsicher und schloss leise die Tür hinter sich. Unbeholfen stand sie im Raum und knetete ihre Hände. Ich stand auf und ging zu ihr, ließ aber genügend Abstand zwischen uns. Mittlerweile wusste ich ja, dass Janes Nähe mich dumme Dinge tun ließ.

»Was machst du hier?«, fragte ich neugierig. Sie sah überall hin, nur nicht zu mir. Traurigkeit umspielte ihre Gesichtszüge. Ihre blauen Augen wirkten dunkler als sonst.

»Ich wollte mit dir über vorhin reden, beim Meeting«, antwortete sie.

»Es tut mir leid«, beteuerte ich hastig, bevor sie weiterreden konnte. »Ich hätte mich nicht so verhalten sollen und es wird nicht wieder vorkommen.«

»Oh«, machte sie überrascht und sah mich an. »Okay, danke.«

Wir sahen einander unbeholfen an und keiner sagte etwas. Zum Schluss war es Jane, die die Stille brach.

»Das …das war's eigentlich schon. Dann gehe ich mal.«

Als sie mir den Rücken zuwandte, wünschte ich, dass ich etwas sagen könnte, damit sie noch einen Moment länger blieb. Zum ersten Mal war die Stimmung zwischen uns nicht explosiv.

»Ich wollte dir noch sagen«, begann ich und stellte erleichtert fest, dass Jane zurückkam, »dass, egal was zwischen uns vorgefallen ist, so etwas wie heute nicht mehr vorkommen wird. Und auch kein anderer Zwischenfall.« Damit spielte ich im Besonderen auf die Situation in der Damentoilette an. »Welche persönlichen Differenzen wir auch haben mögen, ich weiß deine Arbeit zu schätzen. Deine Anmerkung heute war sehr hilfreich.«

Ich hatte erwartet, dass sie sich freuen würde. Immerhin schlug ich vor, dass wir das Kriegsbeil begraben sollten. Aber wenn überhaupt, sah Jane noch trauriger aus.

»Weißt du, Hunter«, sagte sie leise. »Das Problem ist,

dass ich nicht einmal verstehe, von welchen Differenzen du da sprichst. Als wir uns in Chicago kennengelernt haben, warst du ein anderer Mann. Du warst … wir waren …« Sie brach ab.

Ungläubig sah ich sie an. Sie wirkte so aufrichtig, dass ich meinerseits nur mit Ehrlichkeit reagieren konnte.

»Du weißt es wirklich nicht, oder?«, stellte ich fest und obwohl es nichts zwischen uns änderte, flaute ein Teil der Wut, die ich Jane gegenüber empfand, ab.

Wenigstens war sie nicht so abgebrüht, wie sie in den letzten Tagen auf mich gewirkt hatte. Und ein Teil von mir begann dummerweise zu hoffen, dass es womöglich doch eine Erklärung für alles gab.

»Was habe ich getan, dass du mich so sehr hasst?«, fragte Jane mit brüchiger Stimme.

Die Wahrheit, die ich nicht aussprechen konnte, war, dass ich sie nicht hassen konnte. Ein Jahr lang hatte ich es versucht. Aber weder konnte ich sie hassen, noch konnte ich die Spuren vergessen, die sie in meinem Leben hinterlassen hatte.

Ich hatte nicht daran geglaubt, Jane jemals wiederzusehen und sie mit dem konfrontieren zu können, was in Chicago geschehen war. Jetzt hatte ich die Chance und vielleicht war es genau das, was ich brauchte, um abzuschließen und weiterzumachen.

Kapitel -23-

Jane

Ein Jahr zuvor

Zeit mit Hunter zu verbringen, war … verwirrend. Es war magisch, aber irgendwie auch beängstigend. Ab und zu legte er eine Hand auf meinen unteren Rücken und zog mich an sich. Er tat es mit einer Selbstverständlichkeit, die mir ganz warm werden ließ. Und während ich ihm etwas zu den Sehenswürdigkeiten erklärte, sah er mich manchmal mit einem Blick an, der mir ganz genau verriet, dass er mir nicht zuhörte. Aber seine Augen glänzten verheißungsvoll und ich hätte meinen linken Fuß dafür hergegeben, um zu erfahren, was er dachte.

Nach unserer gemeinsamen Nacht hatte ich erwartet, dass er mich fortschicken würde. So lief das bei One-Night-Stands, oder? Sex und dann Ciao. Aber so war es nicht gekommen.

Stattdessen ließ Hunter sich seit drei Stunden von mir durch die Stadt führen und sich die Touristenattraktionen zeigen. Nach dem Frühstück hatte ich meine Tour mit einem Spaziergang durch den Grant Park begonnen, entlang am Ufer des Michigansees. Das war eine herrliche Strecke, rechts floss das Wasser und auf der linken Seite waren zwischen den Bäumen und

Gehwegen Blumenbeete angelegt worden, die um diese warme Jahreszeit in allen Farben des Regenbogens leuchteten. Während sich vor uns in der Ferne die Wolkenkratzer hoch in den Himmel erstreckten.

Wir waren schweigend nebeneinander hergegangen, aber ich hatte die Stille nicht als unangenehm empfunden. Ganz im Gegenteil. In Nates Nähe hatte ich immer das Gefühl gehabt, die Leere mit Worten füllen zu müssen. Aber mit Hunter das völlige Gegenteil zu erleben, zeigte mir, wie sehr ich mich verstellt hatte.

Nach unserem Spaziergang fuhr ich mit ihm eine Runde im Chicago Loop. Mit der Standseilbahn konnte man hervorragend den Geschäftsbezirk in Downtown durchqueren, der sogar Midtown in Manhattan Konkurrenz machte. Zumindest sagten das die Touriguides. Mir gefiel das pulsierende Leben, das an diesem Ort herrschte. Die unglaubliche Dynamik. Für jemanden, der außerhalb des Stadtkerns wohnte, war es wie eine andere Welt und ich hätte diesen Trubel gerne jeden Tag genossen. Obwohl ich so ruhig war, sehnte ich mich nach Tumult. Vielleicht brauchte ich den Lärm von außen, um meine eigene Stille zu übertönen.

In der Bahn saß Hunter dicht bei mir. Sein Bein drückte gegen meins und seine Hand lag auf meinem Oberschenkel, von wo aus sie ein aufregendes Kribbeln durch meinen gesamten Körper schickte. Ich saß am Fensterplatz, aber jedes Mal, wenn ich mich zu Hunter umdrehte, ruhte sein Blick auf mir.

»Du sollst dir die Stadt ansehen, nicht mich«, tadelte ich ihn nach einer Weile. Er gab einen undefinierbaren Laut von sich, nahm seine Augen aber keine Sekunde von meinem Gesicht.

»Ich habe etwas gefunden, das ich sehr gerne ansehe«, raunte er. Dann beugte er sich vor und küsste mich. Behutsam und vorsichtig trafen seine Lippen auf meine. Nicht stürmisch, wie in der letzten Nacht. Beinahe zärtlich küsste er mich. Seine Hand schob sich an meine Wange und hielt mich fest, während seine Finger in meinen Locken verschwanden.

Selbst mit diesem langsamen Kuss schaffte Hunter es, mich um den Verstand zu bringen. Gleichzeitig war ich mir der Tatsache, dass wir uns in der Öffentlichkeit befanden, deutlich bewusst. Umso mehr überraschte es mich, wie wenig mich das interessierte. Was alles andere als typisch für mich war. Aber ich konnte nur daran denken, wie gerne ich Hunters schwarzes Hemd aufknöpfen und mit den Fingern über seine nackte Brust fahren würde. Dazu trug er eine figurbetonte beige Stoffhose, die seinen Po und seine Beine hervorragend betonte. Beim Spazierengehen war mir das mehr als einmal aufgefallen und der Gedanke schaffte es während unseres Kusses wieder an die Oberfläche.

Hunter schien es ähnlich zu gehen. Ein wenig atemlos löste er sich von mir und sah mich mit seinem perfektionierten Schlafzimmerblick an. »Wir sollten aufhören, bevor ich dich zurück ins Hotel schleife«, flüsterte er, sodass nur ich es hören konnte.

»Dann verpasst du das Beste an unserer Tour«, gab ich keck zurück und freute mich, als seine Mundwinkel sich leicht hoben.

»Besser als du? Da bin ich gespannt.«

Zehn Minuten später stiegen wir an der Ecke Adams Street aus und gingen zum Willis Tower, dem höchsten Gebäude von Chicago und zugleich der drittgrößte Wolkenkratzer in den Vereinigten Staaten. In vierhundertzwölf Metern Höhe befand sich eine Aussichtsplattform, von der aus man über die ganze Stadt blicken konnte. Sie bestand vollständig aus Glas und ragte über den Rand des Gebäudes hinaus. Wenn dieser Anblick Hunter nicht von Chicago überzeugte, dann schaffte es nichts.

Aber bereits im Aufzug merkte ich, wie meine Hände und Füße kribbelten und mein Herzschlag sich beschleunigte. Seit ich denken konnte, hatte ich Höhenangst. Ich versuchte zwar, dagegen anzukämpfen, weil ich die Hoffnung hatte, dass es irgendwann verschwinden würde, aber leider ohne Erfolg. Heute fiel es mir besonders schwer, die Angst zu unterdrücken. Denn hinzu kam die Nervosität wegen Hunter. Offensichtlich war das zu viel für meinen Körper. Als sich die Aufzugtüren im einhundertdritten

Stockwerk für uns öffneten und Hunter auf die Plattform hinaustrat, folgte ich ihm mit weichen Knien und zitternden Händen. Unter unseren Füßen befand sich ein Glasboden, der plötzlich alles andere als stabil wirkte. Ich konnte nicht aufhören, darüber nachzudenken, dass mich nur eine dünne Schicht von der Stadt unter mir trennte und mich vor dem tiefen Fall bewahrte. Automatisch knickten meine Beine ein Stück ein und ich hielt mich an der Wand fest.

»Jane?«, fragte Hunter, der mit zielsicheren Schritten an den Rand der Plattform gegangen war. Jetzt kam er zu mir zurück und sah mich besorgt an. »Geht es dir gut?«

Ich nickte hektisch und versuchte, einen Schritt weg von der Wand zu ihm hin zu machen, aber mein Körper weigerte sich. Gott, ich war so ein Angsthase.

»Hast du Höhenangst?«, erriet Hunter das Offensichtliche und ich nickte wieder heftig.

Ich schwankte zwischen dem Wunsch wegzurennen, um der peinlichen Situation zu entkommen und dem Drang mich auf den Glasboden zu werfen, um meine wackligen Knie zu entlasten.

»Warum sind wir dann raufgefahren?«, fragte Hunter und fasste mich behutsam an den Ellbogen.

»I… ich wollte dir die schönste Aussicht der Stadt zeigen.«

Er schüttelte lachend den Kopf und zog mich an sich.

Erleichtert klammerte ich mich an sein Hemd. Wenigstens würden wir so gemeinsam in den Tod stürzen.

»Die schönste Aussicht der Stadt hatte ich heute Morgen«, flüsterte er an meinem Ohr und dieses Mal schlug mein Herz aus einem ganz anderen Grund wild in meiner Brust.

»Komm, lass uns runterfahren«, schlug er vor und half mir, die Plattform zu verlassen.

»Nichts lieber als das«, antwortete ich und ließ zu, dass er den Arm um mich legte und mich fest an seine Seite zog. Wie konnte es sein, dass ich diesen Mann erst so kurze Zeit kannte und mich sicher bei ihm fühlte?

Etwa eine halbe Stunde später saßen wir in einem Café am Straßenrand. Hunter hatte mir einen Iced Chai bestellt und die Panik war langsam abgeschwollen. Wir hatten nicht viel geredet, aber anders als vorher war es mir dieses Mal unangenehm, weil ich befürchtete, mich mit meiner Aktion stark blamiert zu haben.

»Manchmal klappt es, weißt du«, gab ich dem Bedürfnis nach, die Stille zu füllen, und plapperte drauf los. Hunter saß gegenüber von mir. Er hatte die Beine verschränkt, sich in seinem Stuhl zurückgelehnt und musterte mich so durchdringend, dass ich seinem Blick auswich. »Mit der Höhe, meine ich. Es ist nicht immer so schlimm. An manchen Tagen macht es mir fast nichts aus. Manchmal macht es sogar Spaß, es …«

»Manchmal?«, unterbrach Hunter meinen sinnlosen Wortschwall.

»Naja, ab und zu. Nicht immer«, stammelte ich und sah ihn unsicher an. Irgendwie hatte ich das Gefühl, mich gerade um Kopf und Kragen zu reden.

Er beugte sich in seinem Stuhl vor und stützte die Ellbogen auf dem Tisch ab. »Tust du oft Dinge, die du nicht willst, Jane?«, fragte er und traf damit einen wunden Punkt. Auf einmal fühlte ich mich nicht mehr aufgekratzt, sondern unendlich traurig. Ich fixierte meine Hände, während ich etwas erwiderte.

»Ich … ich mache anderen gerne eine Freude.«

Das war die beschönigte Version der Wahrheit. Die sah nämlich so aus, dass ich ständig das tat, was andere von mir erwarteten. Manchmal freiwillig, manchmal nicht.

»Und was ist mit dem, was du willst? Was ist mit dir, Jane?«

Ich hob den Blick und sah, dass er mich und meine Reaktion ganz genau beobachtete. Ich wusste nicht, warum mir ausgerechnet jetzt die Tränen in die Augen stiegen.

Vielleicht weil mich das noch nie jemand gefragt hatte und weil die Antwort ein laut hinausgebrülltes *Jane geht unter* gewesen wäre. Aber ich schluckte sie runter. Ohnehin schien Hunter keine Antwort zu brauchen. Er kannte sie bereits.

»Du solltest nie etwas tun, das du nicht möchtest«, sagte er und sein Blick glitt liebevoll über mein Gesicht. »Kein Mensch sollte diese Macht über dich haben.«

Ich wollte etwas Witziges, Schlagfertiges erwidern, aber die Worte blieben mir als Kloß im Hals stecken.

»Fang an *Nein* zu sagen, Jane. Glaub mir, dieses kleine Wort bewirkt Wunder.«

Wieder konnte ich bloß nicken.

Eine Weile saßen wir noch schweigend auf unseren Plätzen. Ich nippte an meinem Chai Tee und Hunter leerte seinen Espresso. Dann stand er auf und reichte mir die Hand.

»Komm, ich bringe dich nach Hause. Ein bisschen Zeit habe ich noch, bevor ich zu meinem Termin muss.«

Eine Welle der Enttäuschung breitete sich in mir aus. Ich wollte nicht, dass unsere gemeinsame Zeit endete. Dass dieser faszinierende Mann aus meinem Leben verschwand. Der erste Mensch, der meine Fassade sofort durchschaut hatte. Aber ich hatte gewusst, dass es so kommen würde. Hunter war beruflich in Chicago. Er hatte bloß eine unverbindliche Bekanntschaft für die Nacht gesucht.

Wortlos ergriff ich seine Hand und zwang mich zu einem kleinen Lächeln. Hunter rief uns ein Taxi und ich gab dem Fahrer die Adresse zu unserem Haus durch. Während der dreißigminütigen Fahrt dachte ich die ganze Zeit darüber nach, ob ich Hunter nach seiner Telefonnummer fragen sollte. Oder zumindest seiner Mailadresse. Aber ich fand den Mut nicht, vor allem, weil ein Teil von mir darauf hoffte, dass er diesen Schritt machen würde. Aber als der Fahrer vor unserem Haus hielt, hatte Hunter mich nicht gefragt, und ich begriff, dass er vielleicht nicht wollte, weil ihm der Abschied weniger schwerfiel als mir.

Er begleitete mich bis zur Eingangstür, während der Taxifahrer auf ihn wartete. Ich war froh, dass meine Eltern um diese Uhrzeit nicht zuhause waren und so Zeugen meines Walk of Shames wurden.

»Leb wohl, Jane«, sagte Hunter und hauchte mir einen zarten Kuss auf die Wange. Leb wohl? Ich konnte nicht fassen, dass er einfach ging. One-Night-Stands waren scheiße und ich spürte, wie mein Herz sich schmerzhaft zusammenzog. Der Kloß in meinem Hals meldete sich erneut. Ich lächelte Hunter tapfer an und suchte in meiner Handtasche nach meinem Schlüssel. In der Tür wandte ich mich zu ihm um.

»Mach's gut«, sagte ich leise, dann beobachtete ich, wie er unsere Auffahrt hinabging und in das Taxi einstieg. »Dreh dich um«, flehte ich. »Dreh dich zu mir um.«

Aber er tat es nicht und als das Taxi um die Ecke bog, wusste ich, dass wir uns nie wiedersehen würden.

Ich schloss die Haustür und lehnte mich mit der Stirn an die kalte Holzplatte. Meine Augen füllten sich mit

Tränen und in meinem Magen breitete sich ein leeres, schmerzhaftes Gefühl aus, das nach und nach meinen ganzen Körper einnahm. War es möglich, dass ich mich in weniger als vierundzwanzig Stunden verliebt hatte?

Ich glaubte nicht an Liebe auf den ersten Blick. Aber ich wusste die heftige Reaktion meines Körpers nicht anders zu deuten.

Ich konnte nicht sagen, wie lange ich so verharrt hatte, als die Klingel mich aus meiner Starre riss. Sofort wallte Hoffnung in mir auf und ich zögerte nicht die Tür aufzureißen.

»Hun…«, rief ich und verstummte schlagartig. »Nate?«, keuchte ich entsetzt und blickte in das Gesicht des Mannes, dem ich einen Monat lang hinterhergeweint hatte.

»Was …was machst du denn hier?«, stammelte ich überrumpelt.

»Baby, du hast mir gefehlt«, sagte Nate und zog einen Blumenstrauß hervor, den er hinter dem Rücken versteckt gehalten hatte. Er drückte ihn mir in die Hand und machte einen Schritt auf mich zu. »Ich war so ein Idiot. Bitte verzeih mir.«

»Das …das …« Mehr schaffte ich nicht zu sagen. Ich war zu verwirrt, wie schnell meine Gefühle sich geändert hatten. Vor zwei Tagen hatte ich gehofft, dass Nate zu mir zurückkommen würde. Jetzt waren seine Worte das letzte, was ich hören wollte.

»Verzeihst du mir?«, fragte Nate, aber ich war zu sehr damit beschäftigt, meine Enttäuschung zu verdauen. Ich hatte geglaubt, dass Hunter zurückgekommen war.

»Ähm …«, machte ich, weil Nates Worte mein Gehirn nicht richtig erreicht hatten. »Nate, ich …« Dieser deutete meine Sprachlosigkeit offensichtlich falsch und zog mich zu einem Kuss an sich.

Kapitel -24-

Hunter

Ein Jahr zuvor

Ich erstarrte beim Ausstieg aus dem Taxi. Ein Fuß auf der Straße, den anderen noch im Wagen, und beobachtete, wie der Kerl die Frau küsste, die vor wenigen Stunden nackt in meinen Armen gelegen hatte. Eine eisige Hand griff nach meinem Herzen. Dort, wo vorher Wärme gewesen war, machte sich ein unangenehmer Schmerz breit.

Es musste eine andere Erklärung dafür geben. Aber welche? Der Mann küsste Jane mit einer solchen Selbstverständlichkeit, dass es sich nur um ihren Freund handeln konnte.

Ich wartete, worauf auch immer. Darauf, dass sie ausholte und ihm eine Ohrfeige verpasste vielleicht. Darauf, dass sie mich sah, wie ich mit dem Taxi nur wenige Meter von ihrer Auffahrt entfernt stand und sie beobachtete. Darauf, dass sie mir eine Erklärung für das, was gerade geschah, liefern würde.

Wer ist dieser Mann?

Die Frage machte mich verrückt. Aber mehr noch die Hoffnung, dass es sich um ein Missverständnis handeln könnte.

Die beiden lösten sich voneinander. Jane wirkte

verwirrt. Überrumpelt. Trotzdem ließ sie zu, dass der Mann an ihr vorbei ins Haus ging. Als sich die Tür hinter ihnen schloss, blickte ich wie erstarrt auf das rot angestrichene Holz.

»Wollten Sie nicht aussteigen?«, fragte der Taxifahrer und sah mich über den Rückspiegel mit gerunzelter Stirn an.

Was für ein Idiot ich doch war. Ich hatte es nicht über mich gebracht zu gehen. Zum ersten Mal wollte ich eine Frau nicht zurücklassen, obwohl ich es hätte besser wissen müssen. Bisher hatte ich mich davor gehütet, einer Frau mein Vertrauen zu schenken. Aber bei Jane war es ganz automatisch geschehen.

Deswegen hatte ich den Fahrer angewiesen zurückzufahren und zu warten. Ich hatte sie nach ihrer Nummer fragen wollen, um in Kontakt zu bleiben. Irgendwie hätte es irgendwann vielleicht eine Chance gegeben, Jane wiederzusehen. Offensichtlich hatte ich mich in etwas verrannt. Ich, der Mann, der unverbindliche One-Night-Stands erfunden hatte.

Lachhaft.

Unschlüssig, welche Antwort ich dem Taxifahrer geben sollte, verharrte ich einen Moment. Dann entschied ich mich. Ich brauchte keine Gewissheit mehr. Die hatte ich bereits.

Dieser Mann hatte Jane geküsst und sie hatte ihn ins Haus gelassen. Ganz offensichtlich waren die beiden vertraut miteinander. Er konnte nur ihr Freund sein. Jane hatte ein schnelles Abenteuer gesucht und ich war es geworden.

Ich schnaubte über meine eigene Dummheit.

»Nein, wir fahren weiter«, antwortete ich dem Taxifahrer schließlich, ließ mich wieder auf den Sitz fallen und schloss die Wagentür. »Zur Michigan Avenue, bitte. The Gwen Hotel«, gab ich die Adresse durch, wo mein Meeting stattfinden würde. Ich würde es hinter mich bringen und die Stadt dann verlassen.

Der Wagen wurde gestartet und rollte langsam an Janes Zuhause vorbei. Ich vermied den Blick durch das Fenster, bis wir um die Ecke gebogen waren.

Warum hat sie so verwirrt ausgesehen?

Die Frage ging mir nicht aus dem Kopf. Wütend ballte ich die Hand zur Faust, weil ich merkte, dass ich mir Hoffnungen machte. Hoffnungen darauf, dass es eine andere Erklärung gab. Ich war drauf und dran zurückzufahren und Jane zur Rede zu stellen, doch ich hielt mich zurück.

Was wollte ich bezwecken? Ich kannte solche Geschichten doch.

Jane hatte sich in ihrer Beziehung gelangweilt. Um sich auszutoben, war sie alleine in eine Bar gegangen, um Männer aufzureißen. Und ich hatte angebissen. Der Gedanke widerte mich an. Nie hätte ich Jane für diese Art von Frau gehalten, aber offensichtlich war sie das.

Ich Grunde genommen hätte sie es verdient, dass ich zurückfuhr und dem Typ die Wahrheit sagte. Aber das würde mich bloßstellen. Ihr verraten, dass sie für mich mehr als ein One-Night-Stand gewesen war.

Nein, es war höchste Zeit, diese Frau zu vergessen. So schwierig konnte es nicht sein. Wir hatten weniger als vierundzwanzig Stunden miteinander verbracht. Genau so lange gab ich mir, damit sie restlos aus meinem Kopf verschwand.

Kapitel -25-

Jane

»Du bist damals zu mir zurückgefahren?«, fragte ich überrascht und wusste nicht, wie ich diese Information verarbeiten sollte. Zu viele Gedanken schossen gleichzeitig durch meinen Kopf, zusammen mit Freude, Entsetzen und Verwirrung.

»Ich bereue es an jedem einzelnen Tag«, stieß Hunter verächtlich hervor und maß mich mit einem abschätzigen Blick. Er ließ mich mitten im Raum stehen und ging zurück hinter seinen Schreibtisch.

»D… dann hast du mich gar nicht vergessen?« Ich konnte nicht anders. Mein Herz hüpfte vor Freude bei dem Gedanken, dass Hunter gelogen hatte. Dass er ebenso wie ich an unsere gemeinsame Zeit gedacht hatte.

Er lachte humorlos auf. »Ich habe nichts unversucht gelassen.«

Die Art, wie er das sagte, ließ mich zusammenzucken. Ich musste mich zusammenreißen, um das nicht persönlich zu nehmen. Hunter kannte mich nicht. Er konnte nicht wissen, dass ich so etwas nie tun würde. Dass ich Fremdgehen verabscheute, weil ich wusste, wie sehr es einem das Herz brach, wenn der Partner einen so hinterging.

Wie konnte er mich so falsch einschätzen?, meldete sich

eine kleine, bescheuerte Stimme in meinem Hinterkopf. Es war dieselbe Stimme, die geglaubt hatte, eine besondere Bindung zu Hunter aufgebaut zu haben. Ihn trotz der kurzen gemeinsamen Zeit zu kennen. Dieser Teil von mir war bitter enttäuscht, da ich mir dieses Band zwischen uns offensichtlich eingebildet hatte. Und damit hörte es nicht auf. Ich machte Hunter Vorwürfe, dass er nicht aus dem Wagen gestiegen war. Hätte er geklingelt und mir die Chance gegeben, es zu erklären, wären wir anders auseinandergegangen. Aber er hatte mich verurteilt. Einfach so. Das machte mich wütend.

Ich schob die Wut beiseite, darin war ich ja geübt, und konzentrierte mich darauf, dass es für Hunter ausgesehen haben musste, als wäre Nate mein Freund. Und dass er deswegen gelogen und vorgegeben hatte, mich nicht zu kennen. Die Zeit konnte ich nicht zurückdrehen, aber das Missverständnis geraderücken sehr wohl. Der Gedanke, dass Hunter und ich dadurch vielleicht eine zweite Chance bekommen könnten, beschleunigte meinen Herzschlag.

»Nate war nicht mein Freund«, sagte ich leise und ging einen Schritt auf Hunter zu. Er saß breitbeinig auf seinem Schreibtischstuhl, hatte sich weit zurückgelehnt und fuhr sich mit der Hand nachdenklich über die Stirn.

»Nate war nicht mein Freund«, wiederholte ich lauter, weil Hunter nicht auf meine Worte reagierte. »Wir waren zu dem Zeitpunkt längst getrennt.«

Jetzt schoss sein Blick hoch und fand meinen. Seine Augen ruhten eisig auf mir, durchbohrten mich auf der Suche nach der Wahrheit.

»Du versucht, mich anzulügen«, erwiderte Hunter und seine Stimme triefte vor Misstrauen. Ihn so zu sehen machte mich traurig. Er hatte nichts von dem unbeschwerten Mann, den ich an jenem Abend getroffen hatte. Jemand musste ihn schon vor mir sehr verletzt haben. Aber ich würde ihm zeigen, dass er mir vertrauen konnte.

»Hunter«, sagte ich sanft und überbrückte die letzte Distanz zwischen uns. Vor seinem Stuhl ging ich in die Knie und ergriff seine Hände. Zärtlich strich ich mit dem Daumen über seinen Handrücken. »Ich belüge dich nicht. Nate und ich waren viele Jahre zusammen, aber als du und ich eine Nacht miteinander verbracht haben, waren wir bereits wochenlang getrennt.«

In seinen Augen konnte ich lesen, dass er mir nicht glaubte. Ich wusste, wenn ich ihn überzeugen wollte, musste ich einige schmerzhafte Erinnerungen zutage befördern.

»Weißt du, eigentlich ist es genau andersherum«, erklärte ich und stieß ein Geräusch irgendwo zwischen einem Lachen und einem Schnauben aus. »Du denkst, ich hätte Nate betrogen, dabei ist das Gegenteil der Fall. Er ist fremdgegangen und hat unsere Beziehung beendet, um mit einer anderen zusammen zu sein.«

Etwas in Hunters Blick veränderte sich. Seine Gesichtszüge wirkten weniger starr, seine Hände in meinen wurden lockerer und ich wusste, dass ich weiterreden musste. Er hörte mir zu.

»Ich dachte, dass Nate der Mann sein würde, den ich heirate«, gestand ich und es fiel mir nicht leicht, das vor demjenigen zuzugeben, der mir gezeigt hatte, wie es war, wenn man sich Hals über Kopf in jemanden verliebte. »Unsere Beziehung war gut, das glaubte ich damals zumindest, und ich war mir sicher, dass es ewig so weitergehen würde. Als Nate die Beziehung beendet hat, kam das für mich überraschend. Er wollte mehr Freiraum, hat dann aber gleich mit einer anderen Frau angebandelt. Erst im Nachhinein habe ich erfahren, wie oft er mich betrogen hat. Es war …«, erniedrigend, aber ich beendete den Satz nicht.

Ich senkte den Kopf und schloss die Augen. Diese Erinnerungen waren schmerzhaft. Ich wusste, warum ich sie gut verpackt im hintersten Winkel meines Kopfes begraben hatte. Ich wollte nicht ständig daran denken, wie dumm und naiv ich gewesen war und dass jeder von Nates Affären gewusst hatte, außer mir. Weil ich beharrlich die Augen davor verschlossen hatte. Ich war selbst daran schuld.

Erst Hunters Finger, die zärtlich über meine Wange fuhren, ließen mich die Augen öffnen. Sein Blick war weich.

»Rede weiter«, forderte er mit rauer Stimme und beugte sich auf seinem Stuhl leicht zu mir vor. Meine Knie brannten vom Hocken, aber ich wollte Hunters Hand nicht loslassen und ich wollte nicht, dass er aufhörte, mir über die Wange zu streichen.

»An dem Abend, als wir uns getroffen haben, hatte ich einen heftigen Streit mit meiner Mutter. Sie gab mir die Schuld an der Trennung. Ich war so unfassbar sauer auf sie und als ich das Haus verlassen habe, war ich entschlossen, etwas, naja, etwas Waghalsiges zu tun. Ich habe mir immer Mühe gegeben, perfekt zu sein. Nie etwas Falsches zu tun und es hat mir nichts gebracht. Ich wollte raus aus meiner Haut und für ein paar Stunden in eine andere Rolle schlüpfen.«

Ich kam mir dumm vor, das zuzugeben. Einem Mann wie Hunter musste das kindisch vorkommen. Wie ein Teenager, der nach dem Streit mit seiner Mutter rebellierte. Doch er sagte nichts, weswegen ich weitererzählte.

»Am nächsten Tag, als Nate vor der Tür stand, habe ich geöffnet, weil ich dachte, du wärst zurückgekommen«, gestand ich und wich seinem Blick wieder aus. Ich konnte ihn nicht ansehen, während ich das zugab.

»Ich hatte es mir so sehr gewünscht«, flüsterte ich. »Aber als dann plötzlich Nate vor mir stand … ich war so enttäuscht. Und überrumpelt.«

»Wieso hast du ihn nicht sofort weggeschickt. Wieso

hast du zugelassen, dass er dich küsst«, knurrte Hunter wütend. Er hatte aufgehört, mein Gesicht zu streicheln und seine Hand in meinen Locken vergraben. So, wie er es in jener Nacht getan hatte. Die Erinnerung trieb mir die Hitze ins Gesicht und sandte ein Kribbeln zwischen meine Beine.

Hunter beugte sich weiter auf seinem Stuhl vor. Seine Stirn lag fast an meiner. Sein Griff wurde fester und seine Lippen waren dicht an meinen.

»Wieso, Jane. Antworte mir«, verlangte er.

»Ich war zu überrumpelt, um zu reagieren. Er ist einfach ins Haus gestürmt und hat getan, als wäre nichts geschehen. Er wollte mir nicht zuhören, es war wirklich merkwürdig. Aber fünf Minuten später habe ich ihn rausgeschmissen und ihm erklärt, dass ich ihn nicht zurückhaben will. Dass es vorbei ist. Ich konnte nur an dich denken«, beteuerte ich und genoss die Intensität, mit der Hunters Augen leuchteten, als ich das sagte.

Mein Atem ging zunehmend schneller und mein Herz raste in meiner Brust. »Ich … ich habe sogar nach dir gesucht«, gestand ich und meine Stimme klang viel zu hoch. »Auf Facebook. Aber weil ich nur deinen Vornamen kannte, habe ich dich nicht gefunden. Ich dachte, vielleicht …«

Hunter unterbrach mein Geplapper, indem er seinen Mund auf meinen legte. Seufzend gab ich mich ihm hin und genoss seinen Geschmack auf meiner Zunge. Dieser

Kuss war sanft, nahm jedoch schnell an Fahrt auf, als Hunter mit seiner Zunge über meine Unterlippe fuhr und in meinen Mund glitt. Ich kam ihm entgegen und er stöhnte auf.

Plötzlich packte er mich unter den Armen, stand auf und hob mich ruckartig auf den Schreibtisch. Ich keuchte überrascht, doch im nächsten Moment legte Hunter seine rauen Hände auf meine Oberschenkel und schob den Stoff meines Rockes hoch. Alle anderen Gedanken erstarben und ich konnte nur daran denken, wie sehr ich es vermisst hatte, von ihm berührt zu werden. Mein Körper zitterte, als Hunter zwischen meine Beine trat. Seine Augen hatten sich vor Lust verdunkelt.

»Du hast mich also nicht angelogen?«, wollte er nochmal klarstellen und ich schüttelte den Kopf.

»Nein«, hauchte ich und erschauderte, als er mit zwei Fingern an der Innenseite meiner Oberschenkel entlangstrich.

»Und du hast nach mir gesucht?«

Ich nickte und keuchte leise auf, als er meinen Slip erreichte.

»Warum hast du nach mir gesucht, Jane?«, wollte er wissen. Ich wusste, weshalb er das tat und ich war gerne bereit, es zuzugeben.

»Weil ich dich nicht vergessen konnte«, gestand ich. Mir machte es nichts aus, Hunter meine Schwäche für ihn zu zeigen. Ich wollte ehrlich sein, damit er es auch sein konnte.

»Ich habe jeden Tag an dich gedacht, Jane«, knurrte Hunter.

»Du bist mir einfach nicht aus dem Kopf gegangen. Wie du dich nackt vor mir geräkelt hast, wie du dich angefühlt hast. Wie du meinen Namen gestöhnt hast, als du gekommen bist.« Die letzten Worte flüsterte er mir ins Ohr und er hauchte kleine Küsse auf meinen Hals, arbeitete sich langsam vor, bis zu meinem Ausschnitt.

Ich stöhnte lauter, schloss die Augen und verschränkte meine Beine hinter Hunters Rücken, um ihn dichter an mich zu ziehen.

»Ständig habe ich mir gewünscht, dass ich das noch einmal hören könnte«, raunte er und sein Atem jagte mir eine Gänsehaut über den Körper. Meine Brustwarzen richteten sich auf und rieben schmerzhaft gegen den Stoff meines BHs. Ich wünschte, Hunter würde mich ausziehen und meine Brüste mit seiner Zunge liebkosen.

»Mehr«, flehte ich. Fieberhaft machte ich mich an seiner Gürtelschnalle zu schaffen, als es an der Bürotür klopfte. Das Geräusch ließ uns beide erstarren.

»Hunter?«, ertönte Annas Stimme von draußen.

Innerhalb einer Sekunde war mir klar, dass die Tür nicht abgeschlossen war und Anna gleich in eine eindeutige Szene reinplatzen würde.

»Einen Moment«, rief Hunter mit herrischer Stimme. Dennoch klang er atemlos und ich hoffte, dass nur ich das hören konnte.

Er zog sich zurück und richtete sein Hemd und seinen Gürtel, während ich meinen Rock gerade zog und meine Haare in Ordnung brachte.

Schnell wechselte ich auf die andere Seite des Schreibtischs, um den erwarteten Abstand zwischen uns zu bringen. Das sehnsüchtige Pochen zwischen meinen Beinen versuchte ich zu ignorieren.

»Sieh mich an«, forderte Hunter, weil ich panisch zur Tür blickte. »Ich will, dass du heute Abend zu mir kommst.« Er schrieb etwas auf einen Zettel und drückte ihn mir in die Hand. »Ich biete dir keine Beziehung oder Dates an. Nur eine unverbindliche Wiederholung unserer letzten gemeinsamen Nacht und viel Spaß. Du entscheidest, ob du es willst, Jane.«

Er küsste mich ein letztes Mal hart auf den Mund, dann ging er zur Tür und riss sie mit einem Ruck auf. »Was?«, blaffte er eine überraschte Anna an.

»Ich wollte …« Ihr Blick blieb an mir hängen.

»Miss Hale, ich denke, dass ich mich klar ausgedrückt habe. Sie können gehen«, schnauzte Hunter mich harsch an und ich zuckte angesichts seines Tonfalls zusammen. Ich wusste, dass er eine Show abzog, um Anna auf eine falsche Fährte zu locken. Offensichtlich funktionierte es, denn als ich mich an ihr vorbei aus seinem Büro schlich, lag in ihrem Blick Mitleid.

Ich ging durch das Vorzimmer und hörte, wie hinter

mir die Tür zugeknallt wurde. Erst dann glättete ich den zusammengeknüllten Zettel in meiner Faust. Es war ein gelbes Post-it. Darauf war eine Adresse auf der Upper Eastside notiert.

Ich will, dass du heute Abend zu mir kommst.

Kapitel -26-

Jane

Der restliche Tag war so zäh, dass es mich fast wahnsinnig machte. Ich konnte mich kaum auf meine Arbeit konzentrieren. Immer wieder kramte ich Hunters Zettel hervor, bis sich die Adresse darauf in mein Hirn eingebrannt hatte. Um ihn nochmal zu sehen und mit ihm über das zu reden, was in seinem Büro passiert war, hätte ich meinen linken Fuß gegeben. Was keine gute Idee gewesen wäre, denn es hätte zu viel Aufsehen erregt. Anna saß in seinem Vorzimmer und bekam alles mit. Bei dem Gedanken an sie packte mich das schlechte Gewissen. Hunter hatte ihr das Herz gebrochen und jetzt überlegte ich hinter ihrem Rücken, ob ich heute Abend zu ihm gehen sollte.

Keine Beziehung, keine Dates. Nur eine Wiederholung unserer letzten gemeinsamen Nacht.

Das Pochen zwischen meinen Beinen wollte nicht abklingen und erinnerte mich daran, wie sehr ich das wollte. Aber da war mehr. Ein Jahr lang hatte ich Hunter nicht vergessen können. Unser Wiedersehen war schmerzhaft für mich gewesen, aber jetzt hatten wir die Missverständnisse aus dem Weg geräumt. Nichts stand mehr zwischen uns. Ich wusste, dass Hunter mir nur etwas Unverbindliches angeboten hatte, so war es auch beim letzten Mal gewesen. Dennoch verbrachten wir diese schönen gemeinsamen Stunden, während derer wir Chicago erkundet hatten. Wer sagte, dass wir das nicht nochmal hinbekommen würden?

»Jane?«, riss Devon mich aus meinen Gedanken. Ich schüttelte die Benommenheit ab und sah ihn fragend an. Er stand vor meinem Schreibtisch, eine Hand fordernd ausgestreckt.

»Was?«, fragte ich verwirrt und er lachte.

»Die Morrea-Akte«, wiederholte er. »Wo warst du denn mit deinen Gedanken?«

Ich zwang mich zu einem unbeschwerten Lachen. »Tut mir leid. Ich habe heute Nacht schlecht geschlafen.«

»Liegt es daran, dass der Chef dich heute beim Meeting so angefahren hat?«, fragte Devon mitfühlend.

»Nein«, log ich schnell. »Das habe ich längst vergessen. Alles gut. Ich bin bloß müde, weil unsere Nachbarn heute Nacht eine Party geschmissen haben.«

Devon nickte, wirkte jedoch nicht überzeugt. »Na dann komm«, sagte er schließlich. »Wir holen uns einen Kaffee. Es wird ohnehin Zeit für die Mittagspause.«

»Ich, ähm …« Ich stockte und erkannte, dass ich Devon voll in die Falle gelaufen war. Mit meiner Lüge hatte ich ihm die perfekte Vorlage gegeben und jetzt fiel mir keine Ausrede mehr ein. »Klar, klingt gut«, gab ich schließlich nach und verließ gemeinsam mit ihm das Büro. Während er mir von seinem Abend erzählte, gingen wir zu den Aufzügen. Er war mit Freunden bei einer Cluberöffnung gewesen, von denen es in New York jeden Tag irgendwo eine gab. Ich hörte nur mit halbem Ohr zu. Ein Teil von mir spürte Hunter, bevor ich ihn sah.

Er stand mit Anna und einem älteren Herrn auf dem Flur und unterhielt sich. Sein Blick huschte nur kurz zu mir und meiner Begleitung. Mein Magen zog sich schmerzhaft zusammen. Als Anna Devon und mich mit einem wissenden Lächeln musterte und mir zuzwinkerte, wurde mir schlecht.

Am Abend holte Anna mich in meinem Büro ab. »Dachte ich mir doch, dass du noch arbeitest. Du machst eindeutig zu viele Überstunden.« Es war erst meine zweite Woche, aber mein Stundenkonto war bereits im Plus. Für mich zählte jedoch nur, dass ich einen guten Job machte. Ich wollte meine Vorgesetzte nicht enttäuschen.

Müde rieb ich mir die Augen. »Der Morrea-Fall ist aufwendiger, als ich dachte. Die Firma braucht ein komplett neues Image. Ich weiß nicht, ob eine einfache Kampagne da ausreicht«, antwortete ich, klappte die Akte jedoch zu. Für heute war es genug. Mir fielen fast die Augen zu,

Ich stand auf und nahm mir meine Handtasche. Mit Anna an meiner Seite verließ ich mein Büro. »Gehen wir was Essen und du erzählst mir, was es mit Kinkaid und dir auf sich hat?«, flötete Anna fröhlich und lächelte mich vielsagend von der Seite an. »Er sah heute Mittag ja total begeistert aus, als ihr zusammen weggegangen seid.«

»Oh, danke, aber ich kann nicht«, lehnte ich ihr Angebot ab. Sofort packte mich das schlechte Gewissen. Aber meine Entscheidung stand fest. Ich würde zu Hunter gehen. Nach unserem Gespräch heute wollte ich die Sache mit Devon sofort klarstellen. Hunter sollte nicht wieder etwas Falsches von mir denken.

»Du wirkst angespannt«, stellte Anna fest. »Ist es wegen Hunter? Er war heute Morgen verdammt wütend. Was war da los?«

Ich gab mir Mühe, das Gesicht nicht zu verziehen, aber mir wollte partout keine gute Ausrede einfallen. »Ich will nicht darüber reden. Ich will einfach nach Hause gehen und mich ausruhen. Der Tag war anstrengend.«

Das entsprach zumindest zum Teil der Wahrheit. Ich mochte Anna und hatte sie ins Herz geschlossen. Sie anzulügen fiel mir schwer. Vor allem wenn ich daran dachte, dass ich hinter ihrem Rücken zu dem Mann fuhr, für den sienoch Gefühle hatte.

Aber Hunter und mich verband eine gemeinsame Vergangenheit. Auch wenn es nur wenige Stunden waren, hatten sie ihre Spuren in meinem Leben hinterlassen. Hunter war derjenige gewesen, der mir gesagt hatte, dass ich aufhören sollte, die Dinge zu tun, die andere von mir erwarteten. Er hatte erkannt, wie sehr ich mich verstellte, und mir den Mut gegeben, mich zu ändern. Seinetwegen hatte ich stark sein wollen. Es war auch Hunters Verdienst, dass ich in New York war und nicht in Chicago in der Bank arbeitete.

Dieser Mann hatte mein Leben geprägt und ich wollte bei ihm sein. Seinen Körper an meinem spüren. Ein Jahr lang hatte ich ihn vermisst.

Am Ausgang des Rockefeller-Centers umarmte Anna mich zum Abschied und drückte mich fest an sich.

»Wenn du etwas brauchst, lass es mich wissen, okay?«, sagte sie und rieb mir aufmunternd die Schulter. »Und lass den Kopf nicht hängen. Aller Anfang ist schwer und du fühlst dich sicher nur erschlagen, weil gerade so viele neue Eindrücke auf dich einprasseln. New York kann diese Wirkung schon mal haben.«

Ihre verständnisvollen Worte schürten mir die Kehle zu, also nickte ich bloß. Anna war ein herzensguter Mensch. Aber in diesem Moment hatte ich keine andere Wahl. Ich konnte ihr die Sache mit Hunter nicht erklären, denn ich wusste nicht, wie sie reagieren würde. Wenn sie wütend werden und es den anderen Kollegen erzählen würde, wäre ich am Arsch. Ich war noch in der Probezeit und wenn eine Affäre mit meinem Boss ans Tageslicht käme, wäre ich weg vom Fenster, bevor ich *Denton* überhaupt aussprechen konnte.

Das konnte ich nicht riskieren. Deswegen verabschiedete ich mich von Anna, holte mein Handy aus meiner Handtasche und gab die Adresse von Hunters Post-it in meine Navi-App ein. Ich wusste nicht, was mich erwartete. Dennoch machte ich mich mit zittrigen Knien auf den Weg.

Kapitel -27-

Jane

Ich betrachtete verwundert das Gebäude vor mir. Ich hatte erwartet, dass Hunter in einem Penthouse weit oben mit Blick über den Central Park leben würde, aber vor mir erstreckte sich ein dreistöckiges Gebäude. Ein typisches Brownstone-Haus, wie man es von Postkartenmotiven kannte, gesäumt von Bäumen und alten Straßenlaternen. Nur dass dieses hier ein besonders schönes Exemplar war. Die Front war beige gestrichen und ein gewundener Treppenaufgang mit einem schwarzen Metallgeländer führte zu einer weißen Holztür. Die Sonne ging bereits unter, aber in den meisten der Rundbogenfenster brannte kein Licht. Auf einigen der massiven Steinfensterbänke standen Blumenkübel. Ornamente zierten die Hausfassade, zwei Säulen erstreckten sich links und rechts der Eingangstür.

Ganz klar war dies ein nobles Gebäude, aber nicht halb so protzig, wie ich es erwartet hatte, und wenn ich ehrlich war, strahlte es etwas Heimeliges aus.

Ich drückte auf die Klingel und wartete einige schier endlose Sekunden, bis mir geöffnet wurde.

Hunter erschien im Türspalt. Er hatte sein Hemd und seinen Anzug gegen eine schwarze Jeans und ein schlichtes, weißes Shirt getauscht. Durch den V-

Ausschnitt sah man den Ansatz seiner Brustmuskulatur, sein blondes Haar war durcheinandergebracht und glänzte noch feucht. Offensichtlich war er vor kurzem erst aus der Dusche gestiegen.

Mein Mund wurde ganz trocken, als ich mich daran zurückerinnerte, wie wir gemeinsam im Hotel unter dem warmen Wasserstrahl gestanden hatten.

»Hey«, krächzte ich und suchte den Blick seiner grünblauen Augen. Er musterte mich forschend und wartete einen Moment ab, bevor er mich reinließ. So, als überlegte er, mich wegzuschicken. Dieser Umstand ließ mich noch nervöser werden.

Unsicher schob ich mich an ihm vorbei ins Haus. Etwas verloren stand ich in seinem Flur und war froh, als er mit dem ausgestreckten Arm auf das Zimmer vor uns zeigte.

»Da entlang«, sagte er leise. Als ich vorging, spürte ich seine Blicke deutlich im Rücken.

Das Innere des Hauses war genauso gemütlich, wie es von außen den Anschein erweckte. Auf dem Boden lag ein dicker, beiger Teppich. Die Möbel waren aus Holz und der Raum, in den Hunter mich führte, war eine lichtdurchflutete Wohnküche mit einer Durchreiche zum Essbereich. An den Wänden hingen Kunstdrucke in opulenten Bilderrahmen. Ich erkannte einige Werke von Klimt und Cézanne. Und auch von meinem liebsten Künstler, Goya. Auf einer Seite standen mehrere Regale aus dunklem Holz, darin reihten sich Fachbücher, klassische Literatur und Schmöker aneinander. Gegenüber des Regals stand ein großes Ecksofa, das geradezu zum Lesen und Verweilen einlud.

»Gefällt dir mein Haus?«, fragte Hunter, nachdem er mir Zeit gelassen hatte, alles in Augenschein zu nehmen.

Seine Hände legten sich von hinten an meine Hüfte, strichen über meinen Rock und schickten warme Schauer durch meinen Körper.

»Sehr«, gestand ich. So ähnlich stellte ich mir mein zukünftiges Zuhause vor, wenn ich irgendwann nicht mehr mit meinen besten Freundinnen zusammenwohnte, sondern eine Familie gründete.

Hunter stand so nahe hinter mir, dass ich das Heben und Senken seines Brustkorbs im Rücken spürte.

»Dich mit Kinkaid zu sehen, hat mich wahnsinnig gemacht«, wechselte er das Thema und ich war froh, dass er den Vorfall ansprach. So konnten wir die Sache gleich klarstellen.

»Wir haben nicht geflirtet, falls du das dachtest. Er … er fragt schon eine Weile, ob ich mit ihm Essen gehe und mir sind einfach die Ausreden ausgegangen. Ich wollte nicht unhöflich sein.«

Ich schloss die Augen und lehnte mich gegen Hunters Brust. Seine Hände strichen über meinen Bauch, wanderten zu meinen Brüsten und er begann, die obersten Knöpfe meiner Bluse zu öffnen.

»Du wirst lernen müssen, unhöflich zu sein, Jane.

Wenn Kinkaid dich das nächste Mal fragt, gibst du ihm eine Abfuhr. Ich habe nicht vor, dich mit einem anderen zu teilen«, raunte er in mein Ohr und öffnete einen weiteren Knopf.

Hunter hatte gesagt, er könne mir nur etwas Unverbindliches anbieten. Aber seine Worte klangen nicht danach. Ich konnte nichts dagegen tun, dass die Hoffnung in mir wuchs.

»Was ist mit dir?«, fragte ich leise, weil ich wusste, dass dieses *nicht teilen wollen* auch auf mich zutraf. Der Gedanke, er könnte sich mit einer anderen treffen, machte mich krank.

Aber Hunter blieb mir eine Antwort schuldig. Er nahm mein Ohrläppchen zwischen seine Zähne und knabberte daran. Ich seufzte leise. Als er mit der Hand in meine Bluse glitt, über die nackte Haut meines Bauches fuhr und mit den Fingern im Saum meines Rockes verschwand, waren alle Gedanken wie weggewischt.

Ich streckte meinen Arm nach hinten aus, fuhr Hunter mit den Fingern durch Haar und genoss seine Berührungen. Hitze schoss mir zwischen die Beine und als ich es keine Sekunde länger aushielt, drehte ich mich zu ihm um und küsste ihn leidenschaftlich.

***

Hunter

Jane hatte die Frage leise gestellt. Aber laut genug, dass ich sie hörte. Dennoch konnte ich ihr keine Antwort geben. Warum, das wusste ich selbst nicht. Ich war verrückt nach Jane und wollte keine andere Frau sehen. Ein Jahr lang hatte ich versucht, jemanden zu finden, die Jane aus meinem Kopf vertrieb. Eine unmögliche Aufgabe. Die Erleichterung, dass es sich nur um ein Missverständnis gehandelt hatte, war groß, meine ganze Wut auf Jane von einer Sekunde auf die andere verpufft und zurückgeblieben war nur die Wahrheit. Nämlich, dass diese Frau mir unter die Haut ging und dass ich in ihrer Nähe sein wollte. Wieso konnte ich ihr genau das nicht einfach sagen?

Aber Jane schien auch ohne eine Antwort zufrieden zu sein und ich brachte es nicht über mich, die Worte auszusprechen. Vielleicht irgendwann. Aber im Moment fühlten sie sich zu sehr nach Verbindlichkeit an.

Alles, was ich wollte, war den Augenblick genießen. Feiern, dass ich Jane zurückhatte und sie in den Armen hielt.

Ihr Kuss wurde drängender. Ungeduldig nestelte sie an meinem Shirt herum, fuhr mit den Fingerspitzen über meinen Bauch und hinterließ eine Gänsehaut, die sich über meinen ganzen Brustkorb ausbreitete.

Jane hatte es eilig, aber nach einem Jahr konnte auch ich keine Sekunde länger auf sie warten.

Die Hände fest in ihren Po gekrallt, hob ich sie hoch. Jane schlang die Beine um mich und ließ sich von mir zu der breiten Eckcouch tragen. Als ich sie hinlegte und mich zwischen ihre Beine kniete, rutschte ihr enger Bleistiftrock an ihren Oberschenkeln hoch. Das Ding musste ich schnellstmöglich loswerden. Aber zuerst kümmerte ich mich um ihre Bluse, die halb geöffnet an ihrem Oberkörper hing. Ich zog sie ihr aus, ebenso den BH, der mir den Blick auf ihre vollen Brüste verwehrte.

Jane wollte sich aufsetzen und mich ausziehen, aber mit einer Handbewegung gebot ich ihr, stillzuliegen. Ich musste sie ansehen. Wollte jeden Millimeter des Bildes, das sie abgab, in mein Gehirn einbrennen.

Janes Locken lagen wie in Fächer um ihren Kopf. Die dunkelblonden Strähnen verteilten sich auf dem schwarzen Sofa. Der Stoff bildete einen starken Kontrast zu Janes weicher, weißer Haut. Ihr Atem ging schnell, ihre Brüste bewegten sich unruhig auf und ab und präsentierten mir ihre zarten, rosa Knospen.

Ein Jahr lang hatte sie mich bis in meine Träume verfolgt und jetzt war sie endlich bei mir. Ich würde jede Sekunde davon genießen. In einer fließenden Bewegung zog ich mir das Shirt über den Kopf und öffnete den Reißverschluss meiner Jeans, um für mehr Platz in meiner Hose zu sorgen.

Gierig beugte ich mich vor und nahm eine von Janes Brustwarzen zwischen meine Zähne. Ich biss sanft hinein, wodurch ich ihr ein Keuchen entlockte. Erst dann nahm ich sie ganz in den Mund und saugte fest daran, ließ meine Zunge darüber kreisen und genoss die Laute, die Jane von sich gab.

Dieses Spiel wiederholte ich mit ihrer anderen Brustwarze. So lange, bis Jane sich unter mir wand und ihr Atem immer hektischer wurde. Ihre Nippel waren hart und als ich mit den Fingern unter ihren Rock und zwischen ihre Beine fuhr, spürte ich, wie feucht sie bereits war. Seufzend tauchte ich in sie ein.

Mein Schwanz zuckte in meiner Hose und wünschte sich offensichtlich, dasselbe tun zu können.

Aber ich hatte vor, Jane in den Wahnsinn zu treiben, bevor ich sie ausfüllte. Sie sollte mich mehr wollen, als alles andere.

Jane hob mir ihr Becken entgegen, wollte mehr von meiner Hand in sich aufnehmen, aber ich entzog mich ihr. Stimulierte sie nur ganz leicht, während ich mit dem Mund weiter ihre Brüste verwöhnte.

»Hunter«, stöhnte sie mit geschlossenen Augen und legte den Kopf in den Nacken. Ihre Stimme war voller Ungeduld. Mit beiden Händen griff sie an den Bund meiner Jeans und zog sie mir samt Shorts ein Stück weit runter.

Als ihre weichen Hände sich um meinen harten Schwanz schlossen, zog ich zischend die Luft ein. Ich war so erregt, dass diese kleine Berührung mir bereits Schmerzen bereitete. Ich wollte unbedingt in Jane sein und mein Vorsatz geriet stark ins Wanken. Wie es aussah, würde ich selbst wahnsinnig werden, bevor ich mein Ziel erreichte.

Mein einziger Ausweg war, ihr die Hände über dem Kopf festzuhalten. Ich packte ihre Unterarme und drückte sie in das Sofa.

»Lass mich los, ich will dich anfassen«, protestierte Jane, aber ich setzte mein kleines Spiel ungeachtet ihrer Beschwerde fort.

Mit der Hand brachte ich sie an den Rand des Höhepunkts. Doch sobald die ersten kleinen Beben durch ihren Körper gingen und sie sich unter mir anspannte, zog ich meine Finger aus ihr raus und ließ Jane frustriert zurück. Das wiederholte ich drei Mal, bis sich ein leichter Schweißfilm auf Janes Brüsten und ihrer Stirn gebildet hatte. Ihr Körper zitterte vor Verlangen, strebte sehnsüchtig seinem Höhepunkt entgegen. Als ich ihn ihr ein weiteres Mal verwehrte, stöhnte Jane frustriert auf.

»Hunter, bitte. Tue es endlich«, flehte sie und biss sich leicht auf die Unterlippe.

Ihre Brüste waren geschwollen und sahen schwer aus, zwischen ihren Schenkeln glänzte ihre Feuchtigkeit.

Ich konnte mich nicht länger beherrschen. Mit einem festen Ruck schob ich Janes Rock bis zu ihrer Hüfte hoch, wobei ein lautes Reißen ertönte. Ich kümmerte mich nicht darum. Stattdessen streifte ich ihr den Slip ab und warf ihn hinter mich.

Jetzt lag sie fast nackt vor mir. Nur der dünne Stoffstreifen ihres zerfetzten Rockes schützte einen Teil ihrer Haut vor meinen Blicken. Jane hatte die Arme über den Kopf gestreckt, den Rücken durchgebogen und die Beine für mich gespreizt.

Nie in meinem Leben hatte etwas so einladend auf mich gewirkt.

Unfähig, mich länger zurückzuhalten, ließ ich mich zwischen Janes Schenkeln nieder und drang langsam in sie ein. Ich stöhnte, als sie mehr von mir in sich aufnahm. Und als ich sie ganz ausfüllte, gaben wir beide ein erleichtertes Geräusch von uns.

Jane vergrub ihre Füße in meinem Hintern und obwohl ich es langsam hatte angehen lassen wollen, spornte sie mich mit dem Wiegen ihrer Hüfte an, bis ich schneller in sie stieß und sie mit harten Bewegungen nahm. Sie war so eng, dass ich die Augen schließen und mich konzentrieren musste, um nicht sofort zu kommen. Ich suchte ihren Mund und versiegelte ihre Lippen mit einem hungrigen Kuss, während ich mich tiefer in sie trieb.

Die ersten kleinen Beben gingen durch Janes Unterleib

und ich spürte, wie sich ihr Inneres um mich verkrampfte.

»Sieh mich an«, forderte ich mit rauer, vor Erregung belegter Stimme. »Sieh mich an, wenn du kommst.«

Jane versuchte verzweifelt, ihre Augen geöffnet zu lassen. Mit einer Hand hielt ich ihr Gesicht fest, mit der anderen stützte ich mich auf dem Sofa ab. Neben ihrem Stöhnen und meiner hektischen Atmung füllte das Geräusch von nackter, aufeinander klatschender Haut die Stille.

Als ihr Höhepunkt über sie hinwegrollte, schaffte Jane es nicht länger, mich anzusehen. Sie schloss die Augen, warf den Kopf in den Nacken und schrie meinen Namen, während ihre inneren Wände meinen Schwanz massierten und sich gierig um ihn schlossen. Ich stieß hart und tief in sie und schaffte es gerade noch, ihren Orgasmus abzuwarten, bevor ich mit einem lauten Stöhnen selber kam.

Schlagartig wich alle Anspannung von mir, eine wohlige Erschöpfung umhüllte meinen Körper und ich sank auf Jane. Ihre weichen Brüste drückten gegen meinen Oberkörper. Unsere Herzschläge rannten um die Wette.

Als ich ihren Blick fand, leuchteten ihre Augen. Ihre Wangen waren rosig und ein Lächeln zierte ihre Lippen. Ich konnte nicht anders, als es zu erwidern.

Kapitel -28-

Jane

Hunter bat mich nicht zu bleiben, schickte mich aber auch nicht weg. Nach dem Sex hatte es diesen merkwürdigen Moment gegeben, in dem ich nicht wusste, wie ich mich verhalten sollte. Doch Hunter hatte mich an sich gezogen und einen Arm um mich gelegt. Fast wie in jener Nacht im Hotel kam ich auf seiner Brust zur Ruhe und schaffte es, die Ereignisse der letzten Stunden sacken zu lassen.

Während Hunters kräftige Finger durch mein Haar strichen, verstand ich erst, wieviel sich zwischen uns geändert hatte.

Wir hatten alle Missverständnisse beiseite geräumt und wohnten in derselben Stadt. Keiner von uns wohnte hunderte Kilometer weit weg. Mein Herz lief fast über vor Freude, als ich begriff, dass ich Hunter von nun an jeden Tag sehen könnte.

»Bist du hungrig?«, fragte er irgendwann in die Stille unserer Atemzüge hinein. Ich schüttelte den Kopf an seiner Brust, behielt meine Augen aber weiterhin geschlossen und genoss das Gefühl seiner Haut an meiner. Seine Wärme, die sich auf mich übertrug. Ich wollte nicht, dass irgendwas den Moment zwischen uns störte. Aber mein Magen machte mir einen Strich durch die Rechnung, indem er laut knurrte.

»Vielleicht ein wenig«, gab ich zu. Hunter lachte und es erreichte sein ganzes Gesicht. Er zeigte seine perfekten Zähne und seine Augen strahlten. Dabei hatte er eine so gelassene, fröhliche Ausstrahlung, die automatisch dazu führte, dass ich mitlachen musste.

»Ein wenig? Genau so hat es sich angehört«, zog er mich auf und küsste mich auf die Stirn. Im nächsten Moment war er von der Couch aufgestanden und zog sich seine Boxershorts über. »Dann will ich uns mal etwas zu Essen machen«, verkündete er und ging in die angrenzende Küche. Ich sah ihm überrascht hinterher. Auf meiner Stirn brannte die Berührung seiner Lippen. Nichts hiervon fühlte sich nach Unverbindlichkeit an. Zwischen Hunter und mir war vom ersten Moment an diese besondere Chemie gewesen und ich war überglücklich, dass sie im vergangenen Jahr nicht verschwunden war. Wenn, dann war die Anziehungskraft zwischen uns stärker geworden.

Entschlossen streifte ich mir Hunters weißes Shirt über und zog meinen Slip an. Dann folgte ich ihm in die Küche und lehnte mich an die Wand, von wo aus ich ihn beim Inspizieren seines Kühlschranks beobachtete. Langsam ließ ich den Blick über seinen Rücken gleiten. Prägte mir die Formen seiner Muskulatur ein, die im fahlen Licht der hereinscheinenden Straßenlaternen und des Kühlschrankes besonders gut zur Geltung kamen.

»Kann ich dir helfen?«, fragte ich. Hunter drehte sich zu mir um und schüttelte lächelnd den Kopf.

»Ich werde heute ganz gentlemanlike für dich kochen«, sagte er und widmete sich wieder dem Inneren des Kühlschranks.

»Hm«, machte er nach einer Weile. »Ich habe nicht viel da. Was hältst du also von Waffeln mit Zimt und Zucker?«

»Klingt köstlich«, antwortete ich. »Und du willst sicher keine Hilfe?«

»Leg dich hin und ruh dich aus, während ich das Essen mache. Später brauchst du deine Kräfte vielleicht noch«, sagte er mit einem Augenzwinkern.

Ich ging zurück ins Wohnzimmer und betrachtete die Kunstwerke, die an den Wänden hingen. Meine innere Nervosität hätte es mir unmöglich gemacht, mich zu entspannen, denn egal, was Hunter sagte, das hier war ein Date. Also lenkte ich mich von meinen wirren Gedanken ab, indem ich mich den Gemälden widmete.

Über dem Sofa hing in einem dicken, goldenen Rahmen Klimts *Lebensbaum.* Obwohl *Der Kuss* oder *Judith* bekanntere Werke waren, hielt ich den *Lebensbaum* für sein bestes. Es vereinte so viel. Die Unterwelt, die Erde und den Himmel. Das Bild spiegelte die Rolle der Natur für die Erhaltung der Erde und der Menschheit wider und wies gleichzeitig auf die Ewigkeit des Lebens hin. Ein Meisterwerk.

Ich ließ den Blick weiter zu den nächsten Gemälden gleiten. Es handelte sich selbstverständlich nicht um Originale. Aber ich kannte mich gut genug mit Kunst aus, um zu wissen, dass solch präzise Nachbildungen ein Vermögen wert waren.

In dem Bücherregal entdeckte ich mehrere Kunstdrucke von Cézanne, alle in einem kleinen Format, aufgestellt in unauffälligen Holzbilderrahmen. Eigentlich hätten sie sich mit Klimts Bildern beißen müssen, da die Stile so unterschiedlich waren. Aber Hunter hatte die Motive so ausgewählt, dass sie einander ergänzten.

Auf dieselbe Art und Weise gliederte sich Dalis *Die Versuchung des Heiligen Antonius* ein.

»Bestaunst du meine Sammlung?«, fragte Hunter und ich fuhr erschrocken zusammen.

»Ich frage mich nur, wie du es hinbekommen hast, Surrealismus, Romantik und Jugendstil miteinander zu vermischen und es gut aussehen zu lassen.«

»Offensichtlich bin ich ein Mann mit vielen Talenten«, scherzte Hunter, kam dann zu mir und umarmte mich von hinten. Das Kinn auf meinen Kopf gestützt, betrachtete er gemeinsam mit mir Klimts *Lebensbaum.*

»Was fühlst du, wenn du es betrachtest«, fragte er leise.

»Ich fühle mich winzig klein und unbedeutend«, antwortete ich und meine Stimme war kaum ein Flüstern. »Gleichzeitig gibt mir dieses Bild Hoffnung und den Eindruck, Teil von etwas Größeren zu sein.«

»So ging es mir beim ersten Betrachten auch«, gestand Hunter. »Aber jedes Mal, wenn ich es anschaue, fallen mir neue Details auf und ich fühle etwas anderes. Das finde ich so faszinierend an Kunst. Hundert Menschen können dasselbe Gemälde ansehen und es interpretieren und du kannst hundert verschiedene Antworten erhalten, ohne dass eine davon falsch sein muss.«

»Bist du gekommen, um mit mir über Kunst zu debattieren?«, fragte ich und drehte mich in seinen Armen um. Mit den Händen fuhr ich über seinen Rücken und ließ die Finger im Saum seiner Boxershorts verschwinden. Als ich meine Nägel in seinen Po grub, stöhnte Hunter leise.

»Nein«, raunte er. »Ich bin gekommen, um dir zu sagen, dass das Essen fertig ist. Aber wie es aussieht, muss das warten.«

Seine Härte drückte bemerkbar gegen meinen Bauch und ich seufzte wohlig, als Hunter mich mit sich auf die Couch zog.

Eine Stunde später lagen wir nackt und erschöpft nebeneinander. Wir hatten die Waffeln im Liegen gegessen und uns danach wieder aneinander gekuschelt. Die Zeiger der Wanduhr standen auf zehn. Draußen war es mittlerweile stockdunkel und immer weniger

Geräusche drangen von der Straße zu uns. Zumindest in diesem Teil der Stadt neigte sich der Tag dem Ende.

Bald wäre es für mich an der Zeit, aufzubrechen und nach Hause zu fahren, aber ich hatte keine Lust. Dennoch zwang ich mich dazu, mich aufzusetzen. Ein letztes Mal ließ ich den Blick über die Gemälde gleiten, dann, das nahm ich mir fest vor, würde ich schnell im Bad verschwinden, mich zurechtmachen und heimfahren. Unter keinen Umständen wollte ich mich aufdrängen.

»Weißt du, woran mich deine Bilder erinnern?«, fragte ich. Der Gedanke war mir vorhin schon gekommen.

»Woran?«, wollte Hunter wissen und beobachtete mich im Liegen. Er hatte die Arme hinter dem Kopf verschränkt, wodurch sich seine Bizepse verführerisch spannten. Die Decke hatte er nur bis über seinen Unterkörper gezogen und präsentierte mir seine perfekten Bauchmuskeln. Es war nicht leicht, sich von diesem Mann loszureißen.

»An diesen Film mit Audrey Hepburn. Mir will der Name nicht einfallen, aber ihr Vater spielt darin einen Kunstfälscher, der so begabt ist, dass er Originale aus Museen stiehlt und sie durch seine Bilder ersetzt und es niemandem auffällt.«

»Du meinst den, in dem sie sich in den Detektiv verliebt, der auf ihren Vater angesetzt wurde?«, fragte Hunter und grinste.

»Ja, genau den«, rief ich begeistert. »Wie hieß er noch gleich?«

»*Wie klaut man eine Million*«, beantwortete Hunter meine Frage und ich nickte anerkennend. Wenige Männer kannten Audreys Filme und wenn dann nur *Frühstück bei Tiffany's.*

»Genau, *Wie klaut man eine Million*«, wiederholte ich. »Großartiger Film.«

Während ich das sagte, stand ich auf und suchte meine Kleidung auf dem Boden zusammen.

»Sie ist eine begnadete Schauspielerin«, griff Hunter das Thema weiter auf.

Ich gab ein zustimmendes Murmeln von mir, während ich mir meine Unterwäsche anzog. Als nächstes streifte ich mir Rock und Bluse über.

»Kann ich kurz dein Badezimmer benutzen?«, fragte ich und Hunter nickte.

»Die Treppe rauf und dann die zweite Tür links.«

Als ich nach wenigen Minuten wieder runterkam, hatte Hunter seine Position nicht geändert. Ich hatte erwartet, dass er sich anziehen und mich zur Tür begleiten würde. Offensichtlich dachte er, dass ich den Weg raus auch alleine finden würde.

Ein wenig unbehaglich ging ich zur Couch und klaubte meine Handtasche vom Boden auf.

»Also dann«, sagte ich und räusperte mich. »Ich sollte gehen.«

Einen kurzen Moment sah Hunter mich an. Es wirkte, als würde er zwei Optionen gegeneinander abwägen. »Bleib«, sagte er schließlich, richtete sich auf und griff nach meiner Hand.

»Was?«, fragte ich verwirrt, ließ aber zu, dass er mich auf die Couch zog, wo ich am Rand zum Sitzen kam.

»Bleib und sieh dir mit mir *Wie klaut man eine Million* an. Ich habe den Film in meiner Sammlung.«

Ich starrte ihn perplex an.

»Du ...du willst ...«, setzte ich an, brach jedoch ab.

»Ja«, beantwortete Hunter meine unausgesprochene Frage. »Bleib noch eine Weile hier. Wir sehen uns den Film an und danach fahre ich dich nach Hause.«

Der rational denkende Teil meines Gehirns meldete sich zu Wort und machte mich darauf aufmerksam, dass dies hier ganz eindeutig und ohne Zweifel ein Date war und dass ich Hunter darauf ansprechen sollte. Hatte er nicht gesagt, dass er mir nicht mehr als Sex anbieten konnte? Gemeinsam Waffeln zu essen war schon mehr gewesen. Aber sich einen Film anzusehen ...

Aber hatte ich nicht genau darauf gehofft? Dass es zwischen uns automatisch so werden würde, weil Hunter und ich uns zueinander hingezogen fühlten? Warum also hinterfragen, wenn sich mein Wunsch erfüllte?

Ich schaltete den rational denkenden Teil meines Gehirns ab und überließ meinem Herzen die

Entscheidung Und das befahl mir zu bleiben und mir an Hunter geschmiegt einen Audrey-Hepburn-Film anzuschauen.

Kapitel -29-

Jane

Ich hatte kaum Zeit gehabt zu blinzeln, da war meine dritte Woche bei *Denton* fast vorbei. Am Montag hatte es ein weiteres Teammeeting zur Expansion gegeben, bei dem meine Idee mit dem Verpackungsfenster nochmal diskutiert wurde. Die beiden anderen Projekte betreute ich ebenfalls weiter, wodurch ich mich ausgelastet, fast schon überfordert fühlte. In meiner ersten Woche hatte ich mich gelangweilt, jetzt fühlte es sich an, als läge diese Zeit schon eine Ewigkeit zurück, so voll war mein Terminplan seitdem. Aber meine Arbeit machte mir Spaß. Zwar nahm ich fast jeden Abend Akten mit nach Hause oder blieb länger im Büro, aber Siobhan war zufrieden mit mir. Ich selbst war zufrieden mit mir und sogar die Männer, die mich vorher nicht im Expansionsteam hatten haben wollen, schienen mir gegenüber mit jedem Tag weniger abgeneigt.

Hunter und ich gingen es langsam an. Zweimal hatte ich ihn seit dem letzten Treffen zuhause besucht. Nach Anbruch der Dunkelheit, damit ich von niemandem gesehen wurde. Es fühlte sich falsch an, diese Heimlichtuerei. Ich wollte mehr, ein richtiges Date, und ich nahm mir fest vor, ihn bald darauf anzusprechen. Obwohl mein Magen sich bei dem bloßen Gedanken an seine Reaktion verkrampfte.

Am Donnerstag saß ich zum ersten Mal seit Tagen mit meinen Freundinnen beim Frühstück. Zwischen ihren stressigen Jobs und meinen geheimen Treffen mit Hunter hatten wir kaum Gelegenheit, uns zu sehen. Außerdem wurde ich das Gefühl nicht los, dass die beiden ebenfalls mit etwas zu kämpfen hatten. Mein Verdacht wurde bestätigt, als ich Charly an diesem Morgen dabei beobachtete, wie sie ihren Toast malträtierte.

»Charly, was genau tust du da?«, fragte ich und sah, dass Cosima ebenfalls die Stirn gerunzelt hatte.

»Ich schmiere Butter auf meinen Toast. Ist das nicht offensichtlich?«, antwortete Charlotte mit zusammengebissenen Zähnen.

»Für mich sieht es eher so aus, als würdest du deinen Ärger an einem armen Stück Brot auslassen«, mischte Cosima sich belustigt ein.

»Möglich«, lautete die knappe Erwiderung.

Ich seufzte und musterte meine Freundinnen. Charlotte war eher der schweigsame Typ. Dass sie etwas belastete, war offensichtlich, aber bereits in unserer Teenagerzeit hatte sie ihre Probleme mit sich selbst ausgemacht. Doch Cosima konnte ich genau ansehen, wie sehr sie die Situation zwischen uns mitnahm. Für sie war es anders. Nachdem sie drei Jahre lang umhergereist war, musste sie mit ganz anderen Erwartungen nach

New York gekommen sein. Wir waren diesen Schritt zu dritt gegangen, um uns gegenseitig zu unterstützen, und sahen uns jetzt kaum. Von uns allen musste das Cos am meisten belasten. Auch ich vermisste meine Freundinnen und die Zeit mit ihnen.

»Okay, wisst ihr was, wir haben alle eindeutig schlechte Laune«, rief ich und klatschte motiviert in die Hände. »Das müssen wir ändern. Vorschläge?«

»Was haltet ihr von einem Mädelsabend?«, rief Cosima begeistert. Früher hatten wir das ständig gemacht. Filme, Essen und Reden, bis uns die Augen zufielen. »Wir sehen uns ein paar Filme an und machen uns etwas Leckeres zu essen.«

Ich nickte und Charly nuschelte »Klingt gut«, weil sie den Mund voller Toast hatte.

»Dann ist es beschlossene Sache«, verkündete Cosima feierlich. »Heute nach der Arbeit. Treffpunkt: unsere Wohnung.«

Der Tag verging wie jeder andere in dieser Woche. Hunter ignorierte mich, um keinen Verdacht zu erregen. Devon startete einen weiteren Versuch, mich auf ein Date einzuladen und ich ging Anna aus dem Weg, weil mich bei ihrem Anblick jedes Mal das schlechte Gewissen packte und ich fürchtete, mich wegen Hunter zu verplappern. Was sie offensichtlich merkte, denn als ich Feierabend machte und zu den Aufzügen ging, holte sie mich ein.

»Jane, endlich erwische ich dich«, sagte sie und lief neben mir her. »Wenn ich es nicht besser wüsste, würde ich sagen, dass du mir aus dem Weg gehst.«

Sie sah mich forschend an und ich wich ihrem Blick aus, indem ich den Aufzug rief.

»Warum sollte ich?«, fragte ich und bemühte mich, überrascht zu klingen. »Ich hatte diese Woche nur unglaublich viel zu tun.«

Anna wirkte nicht überzeugt. »So viel, dass du meine Nachricht nicht beantworten konntest?«

Ich erstarrte und spürte, wie mir warm im Gesicht wurde. »Ach, du hast mir geschrieben? Das habe ich gar nicht gesehen«, behauptete ich mit hoher Stimme und wieder, ohne Anna dabei anzusehen. Gott im Himmel, ich war die schlechteste Lügnerin aller Zeiten.

Anna gab einen Laut, halb Grunzen, halb Schnauben, von sich. Die Türen vor uns öffneten sich mit einem *Pling* und wir stiegen gemeinsam ein. Gerade, als sie sich schließen wollten, hielt jemand seinen Fuß dazwischen, sodass sie polternd wieder aufgingen.

Selbstverständlich, weil mein Karma mich hasste, war es Hunter. Einen Moment sah er Anna und mich überrascht an, dann nickte er uns knapp zu und stellte sich mit dem Rücken zu uns in den Aufzug.

Die Fahrt runter war die Hölle. Anna sah die ganze Zeit

zwischen Hunter und mir hin und her. Dieser ignorierte mich und ich fragte mich, ob der Aufzug eventuell mit einem Fluch belegt war, weil hier keine Woche ohne eine peinliche, unangenehme Fahrt verging.

Als wir unten ankamen, verließ Hunter uns ohne einen Abschiedsgruß, was für einen Boss recht auffällig war und ließ mich mit Anna zurück, die einen Ausdruck in den Augen hatte, der mir überhaupt nicht gefiel.

Wenn sie eins und eins zusammenzählte …

»Jane«, begann sie vorsichtig und zog meinen Namen in die Länge. »Was …«

»Muss mich beeilen«, rief ich hektisch. »Verpasse sonst meine Bahn.«

Mit diesen Worten und ohne mich nochmal umzudrehen, rannte ich durch die Lobby nach draußen. Ich wusste, dass ich Annas Fragen nicht ewig aus dem Weg gehen konnte, aber heute war ich nicht bereit für dieses Gespräch.

Kapitel -30-

Jane

Ich war vor meinen Freundinnen zuhause, weswegen ich mich schonans Kochen machte. Unterwegs hatte ich eingekauft, weil ich die Gelegenheit nutzen wollte, um etwas Gesundes zu kochen. Normalerweise legte ich großen Wert auf eine ausgewogene Ernährung und liebte es, mich in der Küche auszutoben. Aber durch den stressigen Job und die nächtlichen Treffen mit Hunter hatten sich meine Essgewohnheiten in den letzten Wochen radikal verschlechtert. Durch das ganze Fast Food und das übersalzene Essen aus den Restaurants im Rockefeller Center fühlte ich mich aufgedunsen. Auch wenn unsere Küche nicht optimal ausgestattet war und einige der alten Schranktüren bereits schief in den Angeln hingen, genoss ich es, wieder mit frischen Lebensmitteln zu arbeiten.

Außerdem lenkte mich das Kochen von dem Zwischenfall mit Anna ab. Ich wollte gar nicht darüber nachdenken, wie der Satz weitergegangen wäre, wäre ich ihr nicht ins Wort gefallen.

Als ich zwischendurch auf mein Handy schaute, entdeckte ich eine Nachricht von Cos. Sie schaute noch schnell beim Minimarkt vorbei, um Pepsi und Snacks zu besorgen. Kurz darauf drehte sich der Schlüssel im

Türschloss und eine müde aussehende Charlotte betrat die Wohnung.

»Das riecht köstlich«, rief sie, während sie sich die Schuhe abstreifte und ihre Handtasche auf einem Stuhl abstellte. Ihr langes blondes Haar hatte sie zu einem strengen Zopf gebunden und sie trug, völlig unpassend zu ihrer Wahnsinnsfigur, ein graues Strickjäckchen über ihrer Arbeitskleidung.

»Da bist du ja«, freute ich mich. »Du hast das perfekte Timing. Essen ist gleich fertig. Cos ist schnell zum Mini-Markt an der Ecke gelaufen und holt uns eine Flasche Pepsi und Snacks.«

Charly kam zu mir in die Küche, lugte in den Backofen und atmete mit geschlossenen Augen den köstlichen Duft ein.

»Vegetarische Lasagne«, erklärte ich. Ich hatte mich dafür entschieden, weil ich wusste, wie ungern Cos Fleisch aß, wenn sie nicht genau wusste, woher es kam. »Und das in der zweiten Auflaufform sind Möhren in Honigmarinade. Außerdem gibt es einen schönen Beilagensalat.«

»Wow«, staunte Charlotte. »Du hast dich selbst übertroffen.«

»Ach«, winkte ich ab. »Das ist nichts, nur eine Kleinigkeit.« Insgeheim freute ich mich riesig über die Worte. Lächelnd widmete ich mich dem Dressing für den Salat, während Charly begann den Tisch zu decken.

»Jetzt müssen wir nur noch auf Cosima warten«, sagte ich und schaltete den Ofen aus, damit die Lasagne nicht verbrannte. »Hoffentlich kommt sie bald, ich bin am Verhungern.«

Fast im selben Moment betrat Cos die Wohnung. »Sorry, Mädels«, rief sie und kickte ihre Schuhe in eine Ecke, was ich mit zusammengekniffenem Mund beobachtete. »Im Mini-Markt war die Hölle los. Keine Ahnung, wieso.«

Kurz darauf saßen wir alle auf unseren klapprigen Stühlen um unseren Esstisch herum und machten uns über unser Essen her. Und obwohl unsere Wohnung sich in einem katastrophalen Zustand befand, nicht unbedingt gemütlich war und dringend eine Reinigung benötigt hätte, spürte ich, wie ich mich entspannte und der Stress der letzten Tage langsam von mir abfiel. In solchen Momenten wusste ich ganz genau, weswegen ich mit Charly und Cosima nach New York gekommen war. Sie waren meine ruhige Insel in stürmischen Gewässern. Schon immer gewesen.

»Also, wir haben *Wedding Planner, 27 Dresses, Manche mögen's heiß, Shaft* oder *Die unendliche Geschichte*«, präsentierte uns Cos nach dem Essen ihre spärliche DVD-Sammlung. Die merkwürdige Zusammensetzung der Filme wunderte mich längst nicht mehr, denn ich wusste, dass Cosimas Geschmack sich in alle Himmelsrichtungen erstreckte, je nachdem, in welcher Stimmung sie sich gerade befand.

»Ich bin für *Wedding Planner«,* sagte ich. »J.Lo ist einfach bezaubernd.«

»Wirklich? Ich finde *Die unendliche Geschichte* toll«, widersprach Charly. »Den habe ich als Kind regelmäßig angeschaut.«

Am Ende einigten wir uns darauf, beide Filme nacheinander zu schauen. Mit Chips, Schokolade und Kerzen machten wir es uns auf der Couch, die eigentlich Cosimas Bett war, gemütlich, während das Intro von *Wedding Planner* ablief. Wir kannten den Film alle aus unserer Kindheit. Unnötig zu erwähnen, wie alt wir uns bei dem Anblick fühlten.

Es war komisch, aber im Alltag entfiel einem völlig, wie schnell die Zeit verging. Erst wenn man sich alte Fotos oder alte Filme anschaute, Songs von früher hörte und bis dahin vergessene Erinnerungen wieder an die Oberfläche fanden, wurde einem klar, wie viel Zeit vergangen war. Und wie sehr man sich verändert hatte. Ein schönes, aber gleichzeitig beängstigendes Gefühl, weil es mich auch daran erinnerte, dass man jeden Tag genießen sollte. Denn am Ende verstrichen die Jahre schneller, als einem bewusst war.

»Könnt ihr glauben, dass J.Lo mittlerweile fünfzig Jahre alt ist?«, fragte Cosima in die Runde. Ich dachte an die Bikinifotos von ihr, die ich erst vor ein paar Wochen auf dem Cover einer Klatschzeitschrift gesehen hatte.

»Und sie hat einen besseren Körper als ich mit fünfundzwanzig«, kommentierte ich trocken. Nicht nur, dass der stressige Job mich zwang, Fast Food zu essen. Gelegenheiten zum Sport zu gehen ergaben sich auch keine mehr.

»Ich meine, ich könnte die Chips weglassen«, fuhr ich fort. »Aber mal im Ernst … lohnt sich das?«

Anna hatte die perfekte Figur, kein Gramm überschüssiges Fett am Körper und sah jeden Tag aus, als wäre sie vom Cover der Vogue direkt ins Büro gesprungen. Dennoch hatte es sie nicht davor bewahrt, das Herz gebrochen zu bekommen. Frauen rackerten sich im Fitnessstudio ab, um Männern oder der Gesellschaft zu gefallen, aber dabei ging es nie um wahre Liebe, Freundschaft oder Anerkennung, sondern nur um Oberflächlichkeiten.

»Na ja, die Männer im wahren Leben sehen auch nicht aus wie Matthew McConaughey und benehmen sich auch nicht so«, meinte Cosima und verzog das Gesicht. Charly und ich nickten zustimmend. Die meisten Kerle bei uns im Büro waren kein Adonis. Bis auf Hunter …

»Schön wär's«, stieß Charly so abfällig hervor, dass es ihr skeptische Blicke von uns einbrachte.

»Raus mit der Sprache«, bohrte Cosima sofort nach und ich lehnte mich interessiert auf der Couch vor.

»Ich meine nur, dass er im Film zu seinen Gefühlen steht. Er gesteht, dass er sich an dem Abend beim Tanzen zu ihr hingezogen gefühlt hat. Auch wenn es unter den Umständen nicht so hätte sein sollen. Das finde ich … mutig.«

»Mhm. Um wen geht's«, ließ Cos sich nicht beirren. Wenn sie einmal eine Fährte aufgenommen hatte, ließ sie nicht locker.

»Um niemanden. Ich habe über Männer im Allgemeinen gesprochen«, log Charly so schlecht, dass es sogar mir auffiel, und ich war für gewöhnlich der naivste Mensch der Welt. Statt uns anzusehen, wickelte sie sich eine blonde Haarsträhne um den Finger, die sich aus ihrem Zopf gelöst hatte.

»Pf«, machte ich abfällig. »Hältst du uns für dumm? Wir merken seit Tagen, dass mit dir etwas nicht stimmt.«

Sie kam spät nach Hause, redete kaum mit uns und hatte schlechte Laune. Es war unübersehbar, dass sie etwas beschäftigte.

»Mit euch auch nicht«, schimpfte Charlotte plötzlich.

»Es geht nicht um uns, sondern um dich«, lenkte Cos schnell ab und ich sah sie kurz misstrauisch an. Nicht, dass es mich störte, das Thema von mir wegzulenken, aber Cos beeilte sich doch etwas zu sehr damit. »Also, von welchem Mann reden wir?«

»Matthew McConaughey«, versuchte Charlotte es schwach, erntete dafür aber nur böse Blicke.

Seufzend gab sie nach und erzählte uns, was los war. Sie hatte ihren Boss geküsst, der sie offensichtlich mochte, ihr im Büro aber aus dem Weg ging und sie ignorierte. Die Geschichte kam mir verdammt bekannt vor und ein unangenehmes Gefühl breitete sich in meiner Magengegend aus.

Außerdem berichtete sie uns von einer Kollegin, die sich ihr gegenüber ganz offensichtlich feindselig verhielt. Noch etwas, was mir nicht fremd war. Nur dass es bei mir eine Horde chauvinistischer, frauenfeindlicher Männer war.

»Was soll ich nur tun?«, fragte Charlotte verzweifelt. »Ich mag ihn.«

Sie war von der Couch aufgestanden und starrte aus dem Fenster in die Nacht. Ihre Stimme klang tieftraurig und sie ließ die Schultern betrübt hängen. Sofort waren Cos und ich an ihrer Seite. Ich legte einen Arm um sie und zog sie an mich.

»Du sagst, er steht auf dich und dass die Küsse von ihm aus gekommen sind«, fasste Cosima zusammen. »Also kann er sich nicht so gut beherrschen, wie er es behauptet.«

»Na ja«, widersprach Charly. »Als er mich die ganze Woche ignoriert hat, sah das nicht so aus.«

»Du musst ihn in einer lockeren Umgebung treffen«, schlug ich vor. »Im Büro wird er zu sehr an seine Position als dein Chef erinnert.«

Hunter ging mir bei *Denton* auch aus dem Weg, aber wenn wir in seiner Wohnung waren, verwandelte er sich in einen anderen Mann. Zärtlich und leidenschaftlich.

»Und dann? Was mache ich, wenn ich ihn in so einer Umgebung habe?«, wollte Charlotte wissen und ich fragte mich, woran sie dabei dachte.

»Du verführst ihn«, sagte Cos, als läge die Antwort auf der Hand. »Er fährt eindeutig auf dich ab und jede Selbstbeherrschung hat ihre Grenzen.«

Ich überlegte, ob dasselbe auch auf Hunter und seine Einstellung zu Dates zutraf. Gegen Sex mit mir hatte er nichts einzuwenden. Aber je länger ich meinen Freundinnen zuhörte und darüber nachdachte, desto klarer wurde mir, wie ungern ich so weitermachen wollte. Ich brauchte mehr, als ein paar gestohlene Augenblicke. Ich wollte ein richtiges Rendezvous. Ich wollte umworben werden.

»Also gut«, sagte Charly entschlossen und riss mich damit aus meinen Gedanken. »Ich tue es. Ich verführe meinen Boss.« Ich hatte einen Teil des Gesprächs verpasst, klatschte aber begeistert mit, als Cosima es tat.

»O mein Gott, Charly wird als erste von uns in New York Sex haben«, jubelte ich und fühlte mich dabei dermaßen verlogen. Aber irgendwas musste ich sagen und meine Angst, dass das Thema doch irgendwie auf mich gelenkt werden könnte, war zu groß.

»Ist das ihr Ernst?«, sagte Charly trocken an Cosima

gewandt, die plötzlich ganz still geworden war. Auffällig still.

»Cooooos?«, fragte Charly langgezogen. »Du verheimlichst uns was!«

Cos wich unseren Blicken aus und quetschte sich zwischen uns hindurch in die Küche, um sich ein Glas Wasser zu holen.

»Ihr seid verrückt«, plapperte sie aufgeregt. »Ich verheimliche euch nichts.«

Charlotte und ich sahen einander an. »Du hattest Sex!«, riefen wir im Chor. Ich war gleichermaßen überrascht und erleichtert, dass ich nicht die Einzige war, die in New York einen Mann kennengelernt hatte.

»Gut, dass das jetzt auch die Nachbarn wissen«, ärgerte Cosima sich über uns. Stritt es jedoch nicht ab.

»O mein Gott, also stimmt es?«, schrie ich und stürzte auf sie zu. »Wer? Wie heißt er? Wie sieht er aus? Wann habt ihr es getan? Ich muss alles wissen!«

Genau genommen war ich die Letzte, die neugierig sein durfte. Wo ich selbst so viel vor meinen Freundinnen verheimlichte. Aber vielleicht würde ich es so schaffen, mich ihnen gegenüber zu öffnen. Wenn das Thema erst einmal angeschnitten war … eventuell ergab sich ja die Möglichkeit. Vorhin hatte ich nicht darüber reden wollen, aber durch Cosimas Offenbarung stand ich nicht mehr alleine da und der Gedanke, dass ich meinen Freundinnen gestehen musste, wie lange ich sie wegen Hunter bereits belogen hatte, fühlte sich nicht mehr unmöglich an.

Aber Cosima wollte nichts preisgeben. Sie wimmelte all unsere Fragen ab und schwieg eisern.

»Ich gehe duschen, danach lege ich mich schlafen«, teilte sie uns entschlossen mit. Enttäuscht ließ ich den Kopf hängen, denn als sie ging und Charlotte sich ebenfalls in ihr Zimmer zurückzog, verstrich jede Gelegenheit, mich meinen Freundinnen zu öffnen und sie um Rat zu fragen.

Als ich an diesem Abend im Bett lag und nur schwer Schlaf fand, beschloss ich, dass ich mit Hunter reden musste. Ich wollte nicht länger seine Büroaffäre sein. Morgen … morgen würde ich mit ihm reden.

Kapitel -31-

Hunter

»Vielen Dank, Leute. Das war's für heute. Jeder weiß, was er über das Wochenende zu erledigen hat. Den Rest besprechen wir am Dienstag«, beendete ich am Freitagabend das Treffen zur Expansion. Mit dem ausgewählten Team war ich sehr zufrieden. Jeder hängte sich voll rein und keiner beschwerte sich, dass er an einem Freitag Überstunden machen musste. Mittlerweile war es bereits zweiundzwanzig Uhr, aber als ich ihre Gesichter musterte, entdeckte ich in keinem davon Verärgerung. Alle wirkten motiviert, denn das Projekt, an dem wir arbeiteten, war eine große Chance für jeden.

Mein Blick blieb an Jane hängen. Devon Kinkaid stand bei ihr, sie hatten die Unterlagen auf dem Tisch ausgebreitet und redeten leise darüber, während die Anderen ihre Sachen zusammenpackten und den Raum nach und nach verließen.

Ich musste gestehen, dass mir mein Arrangement mit Jane mehr als gut gefiel. Wir hatten uns in der letzten Woche beinahe jeden Abend getroffen. Der Sex mit ihr war hervorragend und im Büro ignorierten wir einander. Unkompliziert. Unverbindlich. Dabei genoss ich selbst die Unterhaltungen, die wir führten, wenn ich sie nachts heimfuhr. Das ließ ich mir nicht nehmen, zum einen, weil ich nicht wollte, dass Jane um die Uhrzeit alleine U-Bahn fuhr, zum anderen, weil ich diese Zeit mit ihr genoss. Jane war eine intelligente Frau und ihre Gedanken und Ideen interessierten mich. Und wenn wir im Auto noch ein wenig miteinander redeten, verstieß das gegen keine meiner Regeln. Auch nicht, wenn ich dabei manchmal einen Umweg nahm, langsam fuhr oder ein paar Minuten länger vor ihrer Haustür stand, als unbedingt nötig gewesen wäre.

In ihrem Businessoutfit, das aus einem dunkelblauen Bleistiftrock und einer weißen Bluse bestand, sah sie hinreißend aus. Ihr Haar hatte sie zu einem strengen Dutt zusammengebunden, aber meine Fantasie spielte mir lebhaft vor, wie es aussehen würde, wenn sie auf meinem Schoß säße, den Rock bis zu den Hüften hochgeschoben, die Bluse aufgeknöpft und das Haar offen, sodass ich mit den Fingern hindurchfahren konnte.

In dem Moment trafen sich unsere Blicke und Jane errötete, als könnte sie meine Gedanken lesen.

»Miss Hale«, sagte ich laut genug, dass sie und Kinkaid mich vom anderen Ende des Konferenzraumes aus hören konnten. »Wenn Sie dort fertig sind, kommen Sie bitte zu mir. Ich habe den Kostenvoranschlag und das Design für die neuen Verpackungen erhalten und möchte beides mit Ihnen durchgehen.«

In Wirklichkeit wollte ich ganz andere Dinge tun und Jane wusste genau, was ich im Sinn hatte. Als sie nickte, knabberte sie nervös an ihrer Unterlippe und schickte damit sämtliches Blut aus meinem Kopf in meine unteren Regionen.

Die zwei bis drei Minuten, die Kinkaid benötigte, um das Feld zu räumen, fühlten sich wie eine Ewigkeit an.

Jane und ich warteten eine Weile, bis wir sicher waren, dass er gegangen war und wir als Einzige in der Firma zurückblieben. Erst dann gingen wir in mein Büro, wo ich die Tür hinter uns abschloss.

Ungeduldig führte ich sie zur Couch, wo ich mich auf das kalte Leder sinken ließ und Jane auf meinen Schoß zog. Ihr Rock schob sich automatisch an ihren Schenkeln hoch, so, wie ich es mir in meiner Fantasie vorgestellt hatte. Mit meinen Händen fuhr ich über ihre weiche Haut. Auf ihren zarten Beinen wirkten meine Hände groß und rau. Dann machte ich mich an den winzigen Knöpfen ihrer Bluse zu schaffen und stellte zufrieden fest, dass ihr Atem schnell und unregelmäßig ging. Ein Hauch ihres Lavendelduftes drang mir an die Nase. Als ich den Ansatz ihrer Brüste entblößte, drückte mein Schwanz ungeduldig gegen meine Stoffhose und erinnerte mich daran, wie dringend ich in ihr sein wollte.

Doch ein letzter Punkt fehlte noch und den ließ ich mir nicht nehmen. Sanft löste ich den Dutt und befreite ihre wilden Locken, die sich sofort um ihren Kopf verteilten.

Janes Blick war verschleiert, ihre Lider lustvoll gesenkt, als ich meine Finger in ihrer Lockenpracht vergrub und sie zu einem stürmischen Kuss an mich zog. Ich hatte lange genug gewartet.

***

Weder richtig nackt, noch vollständig angezogen, lagen wir nebeneinander auf dem Boden und rangen um Atem. Was auf dem Ledersofa begonnen hatte, war auf meinem Schreibtisch und dann auf meinem Boden fortgeführt worden. Wenn es um Jane ging, war ich unersättlich. Ich konnte mich nicht daran erinnern, dass es mir mit einer Frau jemals so ergangen war.

Als ich sie danach im Arm hielt und ihre Haare mich am Hals kitzelten, während ich mit dem Finger träge Kreise über ihren Rücken zog, durchschoss mich eine Erkenntnis. All die Jahre hatte ich Menschen mit ihrem Wunsch nach einer Beziehung nicht verstehen können. Sex hatte mir immer alles gegeben, was ich brauchte. Aber in diesem Moment, mit Jane dicht an meiner Seite, breitete sich ein neues Bedürfnis in mir aus. Eines, das ich nicht benennen konnte, das mir aber verdammt große Angst einflößte.

»Was hältst du davon, wenn wir uns um die Ecke eine Pizza holen?«, fragte Jane schläfrig. »Ich habe zwar keine Lust, mich zu bewegen, aber ich sterbe vor Hunger.«

Zu schnell richtete ich mich auf, sodass Jane von

meiner Brust rutschte und unsanft auf dem Boden landete.

»Tut mir leid«, murmelte ich, rappelte mich auf und begann damit, meine Kleidung zu richten.

»Hunter?«, fragte Jane unsicher und stand ebenfalls auf, um sich den Rock glattzustreichen und die Bluse zuzuknöpfen. »Habe ich etwas Falsches gesagt?«

Nein, hatte sie nicht. Aber ich hatte etwas Falsches gedacht.

»Wir hatten eine klare Abmachung«, fuhr ich sie an, anstatt ihr die Wahrheit zu sagen. Dass ich mich zu ihr hingezogen fühlte, mehr, als ich anfangs beabsichtigt hatte, und dass mir das eine Scheißangst einjagte.

»Aber … wir haben schon öfter zusammen gegessen. Ich dachte nicht, dass das ein Problem sein würde«, bemerkte sie leise.

»Ja, und das war ein Fehler«, regte ich mich weiter auf. »Ab sofort werden wir das lassen. Unsere Treffen werden sich rein auf Sex beschränken, so, wie wir es vereinbart hatten.«

Als ich Jane ansah, traf mich ihr schockierter Gesichtsausdruck mitten ins Herz. Ich wusste, wie sehr ich sie mit meinen Worten verletzte. Gott, ich war ein Mistkerl. Mein einziges Problem war, dass ich unfähig war, keine Gefühle für Jane zu entwickeln. Es war schon in Chicago so gewesen. Wie hatte ich glauben können, dass es mir dieses Mal gelingen würde? Ich hätte sie wegschicken sollen, sofort. Und die Sache zwischen uns beenden, ein für alle Mal. So wie ich es mit Anna getan hatte. Aber ich brachte es nicht über mich, denn das würde bedeuten, dass ich Jane verlor. Dass sie irgendwann über mich hinwegkommen und einen anderen kennenlernen würde. Eventuell gäbe sie sogar diesem Kinkaid eine Chance, wenn ich nicht mehr im Weg stand.

Nein, das konnte ich nicht. Ich konnte Jane nicht gehen lassen. Sie bei mir zu behalten war zwar egoistisch, denn ich konnte ihr nicht geben, was sie brauchte, trotzdem versuchte ich, sie bei mir zu halten.

Ich ging zu ihr, nahm ihr Gesicht in die Hand und hauchte ihr einen Kuss auf die Lippen.

»Ich wollte dich nicht so anfahren«, entschuldigte ich mich. »Mir war nur wichtig, dass du unsere Abmachung nicht vergisst. Was hältst du davon, wenn ich dich heimfahre und wir holen dir auf dem Weg etwas zu essen?«

Jane nickte schwach und wollte sich abwenden, aber ich hielt sie fest.

»Alles in Ordnung?«, fragte ich und sah sie eindringlich an. Ihre Augen glitzerten feucht, aber ich redete mir ein, dass es nur die Reflexion von den hereinscheinenden Lichtern der Stadt war.

Als Jane mir nicht antwortete, küsste ich sie. So lange, bis sie meinen Kuss erwiderte und mir mit ihren Lippen die Antwort gab, die ich brauchte. Dass zwischen uns alles in Ordnung war. Dass sie nicht weggehen würde, auch wenn ich nicht der Mann war, den sie an ihrer Seite brauchte.

Kapitel -32-

Jane

»Guten Morgen, Miss Hale. Sie sehen müde aus«, begrüßte Siobhan Morris mich am Montag. Als ich am Morgen ins Büro gekommen war, hatte ich eine Mail von ihr im Posteingang gehabt, in der sie mich bat, sofort zu ihr zu kommen.

»Ich habe heute Nacht schlecht geschlafen. Vollmond, da geht es mir immer so«, log ich. Dass ich einen furchtbaren Anblick abgab, wusste ich. Mrs. Morris war nicht die Erste, die mich darauf ansprach. Cos, Charly, Anna und Devon war es in den letzten Tagen ebenfalls aufgefallen und ich hatte allen dieselbe Ausrede aufgetischt. Dabei war es Hunters verletzendes Verhalten, das mich am Wochenende meinen Schlaf gekostet hatte. Ich war nicht einmal dazu gekommen, ihn um ein Date zu bitten. Er war bei dem bloßen Gedanken an ein Stück Pizza ausgerastet und ich konnte mir nicht einmal erklären, weshalb er mich plötzlich so auf Abstand hielt. Wir hatten weit intimere Situationen miteinander erlebt. *Er* war derjenige gewesen, der Waffeln für mich hatte backen wollen. Ich verstand ihn nicht. Aber was ich verstand, war, dass der Schmerz in meiner Brust von einem gebrochenen Herzen kam.

»Meine Tochter hat dasselbe Problem«, bemerkte

meine Vorgesetzte und deutete mir an, mich hinzusetzen. Ihr Büro war deutlich kleiner als Hunters, aber größer als meins. Allerdings mit demselben Parkett und denselben Möbeln ausgestattet. Nur, dass ich hier noch einen Kaffeevollautomaten sah, sodass Siobhan für ihren Kaffee nicht in den Pausenraum gehen musste. Außerdem stand in der Ecke ein kleiner Konferenztisch mit einem Projektor, der auf die Wand gerichtet war.

»Sie wollten, dass ich herkomme«, sprach ich den Grund für meinen Besuch an, denn mir war gerade nicht nach Smalltalk. Mein Schädel brummte von der verheulten Nacht, oder besser gesagt den Nächten, und meine Augen fühlten sich angeschwollen und verklebt an.

»Es geht um die Expansion«, sagte Mrs. Morris und sah mich über den Tisch hinweg an. Die Handflächen hatte sie aneinandergelegt und machte ein ernsteres Gesicht als sonst. »Wir benötigen jemanden, der vor Ort eine ausgiebige Marktanalyse macht. Die Märkte und Absatzwege müssen ausgekundschaftet und das Kaufverhalten der Konsumenten beobachtet und ausgewertet werden.«

Ich nickte und hatte keine Ahnung, worauf sie hinauswollte. Dass diese Aufgaben bei einer Expansion anfielen, war mir nicht neu. Aber was das mit mir zu tun hatte, wusste ich nicht.

»Ich möchte Sie dafür vorschlagen«, beantwortete

Siobhan meine Frage, bevor ich sie gestellt hatte. Überrascht und sprachlos sah ich sie an. »Was sagen Sie dazu?«

»Ähm …«, war alles, was ich herausbrachte. Sie wollte, dass ich nach Europa ging? Ich war doch noch keinen vollen Monat hier. Zwar hatte ich auf Dienstreisen gehofft, um ein bisschen was von der Welt zu sehen, aber gleich Europa?

Ich brachte kein Wort hervor, deswegen übernahm meine Vorgesetzte das Sprechen. »Sie haben sicher viele Fragen, aber lassen Sie mich Ihnen zunächst alles erklären. Damit beantworten sich schon einige. Zunächst würden Sie für einen Monat wegbleiben und sich einen Überblick verschaffen. Vor Ort gibt es geeignete Marktforschungsinstitute, mit denen wir zusammenarbeiten können. Sie leiten alles in die Wege, kommen dann wieder und fliegen einige Wochen später erneut. Sie wären nie länger als einen Monat am Stück dort. Wie klingt das für Sie?«

Großartig und gleichzeitig furchtbar. »Ich … ich bin mir nicht sicher«, antwortete ich. Einerseits wollte ich diese Chance ergreifen, andererseits fürchtete ich mich davor. Was würden meine Eltern sagen? Ich hatte meine Mutter bereits wegen New York anlügen müssen. Was würde sie dann von Europa halten? Und Charlotte und Cosima, würden sie sich für mich freuen oder sich im Stich gelassen fühlen? Und wenn ich wirklich ging, was bedeutete das für Hunter und mich?

»Sie müssen sich nicht sofort entscheiden«, sagte Siobhan verständnisvoll.

Etwa eine halbe Stunde redeten wir weiter und sie gab mir alle Informationen, die ich brauchte. Als ich ihr Büro verließ, rauchte mein Kopf.

Ich hatte mich auf der Damentoilette eingeschlossen, mich auf dem Klositz zusammengekauert und das Gesicht in den Händen vergraben. Der aggressive Geruch von Putzmitteln drang mir an die Nase und ich fühlte mich erbärmlich. Statt in mein Büro zurückzugehen, war ich hierher geflüchtet. Mein Kopf war ein einziges Durcheinander. Vor lauter Verzweiflung und Ratlosigkeit musste ich schon wieder heulen, obwohl ich längst ausgedörrt sein müsste.

»Jane?«, hörte ich Anna behutsam fragen und erschrak, weil ich nicht mitbekommen hatte, dass jemand die Toilette betreten hatte. »Komm raus, Süße und sag mir, was los ist.«

»Alles in Ordnung«, krächzte ich mit verstopfter Nase.

»Mhm«, machte Anna ungläubig. »Das sehe ich anders. Ich warte seit zehn Minuten vor der Tür auf dich, weil ich mitbekommen habe, wie du hier reingerannt bist. Ich mache mir Sorgen.«

Am Ende war es ihr liebevoller Tonfall, der mich dazu

brachte, meine Mauern fallen zu lassen. Ich schloss die Tür auf, verließ die Kabine und ließ zu, dass Anna mich in den Arm nahm und festhielt. An ihre Schulter geschmiegt weinte ich mich aus. Erst als ich das Gefühl hatte, nicht mehr an meinen eigenen Emotionen ersticken zu müssen, löste ich mich von ihr.

»Tut mir leid«, beteuerte ich und deutete auf ihre rote Seidenbluse, die ich mit meinen Tränen ruiniert hatte. Anna winkte gelassen ab, als hätte sie kein Vermögen gekostet.

»Halb so wild. Die kann man waschen. Erzähl mir lieber, was los ist.«

Auf der Damentoilette, zwischen dem Geruch von Putzmitteln und einem tropfenden Wasserhahn, schüttete ich Anna mein Herz aus. Ausgerechnet der Frau, die von Hunter verletzt worden war, erzählte ich von meiner Affäre mit ihm. Welch Ironie des Schicksals, dass es vor nur drei Wochen genau andersherum gewesen war.

»Wusste ich doch, dass zwischen euch etwas läuft«, sagte Anna, nachdem ich geendet hatte. Wie ich bereits vermutet hatte, war ihr mein und Hunters merkwürdiges Verhalten nicht entgangen.

»Dafür, dass er am Anfang so häufig mit dir sprechen musste, hat er dich auf einmal zu verbissen ignoriert. Und du bist mir ständig aus dem Weg gegangen und warst in seiner Anwesenheit ganz hibbelig. Man muss blind sein, um das nicht zu bemerken.«

Erschrocken riss ich die Augen auf. »Denkst du, es weiß sonst noch wer?«

»Nein, nein«, beschwichtige Anna mich schnell. »Ich kenne Hunter besser, als die anderen Mitarbeiter. Außer mir wird es niemandem aufgefallen sein.«

»Und was ist mit dir?«, fragte ich vorsichtig und traute mich kaum, Anna dabei ins Gesicht zu sehen. »Bist du nicht furchtbar wütend auf mich?«

Anna überlegte einen Moment, der sich für mich wie eine Ewigkeit anfühlte. Dann schüttelte sie den Kopf.

»Ich bin nicht begeistert, das sage ich dir ganz ehrlich. Aber wütend bin ich auch nicht. Wie könnte ich? Schließlich konnte ich Hunter genauso wenig widerstehen. Ich wünschte nur, dass deine Gefühle nicht verletzt worden wären.«

Wie erleichtert ich in diesem Moment war, war schwer zu beschreiben. Denn in den letzten drei Wochen hatte ich Anna liebgewonnen. Sie war ein guter Mensch und hätte jeden Grund, sauer auf mich zu sein. Dass sie es nicht war, war ein weiteres Zeichen ihrer Großherzigkeit.

»Was ist mit deinen Gefühlen für ihn?«, fragte ich zögernd.

Anna zuckte mit den Schultern. »In den ersten Tagen hat Hunters bloßer Anblick gereicht, um mir die Tränen in die Augen zu treiben«, erklärte sie. »Aber mit der Zeit ist mir klargeworden, dass ich in Hunter einen Mann sehen wollte, der er nicht ist. Selbst wenn er bereit für eine Beziehung gewesen wäre, hätten wir nicht gut zusammengepasst. Ich brauche jemanden mit ein wenig mehr Humor, der nicht so ernst ist, und ich will auch keinen Mann, der so sehr für seine Arbeit lebt. Ich will heiraten, eine Familie gründen und einen Mann, der abends mit mir auf der Couch sitzt, sich einen Bauch anfuttert und mit mir Netflix schaut.«

Ich musste lachen, denn Hunter passte überhaupt nicht zu dem, was sie beschrieb. Gleichzeitig klang das nach einem wunderschönen Traum und ich hoffte für Anna, dass sie ihr Glück bald finden würde.

»Ich bin wirklich froh, dass ich mich dir anvertraut habe«, gestand ich. »Mit niemandem darüber reden zu können, hat es noch viel schlimmer gemacht.«

Anna nickte wissend. »Ja, diese Toilette hat eine ungewöhnlich entspannende Wirkung. Aber jetzt lass uns hier verschwinden und wo anders weiterreden. Der Putzmittelgeruch ätzt mir sonst alle Nasenhaare weg.«

Gemeinsam verließen wir die Damentoilette und beschlossen, eine frühe Mittagspause einzulegen, damit wir uns in Ruhe unterhalten konnten. Zuerst holten wir uns bei Starbucks einen Kaffee und ein Sandwich und dann ließen wir uns auf einer Bank am Straßenrand nieder, wo wir uns die letzten spätsommerlichen Sonnenstrahlen auf die Nase scheinen ließen.

Da fand ich auch den Mut, Anna von Siobhans Angebot, mich nach Europa zu schicken, zu erzählen. Sie war sofort begeistert.

»Jane, das musst du unbedingt machen. So eine Chance kommt vielleicht nie wieder«, redete sie aufgeregt auf mich ein und strahlte über das ganze Gesicht.

»Da will mich wohl jemand loswerden«, scherzte ich. Anna verdrehte die Augen.

»Natürlich werde ich dich vermissen, aber du kommst zwischendurch zurück und außerdem arbeitest du an einem riesigen Projekt mit. Von der fetten Gehaltserhöhung mal abgesehen.«

Ich grinste, der zusätzliche Verdienst wäre wirklich hilfreich. Vielleicht könnten Cos, Charly und ich dann in eine größere Wohnung ziehen. »Mrs. Morris sagt, dass *Denton* alle Kosten für die Reise und meine Unterkunft übernehmen wird. Außerdem bekomme ich einen Bonus, weil ich im Ausland bin.«

»Siehst du, das ist fantastisch«, rief Anna.

Ihre Begeisterung war ansteckend und zum ersten Mal realisierte ich, welche Gelegenheit sich mir eröffnet hatte. Nicht jeder bekam diese Chance so kurz nach dem Berufseinstieg.

»Wieso kann ich mich dann nicht freuen?«, stellte ich ihr die entscheidende Frage. Anna sah mich bedeutungsvoll an. Wir beide kannten die Antwort.

Kapitel -33-

Jane

Nach dem Gespräch mit Anna wusste ich, was ich zu tun hatte. Warum ich zögerte, Mrs. Morris' Jobangebot anzunehmen. Schneller, als ich realisieren konnte, hatten meine Füße mich bis vor Hunters Bürotür getragen, vor der ich nun unschlüssig auf und ab ging. Anna war extra in den Pausenraum gegangen, damit wir ein wenig Privatsphäre hatten. Doch jetzt, wo ich hier war, fehlte mir der Mut, um anzuklopfen und reinzugehen.

Ungewisse Situationen hatte ich immer gerne vermieden und ich hatte keine Ahnung, was mich hinter der Holztür erwarten würde.

Am Ende war ich durch die ganze Warterei so nervös geworden, dass ich, ohne anzuklopfen, in Hunters Büro stürmte. Er saß an seinem Schreibtisch und hatte einen Laptop vor sich aufgeklappt.

»Jane«, rief er überrascht. »Was …«

»Wir müssen reden«, fiel ich ihm ins Wort und baute mich, die Hände in die Hüften gestemmt, vor ihm auf.

»Jetzt ist kein guter Zeitpunkt«, antwortete Hunter, aber ich hatte nicht vor, dieses Gespräch weiter hinauszuzögern. Noch einmal würde ich es bestimmt nicht schaffen, mich zu überwinden.

»Jetzt ist es perfekt«, widersprach ich daher. Als

Hunter den Mund öffnete, um etwas zu sagen, redete ich schnell weiter.

»Ich will nicht länger deine Affäre sein«, platzte es aus mir heraus und ich genoss seine Verblüffung. »Du weißt genauso gut wie ich, dass zwischen uns mehr ist. Schon in Chicago war es mehr und wir konnten einander ein Jahr lang nicht vergessen. Ich bin gerne bei dir, aber ich ertrage dieses Auf und Ab nicht mehr. Mal willst du mich in deiner Nähe, dann wieder nicht.«

»Jane, ich …«

»Lass mich ausreden«, fuhr ich ihn scharf an und Hunter, der sich von seinem Stuhl erhoben hatte, ließ sich wortlos wieder hineinfallen. »Du hast meine Gefühle verletzt. Gestern Abend wollte ich dich um ein Date bitten. Ein einfaches Essen oder ein Kinobesuch hätten mir gereicht, aber du hast dich so furchtbar benommen und mir gesagt, dass du mich nur für Sex willst. Kannst du dir vorstellen, wie sich das für mich angefühlt hat?«

Am Ende war meine Stimme laut geworden und eine Oktave in die Höhe geschossen. Ich spürte, wie mir Tränen in die Augen stiegen.

»Jane, ich … ich weiß nicht was ich sagen soll, außer, dass es mir leidtut«, beteuerte Hunter, doch wir beide wussten, dass das nicht genug war. Dass ich etwas anderes hören musste. Plötzlich fühlte ich mich, als würde mich eine unbeschreibliche Last zu Boden drücken.

»Weißt du«, fuhr ich traurig fort. »Ich bin hergekommen, um dir zu sagen, dass ich mit dir zusammen sein will. Aber jetzt erkenne ich, wie dumm das von mir war. Du bist überhaupt nicht zu tieferen Gefühlen fähig, oder?«

Ich wusste, dass meine Worte verbittert klangen und gab mir keine Mühe, es zu verbergen. Auch meine Tränen hielt ich nicht länger zurück. Zu meinem Entsetzen machte Hunter sich nicht einmal die Mühe aufzustehen und mich tröstend in den Arm zu nehmen.

»Jane, wir haben darüber geredet. Ich habe dir gesagt, was für mich möglich ist und was nicht. Aber was du von mir verlangst, kann ich dir nicht geben«, ratterte er stoisch seine Antwort herunter und während er die Worte sagte, konnte ich hören, wie er all die Frauen vor mir mit derselben lahmen Leier abgespeist hatte.

Das machte mich so wütend, dass von meiner Traurigkeit fast nichts mehr übrigblieb.

»Dann wird es dich sicher freuen zu hören, dass Mrs. Morris mich für den Posten in Europa haben will. Ich werde die Stelle annehmen und abgesehen davon, dass es eine riesige Chance ist, freue ich mich, dass wir uns bald nicht mehr auf demselben Kontinent befinden. Ich kann gar nicht weit genug von dir wegkommen.«

Ich sah, wie meine Worte ihn trafen. Aber es war mir egal, denn sein kaltes Verhalten hatte mir das Herz gebrochen und ich würde nicht denselben Fehler wie bei Nate machen und den Schmerz stillschweigend über mich ergehen lassen. Nie wieder. Bevor Hunter etwas erwidern konnte, wirbelte ich auf dem Absatz herum und stürmte so schnell aus seinem Büro, wie ich hineingestürmt war.

Mein nächster Gang führte mich direkt zu Mrs. Morris, um ihr mitzuteilen, dass ich ihr Angebot annahm. Danach würde ich meine Mutter anrufen und ihr die Wahrheit über New York sagen. Dass ich den Job in Chicago nicht angenommen hatte, weil ich es nicht wollte. Dass ich vermutlich nie wieder nach Chicago zurückziehen würde, dass sie all ihre Hoffnungen, Nate und ich könnten uns wieder versöhnen, aufgeben sollte und dass ich nach Europa reisen würde. Weil ich es wollte. Und weil ich mich ab sofort nicht mehr nach anderen Menschen richten würde. Wie dumm von mir, zu hoffen, dass Hunter mich zurückhalten würde. Aber hatte ich von ihm wirklich etwas anderes erwartet? Wenn ja, dann war ich selbst daran schuld, enttäuscht worden zu sein. Hunter McKade hatte von Anfang an kein Geheimnis daraus gemacht, wie er zu einer Beziehung stand. Ich war bloß zu naiv gewesen, um seine Worte ernst zu nehmen und hatte geglaubt, dass es für uns ein Happy End gäbe. Aber wir waren nicht J.Lo und Matthew McConaughey. Wir waren Hunter und Jane und im echten Leben gab es keine Happy Ends.

Kapitel -34-

Hunter

»Willst du mir erklären, wer diese junge Frau war?«, ertönte die Stimme meines Vaters aus den Lautsprechern meines Laptops. Ich starrte auf die Stelle, von der Jane gerade verschwunden war. Unsere ganze Unterhaltung hatte nur wenige Minuten gedauert. Sie hatte mich so überfallen, dass ich kaum die Zeit gehabt hatte zu begreifen, was überhaupt los war. Und jetzt hatte ich das Gefühl, es völlig verbockt und etwas Wichtiges verloren zu haben.

»Das war …«, setzte ich zu einer Erklärung an, scheiterte jedoch bei dem Versuch. Dass Jane ausgerechnet in die Skype-Besprechung mit meinem Vater hineingeplatzt war, verdanke ich vermutlich meinem schlechten Karma.

»Hunter«, sagte mein Vater scharf und ich konzentrierte mich wieder auf den Bildschirm. Mein Vater hatte die Augenbrauen zusammengezogen. Aus verengten Augen blickte er mich an. »Ich verlange eine Erklärung.«

Ich seufzte. Ausgerechnet das noch. Ich verlor nicht nur Jane, ich musste meinem Vater auch erklären, dass ich mit einer unserer Mitarbeiterinnen geschlafen hatte.

»Sie heißt Jane und arbeitet in der

Marketingabteilung«, brachte ich das Unausweichliche hinter mich. »Ich habe sie vor einem Jahr in Chicago kennengelernt und sie hier unerwartet wiedergetroffen. Mrs. Morris hat sie eingestellt, ich wusste nichts davon«, beteuerte ich, weil ich nicht wollte, dass mein Vater dachte, ich würde Frauen einstellen, mit denen ich schlafen wollte. Was ich getan hatte, war bereits schlimm genug.

Mein Vater nickte. »Weiter«, forderte er mich auf.

Ich fuhr mir durch die Haare und über das Gesicht, sah mich in meinem Büro um und versuchte Zeit zu schinden. Das war keine Unterhaltung, die man gerne mit seinem Vater führte.

»Hunter«, schimpfte dieser erneut. »Wenn du die Firma eines Tages leiten willst, musst du zu dem stehen, was du getan hast.«

Er hatte recht. »Ich habe mit ihr geschlafen, ihr aber von Anfang an gesagt, dass es nur unverbindlicher Spaß ist.« Als ich das sagte, spürte ich, wie meine Ohren heiß glühten. »Allerdings scheint sie sich verliebt zu haben und will etwas, das ich ihr nicht geben kann.«

Nach meinem Geständnis entstand eine kurze Pause, während derer ich nicht wusste, wie mein Vater auf das Gesagte reagieren würde.

Er lachte ein freudloses Lachen und schüttelte langsam den Kopf. »Das ist dann wohl meine Schuld«, sagte er.

»Wie bitte?«, stieß ich verwundert hervor, weil ich eher

mit einem Wutanfall gerechnet hatte. »Wieso sollte das deine Schuld sein?«

»Ich wusste, dass es nicht gut ist, wenn ein Junge ohne seine Mutter aufwächst«, begann mein Vater und mein Herz zog sich schmerzhaft zusammen.

»Ich will nicht über sie reden«, erwiderte ich sofort. »Sie spielt in meinem Leben keine Rolle.«

Mein Vater seufzte und nun war er es, der sich durch die Haare fuhr. Die Geste ließ ihn alt wirken und zum ersten Mal wurde mir richtig klar, dass mein Vater nicht mehr der junge Kerl von früher war, sondern dass die Zeit auch an ihm ihre Spuren hinterlassen hatte.

»Du warst damals noch zu jung, um zu begreifen, was passiert ist«, fuhr er fort.

»Das war ich nicht. Ich erinnere mich genau. Sie hat dich betrogen. Sie hat uns für einen anderen Mann verlassen und ihr Leben ohne uns weitergeführt.«

Ich war voller Hass auf diese Frau, an die ich kaum Erinnerungen hatte. Bilder und Videos von ihr hatte ich mit brutaler Rücksichtslosigkeit aus meinem Leben geschnitten.

»Das ist nicht die ganze Wahrheit«, gestand mein Vater und ich spürte, wie sich mein Herzschlag beschleunigte. Jahrelang hatten wir die stille Übereinkunft gehabt, nicht über meine Mutter zu reden. Wieso brach er sie jetzt?

»Was meinst du?«, fragte ich mit trockenem Mund.

»Nun, mein Junge. Zunächst einmal hat deine Mutter

mich verlassen, nicht uns. Du hattest am allerwenigsten damit zu tun, auch wenn du der Leidtragende warst, was ich sehr bedauere. Aber dass sie ging, war auch meine Schuld.«

Ich schnaubte abfällig und verzog verächtlich das Gesicht. »Dass sie sich einem anderen an den Hals geworfen hat, kannst du wohl kaum auf dich nehmen.«

»Nein«, erwiderte mein Vater ruhig. »Aber dass ich sie vorher jahrelang vernachlässigt und ihr nicht genug Liebe gegeben habe, schon. Deine Mutter war lange vor deiner Geburt unglücklich in unserer Ehe, Hunter, und ich denke, wenn du nicht gewesen wärst, hätte sie mich früher verlassen. Deinetwegen hat sie die Einsamkeit ausgehalten, um für dich da zu sein. Aber irgendwann konntest selbst du die Lücke nicht schließen, die zu füllen eigentlich meine Aufgabe gewesen wäre.«

Meinen Vater so über die Frau reden zu hören, die ich mein Leben lang verflucht hatte, war schwierig. Aus seinem Mund klang es fast so, als hätte sie meinetwegen etwas geopfert, dabei hatte sie mich als Kind im Stich gelassen.

»Was hat das alles mit Jane zu tun?«, wollte ich wissen. Ich verstand nicht, weshalb wir ausgerechnet jetzt darüber redeten.

»Ist das nicht offensichtlich, mein Sohn?«, antwortete mein Vater liebevoll. Ein Tonfall, den ich bei ihm nur selten gehört hatte.

»Du bist mit mir aufgewachsen, einem alten Mann, dem das Herz gebrochen wurde und der danach so verbittert war und so große Angst hatte, dass er sich vor der Liebe verschlossen hat und nur für seine Arbeit lebte. All die Jahre habe ich dir ein falsches Bild vorgelebt und still dabei zugesehen, wie du in meine Fußstapfen trittst. Aber wenn du etwas für diese Frau empfindest, Hunter, dann solltest du nicht denselben Fehler machen, wie ich. Du hast gesehen, wie sehr die Trennung von deiner Mutter mich geschmerzt hat, dass ich mich nie davon erholt. Danach war es, als hättest du dich und dein Herz abgeschottet, damit dir bloß niemand zu nahe kommen und dich eventuell verletzen kann.«

Mein Hals brannte schmerzhaft. Ich schloss die Augen und hinter meinen Lidern brannten heiße Tränen. Als ich etwas erwidern wollte, verließen die Worte meinen Mund nicht. Stattdessen zog sich mein Magen angesichts all der Erinnerungen, die zurückkehrten, schmerzhaft zusammen.

Da ich nichts sagte, redete mein Vater weiter.

»Deine Mutter und ich haben damals eine ganz ähnliche Situation erlebt, weißt du«, erzählte er mit belegter Stimme und ich sah, dass ihm das Gespräch zu schaffen machte. »Sie kam zu mir und sagte mir, dass sie mehr bräuchte. Mehr Zeit von mir, mehr Aufmerksamkeit, mehr Liebe. Ich war so auf meinen beruflichen Erfolg fixiert, dass ich sie vergaß. Oft nachts im Büro blieb, ohne ihr Bescheid zu sagen. Immer wieder hat sie das Gespräch mit mir gesucht, mir sogar gedroht, wegzugehen. Aber ich habe sie nie ernst genommen. Bis sie ihren Worten eines Tages hat Taten folgen lassen. Als ich sie dann zurückholen wollte, war es zu spät. Sie hatte jemanden kennengelernt. Sich verliebt. Ein anderer Mann gab ihr, was ich ihr nicht geben konnte.«

Ich schüttelte müde den Kopf. »Ich … Dad, danke, dass du mir das erzählt hast. Aber ich sehe nicht, was meine katastrophale Kindheit mit Jane zu tun hat.«

»Hunter, deine Mutter hat mir die Chance gegeben, unsere Ehe zu retten, und ich habe sie nicht genutzt. Was mich in all den Jahren so zerfressen hat, war nicht ihr Betrug. Es war das Wissen, dass ich es hätte verhindern können. Wenn ich nur mehr auf ihre Wünsche eingegangen wäre, wenn ich ihre Bedürfnisse ernst genommen hätte, dann wäre unsere Familie nicht auseinandergebrochen und du wärst nicht ohne Mutter aufgewachsen. Stattdessen habe ich sie vor Wut regelrecht aus dem Land vertrieben und dafür gesorgt, dass sie ganz aus deinem Leben verschwunden ist. Ich habe meinen Hass auf sie mit dir geteilt und das ist vermutlich das Schlimmste, was ich je getan habe. Ich habe einen Jungen dazu gebracht, seine Mutter zu hassen.« Ich schluckte hart und wischte eine Träne aus meinem Augenwinkel.

»Wollte sie mich in all den Jahren sehen?«, fragte ich

mit brüchiger Stimme.

Mein Vater ließ den Kopf hängen, bevor er ein Geständnis machte, das ich ihm eventuell niemals verzeihen könnte.

»Ich habe ihr verboten, Kontakt mit dir aufzunehmen. Sie hat es versucht, als du noch jünger warst, aber ich habe ihr gedroht, meine Anwälte auf sie zu hetzen. An deinem Schulabschluss hat sie es ein letztes Mal versucht, danach nie wieder.«

Ich sah den Mann an, den ich all die Jahre angehimmelt hatte. Mein Vorbild. Den Mann, dem ich mit aller Kraft nachgestrebt war, und ich versuchte, die aufkeimende Wut zu unterdrücken. Versuchte, die hässlichen Worte zurückzudrängen, die einen Weg aus meinem Mund suchten, um all dem Schmerz Luft zu machen.

»Ich muss jetzt aufhören«, brachte ich mühsam heraus. Ich sah die Traurigkeit im Gesicht meines Vaters, das plötzlich so alt wirkte. Aber darauf konnte ich gerade keine Rücksicht nehmen. Nicht, nachdem er mir offenbart hatte, dass ich seinetwegen ohne eine Mutter aufgewachsen war.

»Hunter«, hielt er mich zurück, als ich den Laptop zuklappen wollte. »Warte.«

»Was?«, herrschte ich ihn ungehalten an. Ich wollte nicht noch mehr lebensverändernde Offenbarungen. Eine erschütternde Wahrheit reichte mir für heute.

»Begehe nicht denselben Fehler wie ich«, redete mein

Vater mit eindringlicher Stimme auf mich ein. »Ich weiß, dass ich nicht rückgängig machen kann, was ich getan habe. Darüber werden wir reden müssen und hoffentlich findest du eines Tages einen Weg, um mir zu verzeihen. Aber eine Sache möchte ich dir mit auf den Weg geben: Diese Frau hat dein Herz längst erreicht. Du kannst weiterhin versuchen, es vor ihr zu verschließen, aber wenn du sie durch eigenes Verschulden verlierst, wird dich das härter treffen, als jeder Seitensprung es gekonnt hätte. Glaube mir, die schlimmste Frage, die man sich stellen kann, ist: was wäre wenn? Ich musste mein Leben mit dieser Frage verbringen und will nicht, dass du dasselbe Schicksal erleidest.«

Statt ihm zu antworten, schloss ich wortlos meinen Laptop. Dann schlug ich wütend mit der Faust auf die Tischplatte und schoss aus meinem Stuhl hoch. Unruhig ging ich in meinem Büro auf und ab und versuchte zu verarbeiten, was ich gerade erfahren hatte.

Mein Vater hatte mich all die Jahre belogen. Mir die Mutter vorenthalten und mein Leben damit völlig geändert. Ich musste mich bemühen, nicht in Träumereien zu versinken, wo ich mir die Frage stellte, was wäre wenn? Und da begriff ich, was mein Vater meinte. Und dass er Recht hatte. Zu überlegen, was hätte sein können, war die schlimmste Strafe, die einem das Leben auferlegen konnte. Ich würde nicht zulassen, dass mir mit Jane dasselbe passierte.

Kapitel -35-

Hunter

»Sie ist weg.«

Ich wirbelte herum und entdeckte Anna. Die Arme vor der Brust verschränkt, lehnte sie an der Wand. Wie lange beobachtete sie mich schon beim Starren in Janes leeres Büro?

Verlegen zog ich meine Krawatte zurecht und räusperte mich, um den Kloß in meinem Hals loszuwerden. Nach dem Gespräch mit meinem Vater hatte ich es nicht geschafft, mich wieder zu fangen.

»Ich wollte nur etwas wegen der Expansion mit ihr besprechen. Sie hat …« Ich brach ab, denn ich bemerkte Annas Blick. Wir beide kannten uns zu lange und zu gut, als dass ich ihn nicht hätte deuten können. »Du weißt es?«

Anna nickte.

»Wieviel?«

»Sie hat mir *alles* erzählt.«

Mich vor meiner ehemaligen Affäre rechtfertigen zu müssen, weshalb ich mich erneut auf eine Mitarbeiterin eingelassen hatte, war das Sahnehäubchen auf meinem beschissenen Tag.

»Anna, es tut mir leid. Als das mit Jane anfing, habe ich mir keine Gedanken darüber gemacht, wie du dich dabei fühlen könntest.«

Anna zog überrascht die Augenbrauen hoch. »Mit dieser Reaktion hätte ich nicht gerechnet.«

»Ich wollte dich nicht vor den Kopf stoßen«, redete ich unbeirrt weiter und ging einen Schritt aus Janes Büro hinaus auf Anna zu. Warum ich ausgerechnet so reagierte, wusste ich nicht. Vielleicht hatte das Geständnis meines Vaters eine Tür in mir geöffnet.

»Jetzt machst du mir Angst«, witzelte Anna, aber ich sah, wie ihre Fassade langsam bröckelte. Tränen stahlen sich in ihre Augen.

»Ich wollte deine Gefühle nicht verletzen.« Ich überbrückte die Distanz zwischen uns und zog eine verwirrte Anna in meine Arme. »Verzeih mir«, murmelte ich und spürte, wie sich ihre Arme um meinen Körper schlossen. Einige Sekunden standen wir so da, völlig egal, wer uns dabei sehen könnte. Als Anna sich von mir löste, lächelte sie.

»Dass ich diesen Tag noch erlebe«, hauchte sie und schüttelte ungläubig den Kopf.

»Du bist mir nicht böse?«, fragte ich, denn ich hätte ihre Wut verdient.

»Nein, mir ist in den letzten Wochen klargeworden, dass du und ich nie füreinander bestimmt waren.«

Ich griff mir an die Brust und verzog das Gesicht. »Du brichst mir das Herz.«

»Ich bin überrascht, dass du ein Herz hast«, antwortete

sie und lachte laut.

Hätte mir vor zwei Wochen jemand gesagt, dass Anna und ich auf einem Flur stehen und gemeinsam Lachen und Scherzen würden, hätte ich ihn für verrückt erklärt. Das Leben steckte voller unerwarteter Wendungen.

»Du hast dich verliebt, nicht wahr?«, fragte Anna nach einer Weile sanft. Ich wich ihrem Blick aus.

Rückblickend war mir klar, dass ich mich bereits in Chicago in Jane verliebt hatte. Vielleicht sogar, als ich das erste Mal die Frau sah, die verschüchtert und mit sich selbst redend vor der Bar gestanden hatte. Spätestens aber, als sie aufgeblüht war und ihr wahres Wesen gezeigt hatte.

Ich nickte und Anna gab ein hohes Kreischen von sich.

»Ich wusste es«, rief sie begeistert. »Ich wusste, eines Tages kommt eine Frau, die dir dein Herz stiehlt und all deine dummen Regeln zum Teufel jagt.«

Lachend schüttelte ich den Kopf. »Weißt du, Anna. Du steckst voller Überraschungen. Mit dieser Reaktion hätte *ich* nicht gerechnet.«

»Eigentlich müsste ich verletzt sein, aber wie ich bereits sagte, in den letzten Wochen ist mir klargeworden, dass du und ich niemals eine Zukunft gehabt hätten. Aber als Jane mir von euch erzählte, war mir sofort klar, dass sie mehr für dich ist.«

»Wieso bist du dir da so sicher?«, wollte ich wissen.

»DU hast Waffeln für sie gemacht. Sagt das nicht

alles?«, fragte sie, als wäre das der ultimative Beweis.

»Ich habe keine Ahnung, wie du vom einen auf das andere schließt«, gestand ich.

»Hunter McKade«, seufzte Anna. »Ich habe dich zu unserer Zeit nicht dazu bekommen, im Büro einen Kaffee mit mir zu trinken. Und plötzlich backst du einer Frau Waffeln? Jane war von Anfang an mehr für dich. Du hast nur ein bisschen Zeit gebraucht, bis du dich deiner Angst vor der Liebe stellen konntest.«

Angst vor Liebe. Ich dachte an das Gespräch mit meinem Vater und an mein Verhalten in den Jahren, nachdem meine Mutter uns verlassen hatte. Nein, nachdem sie meinen Vater verlassen hatte. Anna hatte recht, ich hatte Angst vor der Liebe gehabt. Angst davor, verletzt zu werden. Wieder verlassen zu werden. Aber das war jetzt vorbei.

»Ich habe keine Angst mehr«, sagte ich entschlossen und Anna klatschte begeistert in die Hände. Dann starrte sie mich erwartungsvoll an, als warte sie auf eine ganz bestimmte Reaktion von mir.

»Was?«, fragte ich schließlich.

»Nun ruf sie schon an, du Idiot«, schimpfte sie und drängte mich, in mein Büro zu gehen, wo mein Handy lag.

Als ich Jane anrief, klingelte und klingelte es, aber sie hob nicht ab.

»Anscheinend will sie nicht mit mir reden«,

schlussfolgerte ich und ließ den Kopf hängen.

»Dann musst du zu ihr fahren. Gib nicht gleich beim ersten Versuch auf«, ermutigte Anna mich, weiterzumachen.

Sie hatte recht. Ich hatte zwar keine Ahnung, wie man um eine Frau kämpfte, aber in Filmen gaben die Männer auch nicht gleich beim ersten Versuch auf.

»Das werde ich nicht«, sagte ich und riss die Augen auf, als mir ein schrecklicher Gedanke kam. »Denkst du … oh Gott, denkst du, dass sie schon am Flughafen ist?«, fragte ich panisch. Und fügte dann entschlossen hinzu: »Anna, buch mir einen Flug. Irgendeinen, damit ich durch die Sicherheitskontrolle kann.«

Anna rollte mit den Augen und sah mich kopfschüttelnd an.

»Nun werde nicht gleich dramatisch, Hunter. Denkst du wirklich, dass Jane nur eine Stunde braucht, um ihren Koffer zu packen und nach Europa zu fliegen? Sie hat früher Feierabend gemacht und ist jetzt wahrscheinlich zuhause, um vor lauter Ärger über dich einen Eimer Eiscreme zu verdrücken. Ihr Flug geht erst in ein paar Monaten.«

Dann schob sie mich aus dem Weg, um an mir vorbei in ihr Büro zu kommen, und begann eifrig auf der Tastatur zu tippen, wobei sie leise mit sich selbst redete.

»Buch mir einen Flug, pff. Wir sind doch nicht in einem Hollywoodfilm.«

»Schon gut, schon gut«, fuhr ich sie an. »Ich habe es verstanden, sie ist NICHT am Flughafen. Aber um ehrlich zu sein, habe ich keine Ahnung, wie sowas abläuft. Ich … ich habe nie versucht, einer Frau zu sagen, dass ich etwas für sie empfinde. Ich habe keine Ahnung, was ich tun soll.«

Anna stand auf, lief um ihren Schreibtisch herum und sah mich mitfühlend an. Dann griff sie nach einem Blatt Papier, das aus dem Drucker kam.

»Ich dafür umso mehr«, sagte sie entschlossen und drückte mir das Blatt in die Hand. »Das ist ihre Adresse. Wir fahren hin.«

»Danke«, sagte ich vorsichtig. »Aber die kannte ich schon.«

»Oh«, machte Anna. »Was machen wir dann noch hier?«, rief sie nach einer kurzen Pause und zog mich hinter sich her aus dem Büro. Während wir zu den Aufzügen gingen, kamen wir an einigen Mitarbeitern vorbei, die uns überraschte Blicke zuwarfen.

»Wer dramatisiert jetzt«, murmelte ich Anna zu. Die zuckte bloß mit den Schultern und rief den Aufzug.

»Es geht um die Liebe, da darf man ruhig ein bisschen dramatisch sein.«

»Das klang vorhin anders«, beschwerte ich mich und stieg ein.

»Außerdem bin ich die Heldin in dieser Geschichte«, sagte sie völlig von sich überzeugt und folgte mir in den

Aufzug. Die Türen schlossen sich und ich sah Anna von der Seite an.

»Du? DU bist die Heldin in dieser Geschichte?«

»Natürlich«, antwortete sie. »ICH habe mir schließlich für dich gewünscht, dass du dein Herz an eine Frau verlierst. Gut, ich wollte, dass sie es dir bricht, aber hey, man muss ja nicht kleinlich sein. Oh, und ICH bin es, die dich jetzt zu ihr bringt. Klarer Fall.«

Ich starrte sie an. »Natürlich. Klarer Fall«, antwortete ich trocken. Dann brachen wir beide in Gelächter aus und ich fragte mich, wie Anna es schaffte, mich nach allem, was an diesem Tag passiert war, zum Lachen zu bringen. Ich selbst hätte nicht gedacht, dass das möglich gewesen wäre.

»Danke«, sagte ich leise und drückte ihre Hand.

»Wofür?«

»Dafür, dass du die Heldin in dieser Geschichte bist«, antwortete ich und Anna lächelte.

***

Jane

Es klopfte an der Tür, aber ich rührte mich nicht vom Fleck. Nachdem ich es bei *Denton* nicht mehr ausgehalten hatte, nutzte ich meine vielen Überstunden, um früher Feierabend zu machen. Mit einer Tafel

Schokolade und einer Decke versteckte ich mich auf der Couch und versuchte, die Welt um mich herum auszublenden. Charlotte und Cosima waren beide unterwegs, weswegen ich ganz alleine war. Wie gerne ich mit ihnen über das geredet hätte, was heute passiert war. Ihnen von Hunter erzählt hätte.

Kurz nachdem ich zuhause angekommen war, hatte er angerufen. Ich war nicht rangegangen in der Erwartung, dass er es wieder probieren würde, aber das tat er nicht. Also war ich frustriert auf die Couch umgezogen und hatte mein Handy auf dem Küchentisch liegen gelassen.

Es klopfte erneut an der Haustür, aber ich rührte mich weiterhin nicht. Wer auch immer das war, sollte verschwinden. Mir war nicht nach Gesellschaft.

»Jane?«, rief Anna von draußen und hämmerte gegen die Tür. »Ich weiß, dass du da drinnen bist. Mach auf.«

Stöhnend verließ ich die Couch, blieb allerdings weiterhin in meine Kuscheldecke gewickelt. Nachdem Anna mir heute so lange zugehört hatte, konnte ich sie schlecht wegschicken.

»Komme«, antwortete ich müde. Im Spiegel neben der Haustür erhaschte ich einen Blick auf mich. Verheulte Augen, ungekämmte Haare und Schokolade im Mundwinkel.

»Wunderbar«, murmelte ich und leckte den Schokofleck weg. Besser wurde es dadurch allerdings nicht.

Dann öffnete ich die Tür, um Anna reinzulassen.

»Hey, was machst du hier?«, fragte ich träge.

»Ich …«, sie machte eine kurze Pause und musterte mich von oben bis unten. »Ich habe eine Überraschung für dich mitgebracht. Aber gerade denke ich, dass ich dich besser vorgewarnt hätte.«

»Wovon redest du?«, fragte ich genervt. Eine Überraschung war das Letzte, was ich jetzt gebrauchen konnte. »Eigentlich wollte ich gerade …«, setzte ich dazu an ihr mitzuteilen, dass ich vorgehabt hatte, den ganzen Tag auf der Couch zu verbringen und im Selbstmitleid zu versinken, als Hunter hinter ihr hervortrat. Die Worte blieben mir im Hals stecken.

»Hey«, grüßte er mit rauer Stimme und zog unsicher einen Strauß Blumen hinter seinem Rücken hervor, den er mir entgegenhielt.

»Anna, was will er hier? Warum bringt er mir Blumen mit?«, wandte ich mich wütend an meine Freundin. »Warum bringst du mir Blumen mit?«, schrie ich Hunter direkt an. Tränen stiegen mir in die Augen. Nicht weil ich traurig war, sondern wütend.

»Ich wollte …«, begann er, aber ich fiel ihm ins Wort.

»Mir ist egal, was du wolltest. Du hast mein Herz gebrochen. Du hast mich scheußlich behandelt und jetzt stehst du hier und denkst, dass Blumen irgendwas wiedergutmachen könnten?«

Sein hoffnungsvoller Blick verschwand. Zurück blieb

Bestürzung. Ich hasste es, ihn traurig zu sehen. Ihn überhaupt zu sehen. In dem Moment drohten meine Gefühle überzulaufen.

»Jane, es tut mir so leid. Bitte, gib mir die Chance, es zu erklären«, bat Hunter, aber ich war nicht bereit, ihm zuzuhören.

»Es ist zu spät, Hunter«, sagte ich endgültig. »Meine Entscheidung steht fest. Ich fliege nach Europa und was auch immer zwischen uns war, ist vorbei.«

»Jane, er …«, setzte Anna dazu an, etwas zu sagen, aber ich knallte den beiden die Tür vor der Nase zu.

Hunter hatte eine starke Wirkung auf mich und das brachte mich dazu, unvernünftige Dinge zu tun. Ich hatte mich entgegen jeder Vernunft auf eine Affäre mit ihm eingelassen. Mit meinem Boss. Hatte Kollegen und Freunde belogen und meinen Job riskiert. Und mein Herz.

Ab sofort würde ich mich auf mich selbst konzentrieren. Auf meine Karriere und darauf, das Richtige zu tun. Ich hatte ein Abenteuer gewollt, einmal raus aus meiner Haut und nicht die perfekte Jane sein. Aber was ich dafür bekommen hatte, waren verletzte Gefühle und ein heilloses Chaos.

Nein, es wurde Zeit, dass ich vernünftige Entscheidungen traf. Hunter zu meiden, war eine davon.

Eine Weile klopften die beiden noch und riefen mir zu, dass ich aufmachen sollte. Aber ich wollte nichts hören.

Ich wollte nicht einmal hören, weshalb sie zusammen bei mir aufgetaucht waren. Es war mir egal. Alles, was ich jetzt brachte, war Ruhe. Deswegen zog ich mich in mein Zimmer zurück und schloss die Tür hinter mir, sodass ich das Gehämmer und Geschrei der beiden nicht mehr hören konnte.

Kapitel -36-

Jane

Drei Monate später

»Bist du sicher, dass du alles hast?«, wollte Charlotte wissen und zog mütterlich meine Jacke zurecht. »In Schweden ist es kälter als bei uns. Hast du genug Pullover dabei?«

»Habe ich, Mum«, antwortete ich und lachte angesichts ihrer übertriebenen Fürsorge. Ich liebte meine Freundinnen. Denn obwohl bei ihr gerade die Hölle los war und sie in Arbeit versank, hatte sie sich die Mühe gemacht, mich zum Flughafen zu bringen.

»Sieh mal, was ich gefunden habe«, rief Cosima und eilte auf uns zu. In der Hand hielt sie ein Nackenkissen. »Das habe ich im Duty-free-Shop gefunden. Immerhin hast du einen langen Flug vor dir.«

Widerstand war zwecklos, daher ließ ich zu, dass sie mir das Kissen in die Hand drückte. Beim Anblick meiner besten Freundinnen stiegen mir die Tränen in die Augen.

»Oh man, ich muss schon wieder heulen«, jammerte ich, weil das in den letzten zwei Wochen ein Dauerzustand gewesen war. Je näher mein Abflugtermin rückte, desto emotionaler wurde ich. Aber Charlotte und Cos waren auf alles vorbereitet. Cos drückte mir ein Taschentuch in die Hand, neuerdings trug sie immer welche bei sich, und zog uns dann in eine Gruppenumarmung.

»Alles wird gut, Jane. Du wirst eine fantastische Zeit haben und in einem Monat sehen wir uns wieder.«

Ich schniefte und nickte. »Ihr habt ja recht. Ich stelle mich an wie ein Baby.«

Aber die Aussicht auf meinen ersten Auslandsaufenthalt machte mich mächtig nervös. Aber wir alle wussten, dass es um mehr ging.

In den letzten Wochen war ich Hunter bestmöglich aus dem Weg gegangen. Bis auf die gemeinsamen Expansionsmeetings hatte ich ihn kaum gesehen. Mit ihm gesprochen nur, wenn es dringend nötig gewesen war und sich nicht vermeiden ließ. Doch obwohl ich mir so viel Mühe gab, ihn zu vergessen, heilte die Wunde in meinem Herzen nicht.

Mit Anna hatte ich mich ausgesöhnt, aber seit dem Tag vor drei Monaten war Hunter ein Tabuthema zwischen uns. Diese Regel hatte ich aufgestellt, nachdem Anna versucht hatte, mich davon zu überzeugen, Hunter ein einziges Mal zuzuhören. Vielleicht war es dumm, ihn und meine Gefühle so zu ignorieren. Aber ich wüsste nicht, was er hätte sagen können, um die Sache zwischen uns zu retten. Außerdem, und das war der viel wichtigere Punkt, wollte ich mich von ihm nicht wieder dazu bringen lassen, etwas zu tun, was ich nicht wollte.

Ich war dabei meinen Träumen hinterherzujagen. Ich würde im Ausland arbeiten und fremde Kulturen kennenlernen, wie ich es mir immer gewünscht hatte. Ich war wieder voll auf Kurs und kein Mann sollte mich davon abbringen.

»Ich werde euch vermissen«, sagte ich zu Cos und Charly und sah, dass auch in ihren Augen Tränen glitzerten.

»Wir dich auch. Aber jetzt solltest du gehen, sonst verpasst du deinen Flug.«

Schweren Herzens verabschiedete ich mich von den beiden. Das Einzige, das mich dabei tröstete, war, dass ich sie nicht alleine in New York zurückließ. Die beiden hatten einander und anders als ich, hatten sie ihr Happy End mit den Männern ihrer Träume gefunden. Ich wusste also, dass sie in besten Händen waren, was mir den Abschied erleichterte.

Im Flugzeug verstaute ich mein Handgepäck in der dafür vorgesehenen Ablage und quetschte mich in meinen Sitz. Gefühlt wurden der Abstand zur Vorderreihe immer geringer und die Plätze schmaler.

Wenigstens hatte ich Glück und hatte den Platz in der Mitte ergattern können und nicht am Fenster. Es war mein erster Flug, was mich nervös genug machte. Gepaart mit meiner Höhenangst würden das interessante zwölf Stunden werden. So lange dauerte der Flug von New York nach Stockholm.

Von den beiden Passagieren, mit denen ich mir die Reihe teilte, fehlte jede Spur. Allerdings waren noch nicht alle Gäste eingestiegen.

Erschöpft lehnte ich mich zurück und ließ den Blick mutig aus dem kleinen ovalen Fenster gleiten. Weiter weg rollte ein Flugzeug über die Startbahn, nahm an Fahrt auf und hob schließlich vom Boden ab, um in die Lüfte zu steigen. Bei dem Gedanken daran, dass wir in wenigen Minuten starten würden und ich dann in einem Flugzeug festsaß, hoch über den Wolken, wurde mir schlecht.

Entschlossen schnappte ich mir das Bordmagazin und blätterte darin herum, um mich abzulenken. Vielleicht hätte ich mir besser Beruhigungstabletten verschreiben lassen sollen. Aber ich hatte gedacht, dass das nicht nötig sein würde. Wie so oft hatte ich mich selbst überschätzt.

»Entschuldige, darf ich durch?«

Beim Klang seiner Stimme erstarrte ich. Als ich aufblickte, stand Hunter neben mir und lächelte mich unsicher an.

»Was … was machst du denn hier?«, entfuhr es mir schockiert.

Er deutete auf den Sitz am Fenster. »Das ist mein Platz«, sagte er, dann zog er ein Ticket aus seiner

Sakkoinnentasche und zeigte es mir. Reihe fünfzehn, Sitz F.

»Ich meinte, was du in diesem Flugzeug machst«, zischte ich und dachte gar nicht daran, ihn durchzulassen.

»Ich fliege nach Stockholm«, antwortete Hunter, als läge das auf der Hand und trieb mich damit zur Weißglut.

»Ach? Und ich dachte, dass wir nach Peking fliegen! Ich meinte, warum fliegst du nach Stockholm?«

Meine Stimme war so laut geworden, dass der Passagier in der Reihe vor uns, ein älterer Herr mit einer schwarzen Melone auf dem Kopf, sich zu uns umdrehte und neugierig zwischen den Sitzen hindurchlugte.

Hunter zog einen Mundwinkel hoch, wodurch er dieses verschmitzte, halbe Lächeln zur Schau stellte, dass meine Knie immer auf Kommando hatte weich werden lassen. So auch jetzt.

»Weil du dich seit Monaten weigerst, mir zuzuhören. Die nächsten zwölf Stunden sitzt du allerdings neben mir fest«, sagte er und seine Augen funkelten dabei vergnügt.

»Das …« Mir fiel keine passende Erwiderung ein und ich starrte Hunter mit heruntergeklappter Kinnlade an.

»Miss, würden Sie den jungen Mann bitte durchlassen, damit ich einsteigen kann«, meldete sich in dem Moment eine ältere Dame zu Wort, die hinter Hunter im Gang wartete und offenbar den dritten und letzten Platz in unserer Reihe belegte.

Hunter half ihr, ihr schweres Handgepäck zu verstauen. Danach starrten mich beide erwartungsvoll an. Alle drei, wenn man den älteren Herren aus der vorderen Reihe mitzählte.

»Na schön«, stieß ich wütend hervor, schnallte mich ab und quetschte mich aus der Reihe, damit ich Hunter vorbeilassen konnte.

»Möchten Sie die Plätze tauschen?«, fragte ich die Dame, die vehement den Kopf schüttelte.

»Nein, nein, Schätzchen. Ich sitze immer am Gang.«

Seufzend ergab ich mich meinem Schicksal und setzte mich neben Hunter. Prompt stieß sein Knie gegen meins.

»Okay, lass uns ein paar Regeln für den Flug aufstellen«, sagte ich aufgebracht und drehte mich in meinem Sitz, sodass ich ihn ansehen konnte. Der Blick aus seinen blauen Augen war so aufrichtig, dass es mich kurz aus dem Konzept brachte.

»Ich habe nicht vor, mit dir zu reden. Sobald wir in der Luft sind, werde ich versuchen zu schlafen. Und die wichtigste Regel, kein Körperkontakt«, stellte ich klar und schob sein Knie mit der Hand demonstrativ weg.

»Das wird in diesen winzigen Sitzen schwer werden«, kommentierte Hunter.

»Du hättest First-Class fliegen können. Das wäre für uns beide angenehmer gewesen«, erwiderte ich schnippisch.

»Dann säße ich nicht neben dir.«

Genervt wandte ich mich ab und beschloss, dass es am besten wäre, mich nicht mehr mit Hunter zu unterhalten. Kurz darauf leuchteten die Anschnallzeichen auf. Ein Ruck ging durch das Flugzeug, als es sich in Bewegung setzte und rückwärts seine Parkposition verließ. Ich rutschte nervös in meinem Sitz herum.

»Alles in Ordnung?«, fragte Hunter, aber ich ignorierte ihn.

Zunächst rollte das Flugzeug langsam über die Startbahn, blieb kurz stehen und beschleunigte dann so schnell, dass es mich in meinen Sitz presste.

Panisch griff ich nach der Armlehne und krallte mich daran fest. Ich kniff die Augen fest zusammen und versuchte den ohrenbetäubenden Lärm um mich herum zu ignorieren. Unmöglich.

Plötzlich hob das Flugzeug holprig vom Boden ab, sackte immer wieder ein Stück hinab, nur um dann noch weiter aufzusteigen, und wackelte dabei von links nach rechts.

»Jane, du musst atmen«, sagte Hunter neben mir mit beruhigender Stimme und griff nach meiner Hand. »Es ist alles in Ordnung. Gleich sind wir hoch genug, dann wird es ruhiger.«

Ich nickte, behielt meine Augen jedoch weiterhin geschlossen und vergrub das Gesicht an seiner Schulter. So viel zum Thema ignorieren.

Nach einer Weile, ich wusste nicht, wie lange es dauerte, stellten sich Hunters Worte als wahr heraus. Wir erreichten unsere Flughöhe und um uns herum wurde es leiser. Die Maschine wackelte nicht mehr und ich traute mich, mich von Hunter zu lösen und die Augen zu öffnen.

»Offensichtlich habe ich nicht nur Höhenangst«, scherzte ich peinlich berührt und ließ seine Hand los. Widerwillig ließ er es geschehen.

»Dein erster Flug?«

Ich nickte.

»Wird nicht meine Lieblingsbeschäftigung«, antwortete ich. »Beobachtet man ein Flugzeug von weitem, sieht es so ruhig und friedlich aus.« Selbst drinnen zu sitzen, wenn es abhob, war eine ganz andere Sache.

»Man gewöhnt sich dran«, sagte Hunter und überkreuzte die Beine. Er lächelte mich aufmunternd an, dann sah er aus dem Fenster und ich hatte die Chance, ungestört sein Profil zu mustern.

Im Büro war ich ihm aus dem Weg gegangen, aber ihm so nahe zu sein zeigte mir, wie sehr ich ihn vermisst hatte. Seine Haut hatte ihren gebräunten Ton über den Winter verloren. Sein Haar war durch das fehlende

Sonnenlicht ebenfalls dunkler geworden. Seine Wangen- und Kieferpartie stach markanter hervor, wahrscheinlich hatte er Gewicht verloren und ein gestutzter Dreitagebart zierte sein Gesicht. Als mir klar wurde, wie lange ich ihm nicht mehr so nahe gewesen war, erfasste mich Traurigkeit.

»Worüber wolltest du mit mir reden?«, fragte ich schließlich, weil meine Neugier siegte. Und auch, weil ich die Gefühle für ihn längst nicht so tief begraben hatte, wie ich gerne behauptete.

Hunter wandte sich mir zu. »Wir müssen deine Regel nicht brechen, Jane. Wenn du nicht reden willst, reden wir nicht. Ich kann die Zeit mit dir auch so genießen.«

Ein warmes Gefühl breitete sich in meinem Brustkorb aus.

»Du willst zwölf Stunden lang fliegen, nur um bei mir zu sein?«, fragte ich ungläubig, merkte aber, wie sich ein Lächeln auf mein Gesicht stahl.

»Ich gehe sogar noch weiter«, antwortete Hunter. »Auf dem Rückflug sitze ich ebenfalls neben dir.«

Bevor ich etwas erwidern konnte, sprach eine Stewardess uns an und schenkte Getränke aus. Ich ließ mir einen Kaffee bringen und rührte gedankenverloren darin herum.

»Warum tust du das?«, fragte ich schließlich, ohne Hunter anzusehen. Die ältere Dame neben uns spitzte ebenfalls die Ohren. Ich war mir ziemlich sicher, dass wir ihre volle Aufmerksamkeit hatten.

»Weil du mir fehlst, Jane. Und weil ich den Gedanken nicht ertrage, dass mein restliches Leben wie die letzten drei Monate ablaufen könnte. Ohne dich.«

Neben mir seufzte die Frau in ihrem Sitz. Ich warf ihr einen Blick zu, der verärgert sein sollte, wohl aber eher als skeptisch durchging.

»Vielleicht können wir meine Regel doch brechen«, erwiderte ich zögernd. Als sein Knie gegen meins drückte, lachte ich. »Nicht diese Regel. Die mit dem Reden, meinte ich.«

Hunter lachte ebenfalls, brach den Körperkontakt jedoch nicht ab. Um ehrlich zu sein, genoss ich es. Ein bisschen war es wie an jenem Abend in der Bar.

»Es tut mir leid, wie alles gelaufen ist«, begann Hunter und suchte meinen Blick. »Ich hatte Angst. Davor, verletzt zu werden. Davor, die Liebe zu finden. Oder sie vielleicht nicht zu finden. Ich habe dich für Dinge leiden lassen, die in meiner Vergangenheit geschehen sind und das war falsch.«

Vor uns knarzte der Sitz. Aus dem Augenwinkel sah ich, dass nicht mehr nur der ältere Herr zuhörte, sondern auch sein Sitznachbar.

»Wie es aussieht, haben wir bald die Aufmerksamkeit des ganzen Flugzeugs«, flüsterte ich.

»Scheint so«, antwortete Hunter leise. Dann sprach er in normaler Lautstärke weiter. »Ich weiß, dass ich mich wie ein Vollidiot aufgeführt habe. Aber wenn du mir eine zweite Chance gibst, wird alles anders. Ich will Dates, Jane. Ich will dich zum Essen ausführen. Mit dir im Kino sitzen und mir Popcorn teilen. Ich will nachts neben dir einschlafen und morgens Waffeln mit dir backen.«

Tränen stahlen sich in meine Augen. Ich griff nach Hunters Hand und hielt sie fest. »Warum ausgerechnet jetzt?«, fragte ich mit kratziger Stimme. Warum hatte er mir diese Worte nicht früher sagen können?

»An dem Tag, als du in mein Büro kamst, sprach ich gerade mit meinem Vater. Er …er hat mir etwas offenbart, das einfach alles verändert hat.«

»Was denn?«

Hunter räusperte sich und nickte unauffällig in Richtung unserer Zuhörer. Über dieses Thema würden wir in Ruhe sprechen, mit ein bisschen mehr Privatsphäre.

»Kannst du mir verzeihen?«, fragte er schließlich und ich sah ihn unsicher an. Konnte ich? Und was würde das für mich bedeuten? Für uns? Müsste ich meinen Traum von Europa aufgeben? Dutzende Fragen schossen mir durch den Kopf.

»Nun antworten Sie schon, Kleines«, drängte die alte Dame und stupste mir mit dem Ellbogen in den Rücken.

Ich drehte mich um und funkelte sie wütend an, was sie nicht zu interessieren schien, dann widmete ich mich wieder Hunter.

»Ich verzeihe dir, aber ich weiß nicht, ob das etwas zwischen uns ändert«, antwortete ich und brachte die Worte kaum über die Lippen, als ich sein enttäuschtes Gesicht sah.

»Warum nicht, Jane?«

»Ja, warum nicht, Jane?«, krächzte der Mann vor uns durch die Sitze hindurch. Der Kerl neben ihm nickte eifrig.

Ich wusste nicht, ob ich wütend oder belustigt sein sollte.

»Weil …«, begann ich und stockte. »Was ist mit Europa? Wie soll das funktionieren? Ich werde oft weg sein. Aber ich will diese Chance nicht aufgeben. Endlich kann ich tun, was ich schon immer wollte.«

Zu lange hatte ich ein Leben nach den Vorstellungen und Wünschen anderer geführt. Hatte verzichtet und zurückgesteckt, wenn es nötig gewesen war, damit andere sich besser fühlten und glücklich waren, wie in meiner Beziehung mit Nate. An diesen Punkt wollte ich nie wieder kommen.

»Du musst deine Träume nicht aufgeben«, beeilte Hunter sich zu sagen. »Ich will nicht, dass du meinetwegen auf etwas verzichtest. Du sollst dein Leben nicht für mich ändern, ich möchte nur daran teilhaben dürfen.«

Mein Herzschlag geriet ins Stolpern und raste danach weiter.

»Hunter«, hauchte ich, weil seine Worte womöglich das schönste waren, was je jemand zu mir gesagt hatte.

»Aber die Distanz? Kann das funktionieren?«

»Das wird es«, antwortete Hunter mit fester Stimme. »Vergiss nicht, Jane. Die Expansion ist mein Projekt. Ich kann so oft mit dir ins Ausland kommen, wie es mein Terminplan zulässt und niemand könnte sich darüber beschweren. Wir würden Europa gemeinsam bereisen. An unseren freien Tagen fremde Städte erkunden.«

»Was ist mit *Denton?* Würden wir allen sagen, dass wir ein Paar sind? Oder es geheim halten?«, fragte ich und realisierte, dass ein Teil von mir sich an diese Fragen klammerte, um sich nicht in ein Abenteuer stürzen zu müssen, bei dem mir vielleicht erneut das Herz gebrochen wurde.

»Ich will mich nicht mehr verstecken«, lautete Hunters Antwort. »Jeder soll wissen, wie sehr ich dich liebe und dass du zu mir gehörst.«

Er nahm meine Hand und hauchte einen zarten Kuss auf die Handfläche. »Was sagst du?«, wollte er wissen. »Bekomme ich eine zweite Chance?«

»Schätzchen, wenn du sie ihm nicht gibst, bekommt er sie von mir«, grölte der Herr vor uns und spähte auffällig über den Sitz hinweg.

Dieses Mal konnte ich mir ein lautes Lachen nicht mehr verkneifen. Hunter stimmte mit ein und ich spürte, wie mir die Freudentränen über die Wangen liefen, als ich heftig nickte.

»Du bekommst sie«, antwortete ich mit erstickter Stimme. Dann zog Hunter mich in seine Arme, nahm mein Gesicht in seine Hände und küsste mich zärtlich. Um uns herum entbrannte begeistertes Jubeln. Einige klatschten sogar, aber es war mir egal. Alles, was zählte, war, dass ich den Mann meiner Träume küsste und dass wir endlich, nach all den Hindernissen, glücklich miteinander werden würden.

»Ich liebe dich, Hunter«, flüsterte ich und dachte, auf welch merkwürdigen Wegen das Leben Menschen auseinanderbrachte, um sie später wieder zusammenzuführen.

»Und ich dich, Jane«, raunte Hunter an meinen Lippen. Dann küsste er mich erneut und die Welt um mich herum verschwamm.

-Epilog-

Hunter

Ein Jahr später

»Vielen Dank für die Information, Killian«, bedankte ich mich und beendete das Telefonat. Dann legte ich mein Handy auf den Schreibtisch und öffnete mein Mailprogramm, um Siobhan die neusten Informationen weiterzuleiten.

»Es ist Samstag«, unterbrach Jane mich, indem sie von hinten an meinen Stuhl herantrat und mit den Händen über meine Schultern hin zu meinen Armen fuhr. »Hast du für diese Woche nicht genug gearbeitet?«, fragte sie sanft und beugte sich vor, um mir einen Kuss auf die Wange zu hauchen.

Ich drehte mich in meinem Stuhl zu ihr um und berührte mit den Fingerspitzen ihre Beine, die in einer blickdichten Strumpfhose steckten. »Das war Killian«, antwortete ich. »Er hat mir die ersten Verkaufszahlen aus Stockholm mitgeteilt. *Bare* ist dort noch besser angelaufen, als wir gehofft hatten. Das wollte ich Siobhan nur mitteilen.«

»Ich denke, das kann bis Montag warten. Wir haben heute wichtigeres vor«, sagte Jane mit Nachdruck in der Stimme.

»Du hast recht.«

Ich zog sie seitlich auf meinen Schoß, einen Arm um ihren Rücken gelegt und eine Hand auf ihrem Bein. »Du hast mein Ehrenwort, heute und morgen verliere ich keinen Gedanken an die Arbeit.«

Meine Worte hatten die erhoffte Wirkung und entlockten Jane ein Lächeln. Vor einem Jahr wäre es noch undenkbar gewesen, dass ich meine Arbeit einfach so stehen und liegenlasse. Egal ob Wochenende oder nachts, ich hatte immer Vollgas gegeben. Mittlerweile hatten sich meine Prioritäten verschoben. Mein Ziel, *Denton* zu übernehmen, bestand weiterhin. Aber es war nicht mehr mein ganzer Lebensinhalt. Ich hatte jetzt Jane und sie glücklich zu sehen, erfüllte mich auf eine Weise, wie es kein beruflicher Erfolg der Welt konnte.

»Wann landen deine Eltern?«, fragte ich und strich mit der Hand über ihren Rücken. Jane lehnte ihren Kopf an meine Schulter.

»In einer Stunde.«

An diesem Wochenende würden Janes Eltern sie zum ersten Mal in New York besuchen und mich kennenlernen. Bisher hatte sich nie die Gelegenheit dazu ergeben, weil Janes Mutter ein halbes Jahr lang nicht mit ihrer Tochter geredet hatte und die Expansion von *Bare* uns danach quer durch Europa getrieben hatte. Erst langsam kehrte wieder Ruhe in unserem Leben ein.

»Und wie lautet der Plan? Wir fahren mit ihnen zu mir, essen etwas und sehen uns die Stadt an und morgen sehen wir uns das Spiel der Chicago Bears gegen die New York Giants an?«, wollte ich wissen.

Selbstverständlich hatten Jane und ihr Vater, zwei eingefleischte Football-Fans, sich das große Spiel nicht entgehen lassen wollen. Ein perfekter Anlass, um nach New York zu fliegen und die Familie wieder zu versöhnen.

»Genau, aber wenn es dir lieber ist, können wir mit meinen Eltern auch zu mir und den Mädels in die WG fahren«, antwortete Jane und sah mich fragend an.

Ich schüttelte den Kopf. »Nicht nötig. Ich war sogar einkaufen, damit wir heute Abend etwas Schönes kochen können.«

Noch etwas, dass vor einem Jahr undenkbar gewesen wäre. Die Eltern meiner Freundin kennenzulernen UND sie in mein Haus einzuladen. Heute freute ich mich jedoch nur, dass Jane und ihre Mutter endlich wieder miteinander redeten und hoffte, dass alles gutgehen würde. Außerdem hatte ich entdeckt, dass gemeinsames Kochen ebenfalls zu den Dingen gehörte, die Jane glücklich machten.

Ich spürte, wie Jane sich leicht in meinen Armen versteifte. »Was ist mit deinem Vater«, fragte sie zögerlich. »Hast du ihn eingeladen?«

»Nein«, antwortete ich knapp. Selbst nach dieser Zeit war mein Vater immer noch ein sensibles Thema. Ich arbeitete weiterhin bei *Denton* und wir redeten normal über alles, was mit dem Unternehmen zu tun hatte, aber darüber hinaus, schloss ich meinen Vater aus meinem Leben aus. Ich hatte ihm noch nicht verziehen, dass er meine Mutter von mir ferngehalten hatte.

»Hunter, er gibt sich wirklich Mühe«, redete Jane mir gut zu. »Er lässt keine Möglichkeit verstreichen, um dir nahe zu sein und dir zu zeigen, wie leid es ihm tut. Und du bist so kalt und abweisend zu ihm. Ich habe wirklich Mitleid mit ihm.«

Trotz des ersten Themas musste ich lächeln, denn das war typisch Jane. Egal, was ein Mensch getan hatte, sie fand immer einen Weg jedem zu verzeihen. Sie sah in allen das Gute und verteilte großzügig zweite Chancen. Mich miteingeschlossen.

»Hast du wenigstens über sein Angebot nachgedacht?«, wollte sie wissen und spielte damit auf den Wunsch meines Vaters an, mir die Firma am Ende des Jahres zu überlassen. Obwohl es immer mein größter Traum gewesen war, hatte ich ihm noch nicht zugesagt. Ich wollte nicht, dass er *Denton* als eine Art Wiedergutmachung nutzte.

»Ich habe mich noch nicht entschieden«, antwortete ich wahrheitsgemäß und sah Janes enttäuschtes Gesicht. »Aber ich… ich kann ihn später anrufen und fragen, ob er ebenfalls zum Essen kommt«, fügte ich hinzu. Sofort hellte sich Janes Miene auf.

»Das wäre großartig.«

Insgeheim freute ich mich ein wenig darauf, meinem Vater wieder näher zu sein. Zwar hatte ich Kontakt zu meiner Mutter aufgenommen, die mittlerweile in Australien wohnte und mehrmals mit ihr telefoniert, aber die Beziehung zu ihr konnte mir nicht das geben, was mein Vater und ich gehabt hatten. Dafür fehlte uns die gemeinsame Basis, die wir hoffentlich mit der Zeit aufbauen würden. Mein Vater hingegen war jahrelang mein Vorbild und meine einzige Bezugsperson gewesen. Ihn so aus meinem Leben zu schneiden, hatte geschmerzt. Mich mit dem Gedanken anzufreunden, ihm zu verzeihen, erschien schwer, aber nicht unmöglich.

»Weißt du eigentlich, wie sehr du mein Leben auf den Kopf gestellt hast?«, fragte ich Jane und gab ihr einen Kuss auf die Lippen.

»Ist das eine Beschwerde?«, fragte sie lachend und stieß mit ihrer Nase neckisch gegen meine.

»Kein bisschen. Ich könnte nicht glücklicher sein«, antwortete ich wahrheitsgemäß und fragte mich, wie ich mir für mein Leben jemals etwas anderes hatte wünschen können. Die Vorstellung vom erfolgreichen CEO, der alleine und abgeschottet in seinem Büro saß und sich vor dem Leben und all seinen Emotionen versteckte, kam mir heute unendlich traurig vor.

Jane hatte mich davor bewahrt.

Selbstverständlich gab es nicht nur gute Tage. Wir diskutierten, stritten und warfen einander im Streit verletzende Worte an den Kopf. Aber wir versöhnten uns auch, entschuldigten uns und liebten uns danach noch inniger. Wenn Jane wütend wurde, zog sich mein Herz vor Angst sie zu verlieren, schmerzhaft zusammen. Allein der Gedanke machte mich verrückt und dennoch, dennoch wollte ich nicht zum Vorher zurück, denn ich fühlte mich endlich nicht mehr, als würde ich nur ein halbes Leben leben.

Jane hatte meinem Dasein die nötige Farbe eingehaucht. Und jetzt, wo ich das endlich begriffen hatte, konnte und wollte ich nie mehr ohne sie sein.

-Ende-

Danksagung

Meine lieben Leser, das war sie, Janes Geschichte und damit der Abschluss der New-York-Gentleman. Ich hoffe, dass euch die Geschichten gefallen haben und dass ihr mit den drei Freundinnen in New York genauso viel Spaß hattet, wie ich. Charlotte, Cosima und Jane haben ihr Happy End bekommen, auch wenn der Weg dorthin nicht immer einfach war. Ich habe mit meinem Charakteren gelacht, gebang, gehofft und am Ende ein paar Tränen verdrückt.

Diesen letzten Band zu schreiben, war besonders schwer für mich, denn mit jedem Kapitel habe ich mich dem Abschluss der Reihe mehr genähert und selbst jetzt, wo ich die Danksagung schreibe, bin ich nicht bereit für den Abschied.Eure Begeisterung für die Reihe war unglaublich und dafür möchte ich euch von ganzem Herzen danken!

Danke für jede eurer Nachrichten, jedes Foto meiner Bücher, das ich online finde. Danke für jedes bestellte Buch, jede Rezension, jede Weiterempfehlung.

Danke für eure Vorfreude auf meine Veröffentlichungen.

Danke an jeden einzelnen Leser!

Ihr ermöglicht es mir weitere Bücher zu schreiben und euch mit Lesestoff zu versorgen. Und eines kann ich euch garantieren, mein Kopf ist voller Ideen, die unbedingt aufgeschrieben werden wollen.

Aber einer Person möchte ich ganz besonders danken. Meiner Mama. Weil sie ihrer Nachbarin meine Bücher bestellt, da diese kein Amazon hat. Weil sie mich am Telefon tröstet, wenn ich den Kopf in den Sand stecken will. Weil sie mich mit Essen versorgt, wenn ich mich nicht vom Laptop losreissen kann. Weil sie kleine Kollagen mit den Covern meiner Bücher bastelt. Weil sie stolz auf mich ist, egal ob mein Buch eine Leserin, oder eintausend Leserinnen findet.

DANKE!

-Newsletter-

Du möchtest immer auf dem Laufenden sei und keine meiner zukünftigen Veröffentlichungen verpassen? Dann trage dich hier für meinen Newsletter ein und gehöre zu den Ersten, die Neuigkeiten zu meinen Büchern erfahren.

Zusätzlich findest du mich hier:

Instagram:

http://www.instagram.com/leander_rose/

Ich freue mich von dir zu hör**en**

Impressum

Leander Rose c/o
Papyrus Autoren-Club
R.O.M. Logicware GmbH
Pettenkoferstr. 16-18
10247 Berlin

Coverdesign: VercoDesigns, Unna
Lektorat: Regina Meissner (www.semikolonundco.de)
Korrektorat: Textwerkstatt

Lesen Sie auch weitere Bücher der Autorin!

Mr.Perfect: Verliebt in Manhattan

Regel Nummer eins, wenn du einen neuen Job anfängst: Lass dich nicht von deinem Boss bei etwas Verbotenem erwischen.

Tagsüber Businessfrau, nachts Tänzerin in einer Bar. Als Charlotte nach New York zieht, glaubt sie, dass ihr der Spagat zwischen dem Praktikum in einer renommierten Unternehmensberatung und ihrer Tätigkeit an der Stange gelingen wird. Sie braucht das Geld aus dem *Wild Lady*, um sich den Aufenthalt in der überteuerten Metropole leisten zu können. Poledance ist ein Geheimnis, von dem niemand erfahren darf.

So war zumindest der Plan. Bis plötzlich ihr neuer Boss, Adam Scott, in der Bar auftaucht. Der seriöse Geschäftsmann, der großen Wert auf einen angemessenen Umgang mit seinen Angestellten legt, wird unerwartet Zeuge von Charlottes sinnlicher Choreographie. Und auf einmal bekommt Mr. Perfects Fassade Risse.

Wenn die erste Begegnung mit deinem neuen Boss in einem Pole Dance endet, weißt du, dass dein Neuanfang nicht so reibungslos verlaufen wird, wie du es dir erhofft hast.

Mr.Icecold: Herzklopfen in New York

Regel Nummer eins im Umgang mit einem CEO: Fordere ihn nicht heraus, denn er liebt es zu gewinnen.

Er ist es gewohnt, dass man ihm gehorcht. Sie will sich von niemandem etwas vorschreiben lassen. Als Cosima nach New York zieht, braucht sie nur vierundzwanzig Stunden, um einen der mächtigsten Männer der Stadt gegen sich aufzubringen. Nachdem sie zufällig auf einer Demonstration gegen den attraktiven CEO Reed Davis und sein millionenschweres Bauvorhaben gelandet ist, rechnet sie nicht damit, dass dies alle Pläne für ihren Neuanfang durcheinanderbringen wird. Aber die anfangs friedliche Veranstaltung entwickelt sich schnell zu einem Desaster. Ein gefundenes Fressen für die Presse - und Reed glaubt zu wissen, wer für diese Blamage verantwortlich ist.
Ein Blick in seine Augen genügt, und Cosima weiß, dass er sie nicht einfach davonkommen lassen wird.

»Hinter seiner eiskalten Fassade lodert ein heißes Feuer. Und seit dem Treffen in seinem Büro frage ich mich, wie stark ich mich verbrennen werde, wenn ich damit spiele.«

Wenn du dir am ersten Tag in einer neuen Stadt einflussreiche Feinde machst, weißt du, dass der Start in dein neues Leben nicht so reibungslos verlaufen wird, wie du gehofft hast.

Bad Millionaire Desire

Lass uns ein paar Dinge klarstellen:
Dein Leben liegt in meiner Hand.
Du tust, was ich sage.
Keine Fragen. Keine Widerworte. Keine Gefühle.
Vergiss nie, du bist nur ein Druckmittel für mich, weiter nichts.
Also halte dich an die Regeln und stelle meine Geduld nicht auf die Probe.

May:

Wenn das Leben dich in die Ecke drängt, tust du so einiges, um dich zu retten. Dabei bin ich in einen tieferen Abgrund gefallen, als ich es für möglich gehalten hätte - direkt in Rivers Arme.
Ich dachte, er würde mir helfen. Stattdessen benutzt er mich für seine eigene Rache und setzt damit unser beider Leben auf´s Spiel. Er behandelt mich wie seine Gefangene und alles in mir schreit, dass ich ihn fürchten sollte. Doch seine Augen… seine Augen locken mich näher.

Bad Millionaire trifft auf die ultimative Versuchung. Ein neues modernes Märchen mitten im Großstadtdschungel von New York, voller Gefahren, Spannung und expliziter Liebesszenen, das in sich abgeschlossen ist.

Printed in Poland
by Amazon Fulfillment
Poland Sp. z o.o., Wrocław

63007380R00176